Der Autor

Geboren 1966 in Oldenburg, wuchs Oliver Peetz als zweites von fünf Kindern in ärmlichen und zerrütteten Familienverhältnissen auf. Nach einer mäßigen Schul- und Berufsausbildung vergingen zwanzig rastlose Jahre, in denen der Autor alle Höhen und Tiefen des Lebens durchlaufen hat. Während dieser Zeit „schlief" sein schriftstellerisches Talent. Erst mit der Heirat seiner jetzigen Frau Sandra im Jahre 2013 kam für den leidenschaftlichen Sportler die Wende, sodass er sich heute seiner Passion, dem Schreiben, widmen kann.

Oliver Peetz

Katzenblues
Psychodrama

Bibliografische Information der Deutschen Nationalbibliothek:
Die Deutsche Nationalbibliothek verzeichnet diese Publikation in der Deutschen Nationalbibliografie; detaillierte bibliografische Daten sind im Internet über http://dnb.dnb.de abrufbar.

Umschlaggestaltung: Oliver Peetz
Lektorat: Brigitte Bund
Herstellung und Verlag: BoD – Books on Demand, Norderstedt
ISBN: 978-3-74605-535-0

Für dich, mein Sonnenschein.

Für all jene, die aus dem Licht in die Dunkelheit
gedrängt wurden.
Für die, die Leid erfahren mussten.
Für all jene, die zu Opfern wurden.
Für die Außenseiter.
Die Einsamen.
Für euch.

Als **Amok** (von malaiisch *amuk* „wütend", „rasend") werden tateinheitliche und scheinbar wahllose Angriffe auf mehrere Menschen in Tötungsabsicht bezeichnet, bei denen die Gefahr, selbst getötet zu werden, zumindest in Kauf genommen wird.

Vorwort

Seit Anfang der sechziger Jahre gab es an deutschen Schulen dreizehn schwerwiegende Amokläufe mit zahlreichen Toten und Verletzten.
Dabei wurden die Abstände in der Chronologie dieser Gewalttaten, seit Anfang der neunziger Jahre, immer kürzer. Der letzte schwerwiegende Amoklauf ereignete sich im Jahr 2010 in Ludwigshafen am Rhein. Dort erstach der dreiundzwanzigjährige Täter seinen ehemaligen Berufsschullehrer.
Als Motive für den Mord gab der Täter unangemessen schlechte Schulnoten und tiefe Kränkung durch erlittene Mobbingübergriffe an.

An dieser Stelle möchte ich den Angehörigen und Hinterbliebenen der Opfer mein Mitgefühl aussprechen. Während meiner gesamten Arbeit an diesem Werk, galt mein Augenmerk stets dem Respekt derer, die unmittelbar in solche Ereignisse involviert waren und sind.
So möchte ich ausdrücklich darauf hinweisen, dass die Personen und Handlungen in diesem Buch frei erfunden sind und Ähnlichkeiten zu lebenden oder bereits

verstorbenen Personen rein zufällig.

Bestimmte Wesensstrukturen realer Täter weisen jedoch Parallelen zu den Charakteren meiner Protagonisten auf.

Als Autor ist es mein Bestreben und meine Aufgabe, Informationen zu sammeln, die für ein Buchprojekt unerlässlich sind.

Meine monatelangen Recherchen im direkten Umfeld dieser Amokläufe gaben mir tiefe Einblicke in das Leben derer, die unmittelbar von den Geschehnissen betroffen waren. Gespräche mit Hinterbliebenen haben mich emotional oft sehr berührt und mich nicht selten an meine persönlichen Grenzen gebracht. Weitere Ermittlungen und intensive Gespräche mit Spezialisten der Kriminalpolizei, mit Lehrern und Psychologen sowie Geistlichen haben — zumindest für mich — erschreckende Tatsachen hervorgebracht.

In einer Ellbogengesellschaft, die zunehmend einer sozialen Isolation und einem nie dagewesenen Werteverfall unterliegt, in der Leistungsdruck vorherrscht, weil schulischer und beruflicher Erfolg eine höhere Priorität darstellt als moralische Wertevermittlung und soziale Gerechtigkeit, in der Mobbing an Schulen auf der Tagesordnung steht, Gewaltexzesse unter Kindern und Jugendlichen bejubelt, beklatscht und mit Handykameras gefilmt werden, um sie in sozialen Netzwerken zu verbreiten, und in der ein durch Internet und mediale Konsumwirtschaft verzehrtes Bild von Wertschätzungen und Nächstenliebe geschaffen wird, ist es umso wichtiger, dagegen anzugehen und bestimmte Zeichen zu erkennen, die auf mögliche Taten wie einen

Amoklauf Hinweise geben könnten. Denn es gibt übereinstimmende Merkmale, die allen Tätern solcher Straftaten gleichermaßen zugeschrieben werden.

Ein renommierter Kriminalpsychologe, mit dem ich ein Gespräch über Hintergründe und Motive einzelner Täter besagter Amokläufe führte, erklärte:

»Bei einem Amoklauf ist es wie mit einem passiven Vulkan. Es ist nicht die Frage, ob er ausbricht, sondern wann! Grundsätzlich können wir jedoch sagen, dass ein sensibilisiertes Verhalten gegenüber Mitmenschen dazu beiträgt, die Wahrscheinlichkeit einer erneuten Katastrophe einzudämmen.«

So ist es mein Bestreben, dass dieses Werk nicht ausschließlich als Unterhaltung angesehen wird, sondern zum Nachdenken anregt und den Leser ein Stück weit sensibilisiert, um drohende Gefahren zu erkennen, Hilfe zu leisten und zu verhindern, was es zu verhindern gilt.

Jeder von uns ist Teil dieser Gesellschaft, welche auch jeder durch seine Denk- und Handlungsweise mitbeeinflusst und mitgestaltet. Somit stehen wir alle in der Verantwortung, wir sind angehalten und aufgefordert für das Unterbinden schwerwiegender Negativ-Ereignisse Sorge zu tragen und Raum zu schaffen für ein liebenswertes und lebenswertes Miteinander.

Oliver Peetz

Blues = Musikrichtung / Stil
Das Wort *Blues* leitet sich von der bildhaften englischen Beschreibung *I've got the blues* bzw. *I feel blue* („Ich bin traurig") ab.
The blues {pl} [coll.]
Katzenjammer {m} [ugs.] [jämmerliche Stimmung]
Katerstimmung {f} [ugs.] [depressive Stimmung]

Kapitel 1
Die Tätowierung

Mein Name ist Maximilian Koch, und dies ist meine Geschichte. Sie unterliegt in ihrer Gesamtheit dem Kausalitätsprinzip. Der Beziehung zwischen Ursache und Wirkung. Physikalisch gesehen.

Menschlich betrachtet gleicht sie einem steten, von Verlusten geprägten Niedergang. Aber Menschlichkeit wird meines Erachtens überbewertet. Das mögen einige vielleicht anders sehen, da man Menschlichkeit, in der engeren Wortbedeutung, jene Züge und Eigenschaften zuordnet, die man weithin als richtig und gut bezeichnet. Aber Menschlichkeit ist nur real existent und somit gut und richtig, wenn sie auch praktiziert wird.

Ist dies nicht der Fall, wie in meinem, dann sollte man nicht zu sehr daran festhalten, sondern sich lossagen.

Und vor allem – seine Erwartungshaltung ändern.

Nun denn, ich erwarte nichts. Weder Verständnis noch Mitleid. Von niemandem. Ich möchte nur berichten.

Über zu viele negative Erlebnisse und Ereignisse, die sich langsam zu einer grotesken Fratze formten, um mir lachend ins Gesicht zu spuken. Ich kann nicht über etwas Positives berichten, und das aus einem ganz einfachen Grund: Es hat nichts Positives in meinem Leben gegeben! Mein Leben spielte sich nicht auf der Sonnenseite ab. Sollte sich dennoch etwas ereignet haben, was ich als erfreulich bezeichnen würde, erinnere ich mich nicht daran. Zumindest findet sich nichts davon in meinem Gedächtnis wieder.

Oma.

Es liegt in der Natur des Menschen, sich an die negativen Dinge zu erinnern und die guten zu vergessen. Die Psyche des Menschen ist auf Negativ programmiert, und ich denke, man muss über weite Strecken ein schönes Leben geführt haben, um diese Vorprogrammierung des Erinnerungsvermögens positiv zu beeinflussen.

Das sind die Automatismen der Evolution, die in eine verkommene, erkaltete Gesellschaft münden. Fressen und gefressen werden! Der Starke überlebt. Der Schwache stirbt. Bist du stark, verläuft dein Leben positiv. Bist du schwach, verläuft es negativ. Mein Leben hätte schön werden können und auch sollen. Aber es kam anders, denn ich war schwach.

Ich kam schon schwach zur Welt.

In der vierunddreißigsten Schwangerschaftswoche. Niemand weiß, warum. Einen medizinischen Grund gab es nicht.

Vielleicht setzte sich Mutter mental gegen diese Schwangerschaft zur Wehr. Ich weiß es nicht, aber ich gehe davon aus, dass sie diese Schwangerschaft — und somit mich — nie wollte.

Ich habe auch nicht danach geschrien, geboren zu werden. Ich kann es nicht rückgängig machen, so sehr ich es mir auch wünsche.

Denn seitdem mein Herz den ersten Schlag tat, verzehrt es sich nach Zuwendung und Liebe. Bedeutende, elementare Dinge, die mir verwehrt blieben.

Es mag ja Menschen geben, die mit weniger Zuwendung gut zurechtkommen. Oder ganz ohne. Ich aber nicht.

Mein Ich, mein Wesen, war von Anbeginn darauf angewiesen und meine Genetik darauf ausgerichtet, umsorgt und geliebt zu werden.

Leider stand diese Ausrichtung nicht im Einklang mit den Wertevorstellungen meiner Eltern.

So ist denn mein Dasein, seit meiner Geburt, ein einziger quälender Schmerz.

Die ersten Wochen meines Lebens verbrachte ich auf der Intensivstation eines Klinikums. Und wenn es der Tatsache entspricht, dass die ersten Lebenswochen eines menschlichen Wesens prägend und ausschlaggebend für seine weitere Entwicklung sind, ist es nicht verwunderlich, dass ich weinerlich, schwach und depressiv wurde.

Denn während meines Aufenthaltes im isolierten Brutkasten, bekam ich ausschließlich mechanische Wärme zu spüren. Die des Heizstrahlers, der für die lebensnotwendige Temperatur sorgte.

Wärme in Form von Zuwendung, Fürsorge oder Liebe einer Mutter blieb mir verwehrt.

Ich war viel mehr ein Störfaktor auf ihrem eigenen, karriereorientierten Lebensweg, ein Holzsplitter unter ihren lackierten Fingernägeln, als ein Kind, welches man bettete, hegte und pflegte und vor allem – welches man liebte!

Mein Vater jedoch hatte auf die Zeugung eines Kindes bestanden. Es musste ein Junge her. Nachwuchs, der eines Tages das Waffenimperium übernehmen und leiten sollte, welches er im Schweiße seines Angesichts erschaffen hatte. Ganz gleich, welche Entbehrungen es meine Mutter kosten würde. Es hätte ihr sehr wohl klar sein müssen, dass es bei solch einem Wirtschaftsstatus, wie ihn mein Vater innehielt, einen Stammhalter geben musste.

Eine Alternative in Form einer Adoption stand nie zur Debatte.

Das hatte mein alter Herr gleich lautstark bekundet, als Mutter damals solch eine Option kurz angeschnitten hatte.

Mutter ließ mich zwar nie direkt wissen, dass sie die Entscheidung, Vaters Wunsch nach einem Kind nachzugeben, bereute, aber ein Kind spürt die stets verhaltene Umgangsweise der Mutter.

Vielleicht war das der Grund, warum ich mich schon im Mutterleib schlecht entwickelte und in den darauffolgenden Jahren meiner Entwicklung schwach, unsportlich, schmalbrüstig und blutarm blieb.

Und Mutter mich im Pool ertrinken lassen wollte.

Der Pool. Das Schicksal wollte Oma.

Aber es gab Ersatz für all die Defizite. Einen sehr schlechten, kalten, nicht zu vergleichenden Ersatz: Materielle Dinge.

Der Stahl.

Meine Eltern glaubten fest an eine gesunde Erziehung, die durch materielle Werte hervorgerufen wurde. Ein Trugschluss, an dem jedoch beide festhielten.

Es gab eine Rassel statt einem Kuss. Einen Go-Kart statt einer Umarmung. Ein Fahrrad statt lobender Worte.

Ich wurde mit Geschenken nur so überhäuft. Aber die, in der Definition meiner Eltern, gut gemeinten Ersatzhandlungen stellten sich ebenfalls oft als Nullnummern heraus.

Die Krönung des Hohns, den die ersatzgesteuerte Erziehung durch Geld darstellte, war das Geschenk meiner Eltern zu meinem achten Geburtstag. Eine Spielesammlung! Natürlich die Jubiläumsedition mit goldumrandeter Pappverpackung.

Diese beinhaltete eine Vielzahl von Gesellschaftsspielen aller Art. Von »Mensch ärgere dich nicht« über »Dame« und »Mühle« bis hin zu den anspruchsvolleren Denkspielen wie »Schach« und »Backgammon«.

Die Spitze der Demütigung folgte an den darauffolgenden Tagen durch die abwechselnde Frage beider Elternteile, ob ich mich denn schon mit meinem tollen Geschenk beschäftigt hätte?

Ich war ein Einzelkind! Allein. Ohne irgendwelche Spielkameraden, wie sie andere Kinder meiner Altersklasse vorweisen konnten. Was sollte ich mit einer Spielesammlung, deren Spiele für mehrere Personen

14

ausgerichtet waren? Das machte mich als Achtjährigen fertig.

Vaters konservative Erziehung und Mutters kaltherzige Bevormundung ließen keinen Spielraum für Freundschaften oder Spielkameraden.

Die Angst, dass ihrem Nachkömmling etwas zustoßen könnte oder er gar Opfer einer Entführung werden würde, sorgte für eine durchgängige Isolierung von der Außenwelt. Paranoides Gedankengut als negative Begleiterscheinung bei Vermögenden. *Grausam.*

Bis zu meinem achten Schuljahr wurde ich von einem Angestellten mit dem Pkw zur Schule gebracht und anschließend wieder abgeholt.

Und vor allem die Klassenfahrt nach Frankreich.

Der schlimmste Alptraum.

Diese unvorstellbare Sache, die mich endgültig zerstörte und mir jegliche Perspektive, jeden Funken Hoffnung auf Normalität nahm.

Es war in der Summe zu viel.

Isolierung, Kälte, Demütigungen. Wie, zum Teufel, sollte man sich als Kind gegen solch eine übermächtige Armee von Grausamkeiten zur Wehr setzen? Wie?

Ich konnte das nicht. Ich war dem nicht gewachsen. Ich nicht.

Vergib mir Herr!
Ich bin endlich am Ziel. Eine gefühlte Ewigkeit warte ich auf diesen Moment. Meine Mission. Tag X ...

… Ihr Haar duftet unbeschreiblich, und ich spüre ihren Atem an meinem Hals, fühle Ihren Puls, ihren warmen Körper. Sie liegt an meiner Seite, ganz dicht. Mein linker Oberschenkel klemmt zwischen ihren Beinen, zitternd klammert sie sich an mich. Das arme Ding, noch ganz verstört.

Sie sucht Schutz, den ich ihr vermittele, indem ich sie fest in meinen Armen halte. Ich küsse ihr auf den Kopf, ganz sanft.

Es ist ein unglaubliches Gefühl. Ich wusste nicht, wie sich Liebe anfühlt. Es übersteigt meine kühnsten Erwartungen.

Außerdem werde ich das Geheimnis lüften. Hier und jetzt! Ich bin aufgeregt wie ein kleines Kind zu Weihnachten, und mein Puls rast. Wegen der Tätowierung. Wegen dieser Tätowierung. Wegen dieser Frau. Meiner Frau!

Ihr Kopf liegt auf meiner Schulter, und ihr blondes Haar fällt in ihr hübsches Gesicht, sodass ich es nicht sehen kann. Vermutlich hält sie die Augen geschlossen. Bei dem Anblick, der sich uns darbietet, ist es wohl besser so.

Wenn ich zu ihr hinunterschaue, kann ich das feste Fleisch ihres Busens sehen, der aus dem Ausschnitt ihrer Bluse quillt. Er zittert, wippt bei jedem Atemzug auf und ab, und ich erkenne die Tätowierung auf dem Ansatz ihrer linken Brust. Endlich! Ein Schriftzug, der mit dem Wort *With* beginnt.

Ich kann ihn sehen, den verschnörkelt geschriebenen Satz, die ganze Tätowierung. So lange habe ich darauf gewartet.

Des Rätsels Lösung so nah. Gleich ist es soweit!

Ihr fester, großer Busen irritiert mich allerdings, stört meine Konzentration. Ich kann meine Erregung nicht unterbinden, will endlich lesen, was es mit diesem Schriftzug auf sich hat.

Die Bluse bewegt sich im Takt ihrer schnellen Atemzüge. Ist sie auch erregt? Versucht sie dagegen anzugehen? So wie ich?

Ich spanne meinen Beinmuskel an. Immer mal wieder. Er reibt an ihrem Unterleib, und ich bin mir sicher, es gefällt ihr. Sie stöhnt leise, ihr warmer Atem berührt meinen Hals, sie verströmt damit eine Mischung aus Lust und Geborgenheit.

Sie klammert sich an mich, ihr Herz rast, und ich sehe hinunter auf ihren Busen, lese kopfüber das nächste Wort, welches durch die Bewegung ihrer Bluse und ihres Körpers freigegeben wird.

every ...

und das nächste …

beat ...

With every beat ...

Ich könnte ihr vorsichtig die Bluse ein wenig weiter öffnen. Ganz behutsam.

Die Situation wäre wie geschaffen, um den Ausschnitt leicht zur Seite zu schieben …

of ...

With every beat of ...

Na komm schon, gib es mir!

Zeig den Rest!

With every beat of ... was? Sie hat das Tattoo immer ganz geschickt vor meinen Blicken verborgen und ihre

Oberteile immer wieder schnell über die Schulter gezogen, wenn der Ausschnitt verrutscht war.

Hat das gesamte Tattoo nur erahnen lassen. Mit Absicht.

Sie spielt gerne.

Nur das Wort *With* konnte ich einmal erkennen.

An dem Tag, als wir den Test schrieben und ich sie unter einem Vorwand zu mir an meinen Platz gebeten hatte. Tag und Nacht überlegte und grübelte ich daraufhin, was dort wohl stehen mochte.

Ich war nicht dahintergekommen.

Ein einziges Wort, es hätte alles bedeuten können!

Gleich weiß ich es!

Ich kann meine Erektion nicht kontrollieren. Ihr Busen, welcher bei jedem ihrer schnellen Atemzüge ohne Unterlass auf und ab wippt, reizt zu sehr. Über alle Maßen.

Begierde ungeahnten Ausmaßes schießt durch meinen Kopf und meinen Körper. Es kribbelt und rauscht, es fühlt sich herrlich an. Ich lasse es geschehen.

Es drückt und pocht, ich muss meine Sitzhaltung ein wenig verlagern, damit es nicht zu sehr schmerzt.

Plötzlich muss ich an Vater denken. Bilder tauchen auf.

Die Treppe. Mutter. Das Versteck. Der Geruch. Evelyn. Schläge. Nie gehörte Geräusche. Blut. Kerzen.

Ich verstehe das nicht.

Vaters Worte.

In unserer Familie ist vor allem ein Gen, eine Eigenschaft, tief verwurzelt, und wir geben es immer weiter, von Generation zu Generation.

18

Es ist unsere unbändige Willenskraft. Wir können alles erreichen, alles bekommen, wenn wir diese gottgegebene Willensstärke einsetzen, die uns der Herr in die Wiege gelegt hat. Es ist ein Segen. Du musst dir nur Zeit lassen, mein Sohn. Nichts überstürzen. Nimm dir Zeit, deine Ziele zu erreichen. Mit der Stärke deines Willens und mit Beharrlichkeit wirst du im Leben alles erreichen. Alles!

Mein Vater sollte Recht behalten, denn ich habe mein Ziel erreicht. Vorerst und bis hierhin.

Herr Oberstudienrat liegt auf dem Boden und starrt uns an.

Ich sehe wieder zu ihr hinab und rieche erneut den Duft ihres Haares.

Pfirsich.

Ich kann mich nicht mehr zurücknehmen, trotz Vaters Worte in meinem Kopf, die zur Geduld mahnen.

Vorsichtig hebe ich meinen rechten Arm und taste mich zu ihrem Ausschnitt vor, ohne sie zu berühren. Hat sie ihre Augen geöffnet, bemerkt sie mein Vorhaben?

Na und?!

Also los. Ganz vorsichtig …

Entweder sind ihre Augen geschlossen oder sie lässt mich gewähren, denn sie bleibt weiterhin eng an meiner Seite, ohne sich zu rühren. Sie soll sich auch nicht bewegen. Bleib ganz still, mein Mädchen.

Ich brenne. Ich muss das Geheimnis dieser Tätowierung lüften.

Ich umfasse den Rand ihres Blusenausschnitts vorsichtig mit Daumen und Zeigefinger und ziehe ihn ganz vorsichtig nach vorne. Ich zittere vor Aufregung. Vor Erregung.

Sie atmet kurz und schnell, krallt ihre Hand seitlich in meinen Kapuzenpullover, und meine Fantasie geht mit mir durch.

Ich stelle mir vor, wie wir uns leidenschaftlich lieben, genau so würde sie auch dabei atmen, und genau so würde sie sich festkrallen.

Vermutlich hätte sie ihre Augen geschlossen, während sie sich mir hingeben würde, unterwürfig wie eine läufige Hündin.

Amphetamin pumpt.

Woran denkt sie? Hatte sie schon viele Liebhaber?

In den letzten drei Monaten gab es mit Sicherheit niemanden. Das hätte ich während meiner Observationen bemerkt.

Kleine Cinderella, bist ganz allein. Nun will ich dein Retter sein.

Oder gab es noch nie jemanden, und sie wartet auf den Richtigen? Das soll es ja geben. Mit achtundzwanzig Jahren? Möglicherweise.

Eine Jungfrau?

Ein traumhafter Gedanke:

Wir beide gemeinsam, das allererste Mal. Doch zuallererst würde ich sie Ausführen. Sie trüge ein bezauberndes Abendkleid, und ich stünde in einem italienischen Anzug vor ihr. Maßgeschneidert. Seidenkrawatte. Erst ein gutes Essen in einem teuren Restaurant. Ein reservierter Tisch in einer ruhigen Ecke. Kerzenschein, und ein guter Wein. Ich würde reden, sie zum Lachen bringen und anschließend mit zu mir nehmen. Zu mir?

Ich denke, ich müsste mir etwas anderes einfallen lassen.

Alles dreht sich. Ich bin der Richtige, du wunderschönes Geschöpf.

Warum sind die Augen des alten Paukers offen? Er stiert mich an! Nach wie vor.

Neuer Versuch. Konzentration.

Ich ziehe den Ausschnitt ihrer weißen Bluse nach unten, schaue wieder über ihren Kopf hinweg in ihren Ausschnitt. Nun kann ich ihren Busen noch besser sehen, ihren weißen Büstenhalter mit dem Spitzenrand … und den gesamten Schriftzug!

With every beat of … my heart!

Natürlich! *With every beat of my heart*. Und ich bin nicht draufgekommen.

Mit jedem Schlag meines Herzens.

Ich wusste, dass dieser Tag kommen würde. Dass ich das Geheimnis lüften würde, welches sie sich auf ihrem wundervollen Busen hat verewigen lassen.

Ja! Du hattest Recht, du alter Scheißkerl. Mit Beharrlichkeit und Willenskraft!

Herr Oberlehrer starrt immer noch zu uns herüber. Bestimmt schon seit zwanzig Minuten. Vielleicht auch schon seit fünfundzwanzig. Aber nicht mehr lange. Das überlebt er nicht. Aber er ist tapfer. Liegt da vor uns auf dem Boden und ringt mit dem Tod. Du Scheißkerl. Deine Ein-Mann-Show gefällt mir grundsätzlich gut, aber es wird Zeit, auf Wiedersehen zu sagen!

Ich muss mich konzentrieren.

Sie verharrt zitternd an meiner Seite, drückt sich ganz fest an mich. Ich gebe ihr erneut einen sanften Kuss auf ihr seidiges Haar und lausche. Alles ruhig. Lange kann es nicht mehr dauern.

Ich beschütze dich, meine Liebe. Meine Ann-Kathrin. Das ist ihr Name, Ann-Kathrin. Er klingt so bezaubernd, und ich kann mein Glück noch immer nicht fassen.

Dabei hat alles mit einer Lüge begonnen. Welche Ironie. In anderen Situationen führt eine Lüge in einer Beziehung meist zu einem Vertrauensbruch und damit oft zum unweigerlichen Ende. Aber nicht in diesem Fall. Hier hat eine Lüge erst dafür gesorgt, dass meine Angebetete mir gehört. Nun endlich an meiner Seite liegt, ganz dicht, und meine Nähe sucht.

Ich passe auf dich auf, meine Ann-Kathrin. In meinen Armen bist du sicher.

Und du da, Alter — stirb endlich!

Er blutet aus dem Mund. Die rote Suppe sickert in den Veloursteppich, und es kommt ein merkwürdiges Pfeifen aus seinem Mund.

Lauschen!

Noch immer nichts. Jetzt bewegt sich Ann-Kathrin an meiner Seite, will sich aus meiner Umarmung lösen, aber ich halte sie fest. Sie zittert. Ich beruhige sie.

»Ganz ruhig. Es ist alles gut. Ich bin da. Es wird alles gut. Vertrau mir.«

Davon habe ich so oft geträumt. Von diesem Moment. Von dieser Frau. Von Ann-Kathrin.

Ich habe es vom ersten Tag an vermieden, ihren Nachnamen zu nennen. Ihn auszusprechen. Das gab mir gleich ein Gefühl der Sicherheit. Sicherheit darüber, dass wir früher oder später ein Paar sein würden. Es hatte gleich etwas Vertrautes. Ich bin sprachlich immer ganz geschickt ausgewichen und habe meine Sätze oder Fragen sehr gewählt begonnen. Meist mit »Entschuldigung« oder »Könnten Sie vielleicht …«

Das eine oder andere Mal habe ich auch einen kurzen Husten vorgetäuscht, wenn ich in die Situation geraten war, ihren Nachnamen aussprechen zu müssen. Ich wollte den Namen nicht in den Mund nehmen. Es wäre einer Entweihung gleichgekommen. Ihr fiel es die ganze Zeit über nicht auf.

Alle anderen haben sie ständig mit ihrem Nachnamen angesprochen. Frau Sowieso hier und Frau Sowieso da. Mein Gott, sind die mir damit auf den Sack gegangen. Aber ein Teil von denen ist ja nun weg.

Ich wusste es sofort, als wir uns das erste Mal auf dem Flur unserer Schule begegnen. Ich wusste, dass dieses wundervolle Geschöpf, mit dem Antlitz eines Engels, eines Tages in meinen Armen liegen und zu mir gehören würde. Dieser Tag ist nun Wirklichkeit geworden. Es fühlt sich göttlich an. Pures Glück.

Als würden abertausende Sternschnuppen vom Himmel fallen und wir zwei mittendrin stehen. Im Paradies. Im Liebesglück.

Ich hatte ja keine Vorstellung davon, was wahre Liebe wirklich bedeutet. Was sie auslöst. Ein Traum.

Lauschen.

Wann kommen sie denn? Ich denke, es wird langsam Zeit. Meine Ann-Kathrin wird unruhig. Sie scheint sehr verängstigt zu sein. Dabei habe ich ihr doch gesagt, dass sie sich nicht zu sorgen braucht. Dass ich bei ihr bin.

So ist das in einer jungen Beziehung. Vertrauen will aufgebaut werden. Langsam. Beharrlich.

Da ist er wieder, mein alter Herr. Beharrlichkeit.

Mir läuft die Nase vom Speed. Kein Taschentuch. Ich bin nicht perfekt vorbereitet.

Und der Oberstudienrat windet sich immer noch im Todeskampf. Ich wette, dass er in den nächsten fünf Minuten verreckt.

Wetten?

Vermutlich hat es seine Lunge erwischt. Das würde das Pfeifen und das Blut, das in Strömen aus seiner widerlichen Schnauze rinnt, erklären.

Schade eigentlich, dass Ann-Kathrin und ich in unserer Beziehung noch nicht sehr weit sind, sonst hätte ich sie jetzt nach ihrer Einschätzung gefragt, wie lange Oberstudienrat »Leck-mich« wohl noch machen würde.

Eigentlich heißt er Reckwich, aber ich bin vor einiger Zeit mit ihm aneinandergeraten, und daraufhin hat er diesen Spitznamen von mir verpasst bekommen.

Reimt sich und bringt mich innerlich jedes Mal zum Lachen, wenn ich daran denke, dass er für mich nur noch Oberstudienrat »Leck-mich« ist.

Na ja, das Thema ist nun auch gleich beendet. Sein Blick wird trüb, und das alberne Pfeifen wird leiser.

Er macht meiner Ann-Kathrin Angst, das gefällt mir nicht. Er liegt da vor uns, mit dem Gesicht seitlich auf dem Teppich, und versucht verzweifelt, dem sicheren Tod zu entkommen. Aber er bewegt sich kaum noch. Nur seine Hand greift unkontrolliert in die Auslegeware, die er mit seinem Blut ganz schön eingesaut hat. Als wollte er sich mit letzter Kraft an uns heranziehen.

Das wird nichts, du alter Scheißkerl. Dazu reicht deine Kraft nicht mehr.

Ich beobachte ihn, grinse ihm verachtend ins Gesicht und genieße seinen Todeskampf. Es kommt mir vor wie ein 3D-Film. Er quält sich, kaum zwei Meter von uns entfernt. Seine Augen fallen langsam zu. Es geht zu Ende.

Halt! Was war das? Jetzt kommen sie.

Lauschen!

Stimmen. Es wurde auch Zeit, dass sie uns aus dieser misslichen Lage befreien. Obwohl — das waren die schönsten Minuten meines Lebens. Wegen ihr. Dann werde ich jetzt die letzten Sekunden mit ihr an meiner Seite noch genießen.

»Sie sind da. Jetzt wird alles gut.

Sie holen uns hier raus. Es ist vorbei. Ganz ruhig.«

Ich spüre, wie meine Worte Ann-Kathrin beruhigen, und ich sehe ein letztes Mal hinunter in ihren Ausschnitt. Ihr strammer, voller Busen. Das Tattoo.

Ich stelle mir den nächsten Schritt vor, das nächste Ziel. Ich sehe vor mir, wie ich ihr den Spitzen-BH sanft von den Schultern streichen und den Schriftzug *With every beat of my heart* mit meinen zärtlichsten Küssen bedecken würde, während meine Hände auf ihrem wohlgeformten Busen lägen.

Sie wäre gefügig und willig, der gute Wein aus dem Restaurant ließe sie zu einem wilden Engel werden.

Ich kann es kaum noch erwarten.

Beharrlichkeit.

Jetzt ist es vorbei mit dem Oberstudienrat.

Dann gute Reise. Hat ja lange durchgehalten. Hätte ich

ihm gar nicht zugetraut.

Ein zäher Kerl, das muss ich ihm lassen.

Für ihn kommt die Rettung leider zu spät. Nicht für uns zwei. Die Stimmen werden lauter. Geheule. Kurze Schreie.

Ann-Kathrin sieht zu mir hoch, sie hat geweint. Ihr Blick ist flehend und voller Angst.

Mein Gott, wie wunderschön sie ist.

»Komm, sie sind da. Ich helfe dir hoch. Mach langsam.«

»Ja, langsam. Danke. Sind sie das wirklich? Werden wir gerettet?«

»Ja, ganz sicher. Die Polizei ist im Gebäude. Komm. Langsam. Ich stütze dich.«

Wie zerbrechlich sie jetzt doch wirkt. Ein verwirrtes, ängstliches Rehkitz, das sich im Wald verirrt hat. Ich stütze sie, rieche sie, halte sie ganz fest an meiner Seite, während wir langsam das Raucherzimmer des Lehrertrakts verlassen.

Wir müssen an Oberstudienrat »Leck-mich« vorbei, und ich achte darauf, dass Ann-Kathrin nicht mitbekommt, wie ich dem Drecksack noch einen Tritt in die Seite gebe, während wir uns an ihm vorbeibewegen.

Ein kleiner Abschiedsgruß.

Ich lache mich innerlich kaputt. Was für ein erhabenes Gefühl. Ich habe doch tatsächlich mein Ziel erreicht. Ich bin so glücklich, während ich meine liebe Ann-Kathrin stütze und wir uns zur Tür nach draußen auf den Flur begeben.

Wieder sieht sie mich an. Fragend und ängstlich, unsicher, und ich erkenne, was sie jetzt so flehend erwartet.

Ich nehme ihr die Unsicherheit und die Angst, die ich in ihren blauen Augen lese, indem ich ihr ein Lächeln schenke, das selbstsicher und voller Zuversicht ist.

Ich nicke ihr zu, lasse sie spüren, dass sie sicher und geborgen ist an meiner Seite.

Ja, Ann-Kathrin, ich bin dein Mann, dein Beschützer, dein Fels in der Brandung, dein Ein und Alles.

Auf ewig.

Jetzt kann auch sie ein wenig lächeln. Na bitte.

Da sind ja die Herren vom Sondereinsatzkommando. Schwer bewaffnet und gepanzert.

Geschafft.

Auszug aus den Ermittlungsunterlagen des Bundeskriminalamts Wiesbaden
Der Fall „Koch"/ Az 41347/12

Zeitprotokoll mit Ereignisablauf:

07:17 Uhr
Am Donnerstag, d. 25.10.2012, betritt der sechzehnjährige Schüler Maximilian Koch das Albert-Schweitzer-Gymnasium, an dem er zusammen mit zwanzig Mitschülern die Klasse 10 FE absolviert.
Laut Zeugenaussagen verhält sich Koch an diesem Tag beim Betreten der Schule unauffällig. Trotz der hohen Mengen des Betäubungsmittels Amphetamin, welches Koch im Laufe der vorherigen Nacht und in den frühen Morgenstunden konsumiert hat, wirkt er ruhig und entspannt.
Ermittlungen der Kriminologen ergeben, dass Maximilian Koch zu diesem Zeitpunkt seit ca. 45 Stunden nicht mehr geschlafen hat. Neben dem Betäubungsmittel Amphetamin hat Koch zusätzlich hohe Mengen eines anabolen Steroids eingenommen.
Nichts deutet an diesem Donnerstagmorgen darauf hin, dass der mutmaßliche Täter Koch vorhat, ein Blutbad an dem Gymnasium anzurichten, welches unzählige Todesopfer und zahlreiche Verletzte fordert.

Kapitel 2
Der Zweck heiligt die Mittel

Zwei Wochen zuvor …

Meine Beckenknochen schlagen gegen seinen Schreibtisch, und ich bekomme kaum Luft. Ich kralle mich mit beiden Händen an der Tischkante fest.

Die Katze beobachtet uns. Sie starrt! Ob sie begreift, was hier passiert? Sie sitzt vor uns auf dem Betonfußboden und fixiert mich mit ihren geheimnisvollen gelben Augen. Sie hat mich hierhergebracht.

Schicksal.

Das Stück Wollpulli in meinem Mund ist nass vom Speichel, und es knirscht, wenn ich draufbeiße. Es fühlt sich seltsam an, irgendwie metallisch. Organisch. Wer noch nie in einen nassen Wollpulli gebissen hat, kann es nicht nachempfinden. Aber es ist Teil seiner Forderung, damit mich hier unten niemand hört. Er hat panische Angst, erwischt zu werden. Dabei ist das gleichmäßige Summen der Heizanlage viel lauter. Selbst sein Quieken wirkt durch die Umgebungsgeräusche leise und gedämpft.

Ich höre ihn. Ich spüre seinen Bauch. Höre das klebrige Klatschen. Er wird schneller.

Gleich vorbei.

Es ist mir scheißegal. Es ist Teil meines Plans. Außerdem habe ich vorhin im Wald ein paar Mal an einem kleinen Joint gezogen, den ich mir extra vorher gedreht hatte. Ich komme dann besser damit zurecht.

Er ist heute energischer als die Male davor, und ich höre, wie er hinter mir grunzt und quiekt. Er hört sich an wie ein Schwein. Ein krankes, perverses Schwein. Er ist ein Schwein.

Sein Schweiß tropft auf meinen unteren Rücken und meinen Hintern. Ich versuche, mich auf die nasse Wolle in meinem Mund zu konzentrieren, denn seinen stinkenden, verkeimten Schweiß auf meiner Haut zu spüren, ekelt mich an. Vielmehr als sein Ding in meinem Arsch. Duschen muss ich sowieso.

Die Katze sitzt nur da wie versteinert. Sie findet das Programm scheinbar interessant, denn sie wirkt fasziniert und lässt ihren Blick nicht von uns.

Katzen miauen und maunzen nur dem Menschen gegenüber. Niemals bei Artgenossen. Wo habe ich das noch gehört? Oder gelesen? Angel.

Er ist wütend, sonst wäre er nicht so wild. Irgendetwas hat ihn verärgert, das habe ich gleich gemerkt, als er mir die Tür aufgemacht hat. Aber auch das ist mir scheißegal. Er ist sowieso schon tot, er weiß es nur noch nicht. Alles zu seiner Zeit.

Er ist in mir und die Katze vor mir. Er kämpft sich einen ab und ...

Was macht die Katze da? Sie fängt an, ihren eigenen Schwanz zu jagen ...

Sein Schwanz — ihr Schwanz.

Hoffentlich ist er bald fertig.

Die Katze dreht sich. Was ist mit dem Tier los?

Dreht sich immer schneller. Die Katze ist doch nicht normal! Wenn sie nicht aufpasst, knallt sie gleich gegen den ... Scheiße ... den Schaltschrank.

Sie schüttelt sich, als hätte sie einen Stromstoß bekommen. Sie ist total orientierungslos. Ihre Augen … rollen unkontrolliert.

Ich vergesse für einen Moment den Hausmeister hinter mir und mache einen Fehler. Ich fange laut an zu lachen, denke mir nichts dabei.

Früher hätte ich Mitleid mit dieser Katze gehabt und mit Sicherheit nicht gelacht. Aber das war mal …

Er hört augenblicklich auf, mich zu bearbeiten und zieht sein Teil ruckartig raus. Er ist wütend, denkt wahrscheinlich, ich würde über ihn lachen. Keine Ahnung.

Er packt mich an meiner Schulter und dreht mich ruckartig um, sodass ich seine schmierige Visage direkt vor mir habe. Seine Haare sind schweißnass und kleben an seiner birnenförmigen Stirn. Aber das ist nicht annähernd so ekelhaft wie die Tatsache, dass ich plötzlich sein Ding an meinem eigenen spüre, da wir beide mit runtergelassenen Hosen dicht voreinander stehen. Spitze an Spitze sozusagen. Die Schwerter gekreuzt. Das geht überhaupt nicht in Ordnung, und mir wird speiübel.

Ich stoße ihn unsanft von mir weg. Er stolpert rückwärts über seinen Overall, der ihm an den Fußgelenken hängt. Er fällt.

Achtung — Baum fällt! Noch bevor er auf seinem fetten Hintern landet, habe ich meine Hosen wieder oben.

Es mag seltsam anmuten, dass dieser Hautkontakt einen solchen Schock in mir ausgelöst hat. Verständlich angesichts der Tatsache, dass ich den Kerl ja auch an und in meinen Allerwertesten lasse. Aber das ist Mittel zum Zweck und die andere Sache meine Privatsphäre. Tabuzone.

Außer mir selbst hat noch nie jemand mein edelstes Stück berührt, und das soll bis zum Erwählen meiner Herzensperson auch so bleiben.

Durch diese ungeplante Berührung fühle ich mich irgendwie entjungfert, das gefällt mir überhaupt nicht. Ekel peitscht mich, und ich schüttele mich wie die Katze kurz zuvor.

Hätte er nicht ohnehin auf meiner Liste gestanden, wäre dieser Moment wohl der richtige Zeitpunkt gewesen, um ihm die Eier abzuschneiden und sie ihm dahin zu stopfen, wo einmal seine Augen waren.

Er liegt vor mir auf dem Betonfußboden, auf dem Rücken wie ein Maikäfer. Ich stehe nur da und rühre mich nicht.

Mir wird schlecht.

Der Schock und der Schreck lähmen mich immer noch. Er versucht, wieder auf die Beine zu kommen. Relativ erfolglos, denn sein fetter Bauch hindert ihn daran, mit den kurzen Armen an seine Hosen zu gelangen. Er schnaubt, schimpft und robbt vor mir hin und her.

Ich fange erneut an zu lachen. Ziemlich laut, und mit einer Portion Schadenfreude. Ich zeige mit dem Finger auf ihn, um zu signalisieren, dass ich dieses Mal tatsächlich über ihn lache.

Und so etwas spielt oben die Vertrauensperson und den Ansprechpartner für die Schüler.

Ob außer mir noch jemand weiß, dass er so einer ist?

Es ist eine gewisse Genugtuung, über ihn zu lachen. Ihn so hilflos zu sehen. Allein wegen der widerlichen

Berührung.

Aber es ist auch Ausdruck von Verachtung und Ekel.

Er sieht mich an und sagt nichts.

Seine Hosen bedecken mittlerweile wenigstens seinen dicht zugewachsenen Intimbereich, während er weiterhin verzweifelt versucht, dieser unwürdigen Haltung zu entkommen.

Er zappelt, flucht und fällt dabei wie ein angeknockter Preisboxer auf die Seite.

Er fängt doch nicht etwa an zu heulen?

Doch! Er heult!

Er liegt nur noch da, mit dem Kopf seitlich auf dem Fußboden, und heult. Sein blanker Bauch berührt ebenfalls den Beton, und das behaarte Fett zuckt im Takt seines Schluchzens.

Er macht keine Anstalten mehr, der Situation Herr zu werden, und ich bereue augenblicklich mein Verhalten ihm gegenüber. Aber nicht, weil er mir leid tut, sondern weil ich durch mein Verhalten meine Mission in Gefahr bringe!

Diese ganze Scheiße, die sich hier unten abspielt, dient ja einem bestimmten Zweck, und ich setze das leichtfertig aufs Spiel.

Was bin ich für ein Idiot.

Beharrlichkeit.

Ich beuge mich zu ihm herunter, reiche ihm meine Hand und helfe ihm auf die Beine. Er steht schwankend und weinerlich wie ein kleines Kind vor mir. Vermutlich hat er auch Magenschmerzen.

Ich lege meine Arme um seine Hüften, greife nach seinen Hosen und ziehe sie mit ruckartigen

Bewegungen nach oben über seinen dicken weißen Hintern.

Dabei muss ich mit meinem Kopf tief in seinen dicken Bauch eintauchen, um überhaupt mit meinen Armen und Händen den gewaltigen Körperumfang überbrücken zu können.

Die ganze Situation kotzt mich einfach nur an, am liebsten hätte ich ihn auf dem Boden des Kellers liegengelassen und wäre gegangen.

Aber ich denke wieder an den Grund für das alles hier, sehe zu ihm auf und lasse ihn wissen, dass alles in Ordnung ist.

Ich entschuldige mich brav und erkläre ihm den Hintergrund meines Verhaltens. Dass mein Lachen durch die vorausgegangene Situation mit der Katze entstanden war. Dadurch beruhigt er sich.

Er ist ein Kind im Körper eines Erwachsenen.

Aber ich habe keinen Funken Mitleid mit ihm. Ich empfinde eigentlich gar nichts, was diesen jämmerlichen Typen betrifft. Für eine Klobürste empfindet man ja auch nichts. Außer vielleicht Ekel. Ich benutze ihn für meine Zwecke, so wie man eben auch eine Klobürste benutzt.

Speed macht emotionslos.

Ich helfe ihm in die obere Hälfte seines Overalls, indem ich erst seine linke und dann seine rechte Hand in die Ärmel fädele. Den Rest überlasse ich ihm.

Er hüpft unbeholfen in seinen Blaumann, während er mich verlegen aus seinen kleinen Augen ansieht. Ich lächele ihn an und sehe mich dann um. Der Stuhl. Ich ziehe den Drehstuhl, der hinter mir am Schreibtisch steht, in seine Richtung, drehe ihn mit der Lehne zu mir und sage ihm, er solle sich erst einmal setzen. Ich versuche, fürsorglich zu wirken, sehe die Mission in Gefahr und gebe mir besondere Mühe, dieses fette Schwein von Hausmeister zu besänftigen. Ohne ihn komme ich nie an den Kellerschlüssel.

Der Schlüssel ist wichtig. Unentbehrlich.

Ich brauche diesen Schlüssel!

Er wirkt auf mich wie ein riesiges Baby und hat so rein gar nichts von einem Mann, als er sich in den Stuhl plumpsen lässt und sich seine Kleidung unsortiert über seinem schwammigen Körper spannt.

Am liebsten würde ich ihn dafür links und rechts ohrfeigen.

Während ich ihm in Gedanken ein paar kräftige Schläge mit dem Handrücken verpasse, fängt er an, mir seine Geschichte zu erzählen.

Dass er über dreißig Jahre verheiratet war und seine Frau ganz schrecklich vermisst.

Der Arme.

Sie kam eines Tages unerwartet früh nach Hause, und was sah sie?

Ihn, mit einem Jungen. In der gleichen Position wie er und ich eben.

Er konnte gar nicht so schnell darauf reagieren, sie stand einfach zu plötzlich, mit ihren Einkaufstüten in beiden Händen, in der Tür.

Der junge Stricher lief halb nackt aus der Wohnung.

Was für ein Idiot. Am liebsten würde ich jetzt, bei dieser Story, wieder laut loslachen.

Seine Frau war völlig schockiert, fassungslos. Klar.

Sie fing dann unter Tränen an, Fragen zu stellen. Seit wann er so wäre und warum. Woher der Junge käme und so weiter. Lauter Fragen, die die ganze Sache noch schlimmer machten.

Klassisch versaut, die Ehe.

Er watschelt nun zu dem Metallschrank und streckt sich nach der Packung mit dem Katzenfutter. Dabei frisst sich sein Blaumann in seinen fetten Hintern. Er muss aufpassen, sonst platzt die Arbeitshose aus allen Nähten.

Er flehte seine Frau damals an, ihn nicht zu verlassen, und sie stellte ihm eine Forderung. Wenn er ehrlich zu ihr wäre, ihr alles genau erzählte, dann würde sie bei ihm bleiben. Aber er dürfte nicht mehr lügen, denn es wäre alles schon schlimm genug.

Und er?

Erzählte alles. Ließ nichts aus. Legte einen kompletten Seelenstrip vor ihr hin. Dass er diese Neigungen schon sehr früh erkannt hätte, noch bevor sie sich kennengelernt hatten. In der Lehrzeit wäre der Betriebsmeister immer dicht an ihn herangetreten und hätte sich an ihm gerieben.

Und irgendwann hatte er dann wohl so dagestanden wie ich eben.

Mit dem Unterschied, dass es ihm gefallen hatte und er sich daraufhin entschloss, die Rollen zu tauschen.

Also war er losgezogen und hatte sich Jungs gesucht.

Für Geld. Am Bahnhof und sonst wo.

Seine Frau saß neben ihm, hörte sich die ganze Scheiße an und nickte nur still.

Alles, was er ihr erzählt hatte, erzählt er jetzt mir.

Dafür gehen über zwei Stunden meiner Lebenszeit drauf. Was macht man nicht alles, um an sein Ziel zu gelangen. *Willenskraft und Beharrlichkeit.*

Und als er dann am nächsten Tag nach Hause kam, war die ganze Bude leergeräumt. Seine Frau hatte die komplette Einrichtung mitgenommen und war weg.

Bei dieser Passage der Geschichte kann ich ihn kaum noch verstehen, so sehr flennt er. Sie hatte ihm nichts dagelassen! Gar nichts. Selbst die Handtuchhalter hatte sie von der Wand im Badezimmer entfernt. Kein Abschiedsbrief. Nichts.

Knapp zwei Monate später erfolgte dann die Zustellung der Scheidungspapiere über den Anwalt, gleichzeitig wurde er aufgefordert, die Mandantin — sprich seine zukünftige Exfrau — nie wieder zu kontaktieren.

Kurze Zeit darauf verlor er seine Wohnung und quartierte sich für eine ganze Weile hier unten im Schulkeller ein.

Jetzt verstehe ich.

Das durfte natürlich niemand von der Schulleitung mitbekommen. Er schleppte nachts eine Matratze hier herunter und schlief wochenlang in dem hinteren Kesselraum. In dem Bereich ist es warm, da die Leitungen der Warmwasserzubereitung dort in die zwei großen Kessel laufen und diese erhitzt werden. Und damit er sich nicht ganz so einsam in diesem Heizungskeller fühlte, holte er sich eine Katze aus dem Tierheim. Sollte wohl alles so passieren, denn wenn in dieser Geschichte irgendetwas anders verlaufen wäre, hätte es keine Katze gegeben, und ich wäre niemals hier unten im Keller gelandet. Wäre nie auf die Idee mit dem Versteck gekommen.

Hätte, wenn, und wäre. Ist aber so gekommen. Eine Fügung des Schicksals.

Jetzt bückt er sich, um der Katze das Trockenfutter in ihren Napf zu geben. Ich sehe ihn kaum noch. Nur seinen fetten Hinterkopf. Die Chance. Jetzt. Umschalten!

Ich ziehe die rechte Schublade des Schreibtisches auf, werfe einen kurzen Blick hinein. Das Schlüsselbund. Da liegt es. Schnell wieder zuschieben, denn er kommt schon wieder hoch und grunzt. Das Schwein. Er platzt bald. Sein Kopf ist knallrot. Sein Telefon schrillt. Es hängt in einem Halfter an seinem Hosenbund.

Ein fetter Cowboy mit Colt.

Er fängt an, mit den Armen zu fuchteln, hat die Packung mit dem Trockenfutter noch in der rechten Hand. Das Telefon hängt auch rechts. Er ist völlig überfordert. Dreht sich im Kreis und versucht, es mit der linken Hand zu greifen. Der Arm ist aber viel zu kurz. Jetzt erinnert er mich an seine Katze, als sie ihren Schwanz gejagt hat. Was für ein lächerlicher Anblick. Er sieht kurz zu mir.

Ja, ich sehe, was du da treibst. Stell erst die Packung zurück auf den Schrank, du jämmerliche Figur.

Die Katze beobachtet das Schauspiel ebenfalls, und das Telefon klingelt ohne Pause. Die Packung rutscht ihm aus der Hand, und die kleinen Stücke Trockenfutter verteilen sich auf dem Boden. Seine Katze macht einen riesigen Satz und verschwindet in den Weiten des Kellers. Endlich hat er das Telefon zu fassen bekommen. Es dauert dennoch, bis er mit seinen dicken Fingern den richtigen Knopf erwischt. Ich nutze die Gelegenheit und ziehe die Schublade erneut auf, ohne ihn aus den Augen zu lassen.

An dem Bund sind bestimmt dreißig Schlüssel. Ich erkenne den richtigen an dem blauen Ring. Da ist er, ich sehe ihn. Sie hängen allesamt an farbigen Ringen und sind gemeinsam an einem Karabinerhaken befestigt. Er hat die Schlüssel meistens an seinem Hosenbund, sie klingeln dann bei jedem seiner Schritte. Er fühlt sich dadurch groß und wichtig, zusätzlich spreizt er seine Arme vom Körper ab, wie ein Cowboy, der zum Duell geht.

Kein Pferd trägt so einen fetten Cowboy.

Das Klackern und Klingeln der Schlüssel imitiert, in seiner Vorstellung, das Geräusch der Sporen an den Stiefeln. Das sieht ihm ähnlich.

Ich muss nur diesen einen Schlüssel bekommen!

Zum Glück ist es ein einfacher Bartschlüssel. So nennt man diese Dinger. Einige der Schlüssel sehen anders aus, sie haben kleine Bohrungen und seltsame Zacken. Sie sind für die Außentüren, damit verschließt man das Gebäude. Solche Schlüssel kann man nicht ohne Weiteres nachmachen lassen. Dazu ist man nur berechtigt, wenn man eine Genehmigung der zuständigen Behörden vorweisen kann.

Das hat er mir alles nach und nach erzählt. Ich kenne den kompletten Heizungskeller mit all seinen Räumen. Alle Anlagen, Pumpen und Notstromaggregate. Ich weiß, wo was bedient wird und welcher Schlüssel für welche Anlage oder Tür passt.

Er telefoniert immer noch. Nickt ständig und gibt »Aha, aha« von sich. Was soll das?

Er hängt das Telefon wieder an seinen Hosenbund, als das Gespräch schließlich beendet ist, und kommt auf mich zu. Jetzt aber schnell die Schublade wieder schließen. Wenn er mitbekommt, dass ich in seinen Sachen schnüffle, ist alles aus.

Vertrauen will aufgebaut werden. Das dauert und ist schnell wieder dahin. Dabei muss ich an meine Lehrerin denken, an die Tätowierung auf ihrem strammen, großen Busen.

Jetzt ist er bei mir. Schnell! Ich bekomme die Schublade gerade noch rechtzeitig zu. Glück gehabt.

Er erklärt mir, dass im Chemietrakt das Licht ausgefallen sei und er kurz nach oben gehen müsste, um nachzuschauen. Eine Schulklasse sitze dort im Dunkeln.

Es gibt in den Chemieräumen keine Fenster. Keine Ahnung, was sich die Architekten dabei gedacht haben. Ich lasse ihn wissen, dass ich warten werde, bis er zurückkommt. Er freut sich und lächelt mich mit seinem fetten Gesicht an. Er ist einsam. Trotz Katze. Die Geschichte mit seiner Frau sitzt tief, und er wirkt zerbrechlich.

Ein kleines Kind.

Ich kann mein Glück nicht fassen. Er marschiert Richtung Tür, sie führt nach oben in die Schule. Ja, geh weiter. Weiter! Er ist an der Tür … Geh schon! …

Die Tür fällt hinter ihm zu, und er ist weg. Er hat die Schlüssel vergessen! Er vergisst die Schlüssel sonst nie! Heute ist mein Tag. Ich lausche. Nichts. Jetzt schnell. Ich reiße die Schublade weit auf, und ein paar Pornohefte springen mir ins Auge. Schwulenpornos. Keine Frauen. Ich greife mir das Schlüsselbund und schnappe nach dem Schlüssel mit dem blauen Gummiring. Tausend Farben. Rote, grüne, gelbe Ringe.

Ich sehe zur Tür, obwohl er ohne Schlüssel nicht mehr in den Heizungskeller hineinkommt, nachdem die Tür ins Schloss gefallen ist. Sie hat von außen nur einen Knauf. Aber trotzdem kann ich den Reflex nicht unterdrücken und schaue immer wieder in diese Richtung.

Ich muss ihm aufmachen, wenn er zurückkommt. Trotzdem ist Eile geboten. Er könnte jeden Moment bemerken, dass er nicht John Wayne ist, seine Sporen bei seinen Schritten keine Geräusche machen, und den Grund dafür erkennen. Dann wäre er ganz schnell wieder hier unten an der Tür.

Ich lausche erneut. Nichts. Den Schlüssel habe ich abbekommen.

Und nun hole ich einen anderen, mitgebrachten Schlüssel aus meiner Tasche. Er sieht annähernd gleich aus, und als ich den blauen Gummiring darüber gezogen und ihn wieder an die Stelle platziert habe, wo der Originalschlüssel gehangen hat, ist kein Unterschied zu erkennen.

Alles zurück in die Schublade und fertig. Ich habe ihn! Ich habe den Schlüssel!

Ich werde ihn schnell beim Schlüsseldienst nachmachen lassen und danach, sobald es geht, am Bund zurücktauschen.

Könnte mein Hausmeister jetzt gleich durch die andere Tür in den Keller zurückkommen, die hinten hinauf zur Rückseite des Gebäudes und in den Wald führt? Nein! ... Für die braucht er ebenfalls seinen Schlüsselbund. Und das liegt hier unten.

Die Tür, durch die ich damals zum ersten Mal in den Keller gekommen bin .

Wo ist seine Katze? Hier gibt es tausend Ecken und Winkel, jede Menge Möglichkeiten, sich zu verstecken. Etwas zu verstecken.

Der Zweck heiligt die Mittel.

Beim ersten Mal tat es heftig weh, und ich schrie auf, als er angefangen hatte.

Fast hätte ich den Plan mit dem Versteck verworfen. Hätte mir etwas anderes ausgedacht.

Aber dann gab der Fette mir den Wollpulli und meinte, ich sollte mir einen Teil davon in den Mund stopfen.

Ich sah ihn an und dachte: *Was bist du doch für ein kranker Arsch.*

Gleichzeitig musste ich an die stolzen Worte meines Vaters denken: »Willenskraft und Beharrlichkeit. Diese Charaktereigenschaften sind der Schlüssel zum Erfolg und in den Genen unserer Familie verankert!«

Daraufhin erklärte ich mich einverstanden und steckte mir das Stück Wollpullover in den Mund. Seitdem mache ich das jedes Mal. Für den Fall, dass ich vor Schmerz aufschreien muss. Aber er wird dafür bezahlen. Alle werden dafür bezahlen. Ja ...

Wie spät ist es? Ich ... ich muss den Schlüssel nachmachen lassen. Ich bin müde. Mutter? Da ist die Katze ... wo? Ich habe sie gerade gehört ... bin ich müde! Sternenstaub. Ich kann meine Augen nicht mehr offenhalten. Ich sollte mich duschen. Rauschen im Kopf. Die Katze. Träume ich?

Die Katze springt mir direkt vor die Füße. Wie aus dem Nichts, ich stürze fast. Versuche, mich zu fangen. Auf der anderen Straßenseite lachen zwei Mädchen, die mich bei meinem kläglichen Versuch, nicht zu stürzen, beobachten. Wieder einmal mache ich mich zum Gespött. Ich wollte cool wirken, das war nichts. Natürlich lachen sie. Wo kommt diese Katze her?

Ich taumele noch, als sie weiterläuft. Vor mir her, keine drei Meter. Sie bleibt erneut stehen und dreht sich zu mir um, sieht mich an. Spielchen? Na gut. Ich gehe hinter ihr her. Sie setzt wieder an, läuft weiter. Immer ein paar Meter vor mir. In die gleiche Richtung wie ich. Ich soll dir folgen? Also gut. Ich höre sie. Sie ruft meinen Namen. Ich folge ihr, habe noch Zeit. Wieder bleibt sie stehen. Dreht sich um. Kein Zweifel. Sie meint mich. Ich habe sie noch nie gesehen. Aber es ist eine willkommene Abwechslung. Auf geht's. Sie läuft wieder los.

Die Gedanken an Vater und Mutter, die mich sonst jeden Morgen hier auf dem Weg zur Schule verfolgen, verblassen. Ich schlafe mit diesen Bildern ein und werde mit ihnen wach. Es rauscht in meinem Kopf.

Wo ist die Katze? Da vorne. Ich habe sie im Visier.

Ich kann nicht mehr länger mit meinen Eltern an einem Tisch sitzen. Heute Früh haben sie sich, in meiner Vorstellung, wieder in perverse Monster mit grotesken Masken verwandelt, während ich meine Frühstücksflocken gegessen habe. Der aufkommende

Geruch von Leder und Gummi hätte mich beinahe zum Kotzen gebracht. Ich bin aufgesprungen und habe das Haus verlassen, ohne mich zu verabschieden.

Müsste jetzt halb sieben sein. Um acht Uhr beginnt der Unterricht. Ich habe Zeit für dich, kleine Mieze.

Da ist sie. Automatische Zielerkennung aktiviert. Wärmesensoren an. Tunnelblick. Sie dreht sich zu mir um. Ich folge ihr, hänge an ihr dran. Geschätzte Entfernung: etwa sechs Meter. Abstand beibehalten. Wärmesensoren haben Zielobjekt erfasst. Katze.

Ich bemerke den Mann nicht, der mir entgegenkommt. Wir stoßen fast zusammen. Er meckert mich im Weitergehen an.

Ich zische zurück: »Mensch ja, pass doch selbst auf!«

Zielobjekt biegt nach links ab. Sichtkontakt verloren. Geschwindigkeit erhöhen. Dort drüben läuft sie! Wieder bleibt sie stehen, setzt sich, putzt sich, macht auf desinteressiert. Ich bleibe stehen. Ich spiele ihr Spiel mit. Wie geht's weiter? Es geht weiter. Das gefällt mir, und die Gedanken an meine Eltern sind vorerst aus dem Kopf.

Dafür ist das Rauschen da. Ich höre nichts anderes. Merke nicht, dass ich laut mit mir selbst rede. Die Katze läuft vorweg.

Eine Mutter will ihren kleinen Jungen zur Schule verabschieden, als ich ihren Weg kreuze. Beide sehen zu mir. Ich registriere es, ohne die Katze aus dem Fadenkreuz zu lassen. Aus den Augenwinkeln heraus erkenne ich, dass die Frau dem Jungen mit beiden Händen an die Schultern fasst und ihn zurückhält, bis ich an ihnen vorbeigegangen bin. Gute Mutter. Gibt acht auf ihren Jungen. Damit ihm nichts geschieht. Nicht so wie meine.

Ich sehe wieder meine Mutter vor mir, in unserem Keller, höre sie lachen. Warum schlägt sie das Mädchen? Der Geruch von Leder steigt mir erneut in die Nase. Hat sich festgebissen in den Geruchsnerven. Lenk mich ab, Katze. Auf dass ich diese schrecklichen Bilder loswerde. Das Tier wird schneller. Ich auch. Es geht scheinbar in Richtung Schule. Erst die Straße entlang, dann auf dem Bürgersteig weiter. Noch kein Auto unterwegs. Kennt sie die Gefahr durch Autos? Sieben Leben sind da schnell aufgebraucht, wenn man unter so ein Auto gerät.

Ich folge ihr. Videospiel. Jäger und Gejagte. Im Kampfjet. Im Häuserkampf. Die Welt ist nicht real. Die Sache im Keller? Ist sie passiert? Ich bin nicht verrückt. Nur weil ich mit mir selbst rede. Machen andere auch. With.

So ein wunderschöner strammer Busen.

Konzentration. Katze direkt auf zwölf Uhr. Habe ich Feuererlaubnis? Brauche Bestätigung! Ziel in unmittelbarer Entfernung. Liquidieren oder abwarten? Identifizierung. Nein? Gut. Weiter geht's. Wo jetzt hin? Sie ändert die Richtung. Biegt in das Waldstück ein. Zeitcheck. Genug Vorlauf. Die erste Stunde bei Herrn »Leck-mich«. Die Drecksau.

Hätte er mich nicht an meinem Geburtstag der Schule verwiesen, wäre das alles nicht passiert. Ich hätte nie etwas von der Sache mit dem Hausmädchen erfahren. Was für ein Geburtstagsgeschenk.

Wieviel kann eine menschliche Psyche ertragen?

Die Antwort werde ich bekommen.
Beharrlichkeit.
Ich habe Zeit. Es liegt nichts weiter an, außer meinem Plan.
Aufpassen. Die Katze. Unwegsames Gelände. Wildwuchs. Wald und Wiesen wechseln sich ab. Büsche, Bäume, Sträucher. Unkraut. Abstand zum Zielobjekt verringern. Die Wahrscheinlichkeit, sie zu verlieren, erhöht sich. Sie wartet nicht mehr. Sie ist klar im Vorteil in diesem Terrain. Sie ist klein, jung. Vielleicht erst ein halbes Jahr alt. Gelangt besser durch das Unterholz, ist wesentlich schneller als ich. Aber ich lasse sie nicht mehr aus den Augen. Jetzt will ich genau wissen, was sie vorhat.
Ich verliere sie. Nein, dort!
Sie springt über einen umgestürzten, alten Baumstamm, erscheint dadurch wieder in meinem Sichtfeld. Du flinkes kleines Ding.
Jetzt bin ich bei dem Hindernis, welches sie so elegant und mit einem Satz überwunden hat. Das kann ich auch. Der Stamm ist morsch und instabil.
Ich springe mit einem großen Schritt auf den Baum, Höhe etwa siebzig Zentimeter. Es knarrt, ich rutsche ab, lande im Dreck. Ein intensiver Schmerz in der linken Hand. Macht nichts. Keiner lacht. Hat also niemand gesehen. Blut. Macht auch nichts. Und Schmerzen kann ich ignorieren. Beziehungsweise im Kopf umwandeln. In etwas Angenehmes. In schönen Schmerz. Meine Eltern kommen mir wieder in den Sinn, während ich die Verfolgung aufnehme. Warum? Durch die Schmerzen? Der Schnürsenkel meines

Turnschuhs ist aufgegangen und behindert mich ein wenig beim Laufen, da ich damit ständig im Gestrüpp hängenbleibe. Aber Anhalten geht jetzt nicht, sonst ist die Katze weg. Ich habe kaum Sichtkontakt, muss das Gehör zuschalten. Immer dem Rascheln nach. Ich bin verdreckt vom Sturz. An die Schule denke ich nicht. Erst als der hintere Gebäudekomplex durch das Laub der Bäume auftaucht, wird mir bewusst, wo wir uns befinden. Die große graue Turnhalle und der angrenzende Chemietrakt. Die Schule! Wo ist die Katze? Da vorne. Sie läuft an der Rückwand des Gebäudes entlang. Es gibt keine Fenster hier hinten. Aber eine Treppe nach unten. Ich sehe gerade noch, wie die kleine Katze dort hinunterläuft und verschwindet. Ich will erst die Umgebung scannen. Also bleibe ich stehen, sehe mich um. Hier, auf der Rückseite des Schulgebäudes, war ich noch nie.

Wie ich aussehe! Ein Riss in der linken Hand. Blut läuft nach wie vor aus der Wunde. Die Treppe führt in den Keller. Soviel ist klar. Aber was befindet sich da unten?

Ein Gehweg aus Betonplatten führt, von der Vorderseite aus, um das Gebäude herum zur Rückseite. Der Weg endet vor dem Treppengang, an dem ich die Katze eben verschwinden gesehen habe. Erneut inspiziere ich die Umgebung. Keine Kippen auf dem Boden. Kein Papier, keine alten Feuerzeuge. Nichts, was darauf deuten könnte, dass sich hier hinten Schüler aufhalten, um heimlich zu rauchen oder um sich den Blicken des Aufsichtspersonals zu entziehen. Wie ich diese Raucher hasse. Wie ich sie alle hasse.

Beharrlichkeit.

Ich kenne diesen Teil des Schulgeländes nicht. Kann man von hier aus überhaupt um das gesamte Gebäude herumgehen? Wahrscheinlich gibt es einen Zaun zu beiden Seiten. Mit einem Tor vielleicht. Alles ist sauber und gepflegt. Die Betonplatten sind frisch abgefegt. Niemand zu sehen.

Ich schleiche mich bis an die Treppe, die in den Keller führt. Die Tür dort unten steht einen Spalt offen. Da wohnst du, kleine Miezekatze? Oder was hat das zu bedeuten?

Ich gehe vorsichtig die Treppe hinunter. Leise.

Unten angekommen, lausche ich. Gleichmäßig surrende Geräusche dringen durch den Türspalt nach draußen. Ein Heizungsraum. Natürlich. Was denn sonst.

Ich strecke meine Hand aus, um die Tür ganz vorsichtig ein wenig weiter aufzuschieben, als sie plötzlich wie von alleine aufgeht. Ich erschrecke, habe sofort wieder Rauschen im Kopf. Heftiger als sonst. Ein tosender Wasserfall zwischen den Stirnlappen. Ein Mann steht vor mir. Er redet, ist wütend. So scheint es. Er bewegt den Mund, sieht mich an, aber ich höre ihn nicht. Das Rauschen übertönt ihn. Er nimmt meine Hand in die seine, dreht sie mit seiner Pranke, und Blut läuft in die Handinnenfläche. Er zieht mich in sein Versteck.

Ich bin in Schockstarre. Wie hypnotisiert. Kann mich nicht wehren.

Ich sitze. Der dicke Mann kommt mit Verbandszeug und verarztet mich. Wir sind im Heizungskeller der

Schule. Es ist warm hier unten. Angenehm warm, und die ersten Wortfetzen dringen zu mir durch, ... nicht gut aus ... still ... machen wir wieder ... Woher kommst du ...?

Er fragt mich weiter aus, wer ich bin, und ob ich auf diese Schule gehe. Ich antworte, ohne es richtig zu merken. Dem Wasserfall geht das Wasser aus.

»Ja, ich gehe hier zur Schule.«

Ich sehe mich um, während er immer noch meine blutende Hand versorgt. Aber sein Gesicht hat sich verändert. Er ist entspannt, wirkt jetzt freundlich, und ich erkenne ihn. Der Hausmeister der Schule, mit dem blauen, viel zu engen Overall. Hier unten hält er sich auf, und die Katze ... gehört zu ihm.

Ich sehe sie, über den Schreibtisch hinweg, vor einem Fressnapf sitzend. Sie frisst, er redet.

Mein Verstand verdrängt die Schocksituation, und die Wärme hier unten hilft dabei. Ich lasse ihn machen, mein Denken schaltet sich wieder ein, immer besser, immer schneller.

Das ist es! Das ist das ideale Versteck! Kein Zufall. Danke, Katze. Schicksalhafte Fügung. Solche Zufälle gibt es nicht. Tausende von Rohrleitungen und Gerätschaften, Schaltschränke, ein Spint. Ecken und Winkel. Und wieder glitzernder, feinster Sternenstaub in meinem Kopf.

Er sieht mich an. Ich erkenne sofort seinen Blick. Er hat gewisse Neigungen, und er hält meine Hand, obwohl sie längst verbunden ist. Ich spüre, was er will. So etwas merkt man ganz schnell. Er sitzt mit seinem Hintern auf dem Schreibtisch, ich im Stuhl davor.

So einer also.
Na gut. Ist mir doch egal. Hier ist sonst niemand. Er hat seine Hände schon bei mir. Ich lasse ihn. Was macht er da?
Das Rauschen. Wo bin ich? Ein Klopfen. Es klopft. Wer klopft? Der Schreibtisch ... Geräusche ... die Katze ... Wieder ein Klopfen, lauter, intensiver ...
Nur ein Traum.

Ich liege mit dem Kopf auf dem Schreibtisch, als ich wach werde. Speichel läuft aus meinem Mund und über die Wange. Ich bin eingeschlafen.

Es klopft erneut. Der Hausmeister! An der Tür. Er ist zurück.

Der Traum. Die schicksalhafte Begegnung mit der Katze, die mich zu ihm führte ... hierher, in den Heizungskeller. Es war Bestimmung, kein Zweifel.

Es fällt mir schwer aufzustehen. Mein Bein ist eingeschlafen, und ich kippe fast vom Stuhl, als ich mich erheben will. Er ruft.

Ja doch. Ich bin ja schon da.

Er ist ungehalten, aber ich beruhige ihn und lasse ihn wissen, dass alles in Ordnung ist.

»Ich bin nur eingeschlafen.«

Er berichtet von der Klasse, die im Dunkeln gesessen hat und erzählt, dass sie applaudiert hätten, als das Licht wieder angegangen war. Nur eine defekte Sicherung. Er hat immer Ersatz bereitliegen. Oben in seinem offiziellen Büro. Es befindet sich direkt neben dem Trakt der Schulleitung und den Lehrerzimmern. Doch dort hält er sich nicht gerne auf, weil ihn da drinnen alle wie einen Affen beglotzen können.

Ich will nur noch weg von hier. Die Tatsache, dass ich endlich bekommen habe, was ich wollte, macht mich unruhig, denn es gibt jetzt noch ein paar Dinge zu erledigen. Nach Hause, duschen. Und anschließend eine Kopie des Schlüssels anfertigen lassen.

Je schneller ich damit durch bin, umso kleiner das Risiko, dass er es bemerkt.

Ich weiß, dass es ihm nicht gefallen wird, wenn ich ihm mitteile, dass ich nun gehe.

Er ist vorhin nicht fertig geworden. Aber das ist mir völlig gleichgültig. Es gibt keinen Grund mehr, meinen Arsch hinzuhalten.

Ich muss nur aufpassen, dass er meinen Drang, hier schnell rauszukommen, nicht bemerkt.

Kein Problem.

Ich lächele ihn nett an, als ich ihm sage, dass ich jetzt los muss, beuge mich zu ihm und gebe ihm einen Kuss auf seine speckige Wange.

Er wirkt erst irritiert, und dann völlig verzaubert. Er hat noch nie einen Kuss von mir bekommen.

Dieser Kuss galt auch nicht ihm, sondern meinem Erfolg, den ich bei der ganzen Sache hier unten im Heizungskeller gehabt habe.

Ich drehe mich um und wische mir, ohne dass er es sieht, mit dem Handrücken über meinen Mund.

Dann wende ich mich nochmal zu ihm um und lasse ihn wissen, dass ich bald wiederkommen würde, ich käme doch immer wieder. Er sieht mich traurig an, der fette Cowboy, und winkt, als ich den Heizungskeller durch die hintere Tür verlasse.

Was für ein Idiot.

Auszug aus den Ermittlungsunterlagen des Bundeskriminalamts Wiesbaden
Der Fall „Koch"/ Az 41347/12

Zeitprotokoll mit Ereignisablauf:

07:26 Uhr
Maximilian Koch begibt sich, maskiert und dunkel gekleidet, zum doppelflügeligen Hintereingang auf der linken Westseite des Albert-Schweitzer-Gymnasiums und verschließt diesen mit einem ca. zwei Meter langen Stahldrahtseil, welches er bei sich führt. Er blockiert diesen Zugang, indem er das Drahtseil durch die sog. Drückergarnituren (Türgriffe) fädelt und die Schlaufen der beiden Enden mit einem herkömmlichen Vorhängeschloss sichert.

07:28 Uhr
Ab jetzt ist an diesem Donnerstag, 25.10.2012, weder ein Betreten noch ein Verlassen der Schule über diesen Türbereich — welcher auf den Schulhof (Zugang Sporthalle) führt — möglich.

Kapitel 3
Die Lüge

Vier Wochen zuvor …

Grammatik. Der Unterricht ist stinklangweilig. Und wenn ich die ganzen Gesichter sehe, wird mir übel. Passt überhaupt jemand auf? Hier konzentriert sich doch niemand auf den Unterricht. Bemerkt Ann-Kathrin nicht, dass Jasmin ständig mit ihrem Handy unter dem Tisch zugange ist? Wenn man ihr das Handy wegnehmen würde, dann bekäme sie einen riesengroßen Anfall. Mit Schaum vor dem Mund und Schreikrämpfen. Daraufhin würde sie vermutlich eingehen. Verwelken wie eine trockene Blume. Wahrscheinlich liegt das blöde Ding nachts neben ihrem Bett. Immer griffbereit. Oder sogar in ihrem Bett! Vielleicht ja zwischen ihren Beinen. Jedes Mal, wenn sie dann eine Nachricht bekommt und das Ding vibriert, geht ihr einer ab. Sie schreibt alle ihre Kontakte an und bittet jeden darum, ihr in den Abendstunden eine Nachricht zu senden. Vielleicht: Der Erste, der mir nach einundzwanzig Uhr eine Nachricht auf mein Handy sendet, bekommt einen geblasen. Um kurz vor neun Uhr klemmt sie sich das Teil dann unten in den Slip, und morgens braucht sie eine halbe Stunde länger, nicht für ihre Haare, sondern um das Handy sauber zu bekommen.
Jana kaut auf ihrem Zopf. Elisa starrt nach draußen. Was ist mit den anderen? Kaum einer beteiligt sich am Deutschunterricht. Mir läuft die Nase. Ich muss niesen.

Den Reflex des Niesens zu unterdrücken, ist auch eine
... eine Kunst. Geschafft. Ich bin gut!

Torben. Was für ein Prolet. Wie hat er es bis hierhin
geschafft? Er meint, er müsse ständig seinen
Armmuskel anspannen, wenn eines der Mädchen zu
ihm schaut.

Wann war dieses Shirt, das er da anhat, eigentlich mal
modern? Er sieht aus wie diese Figur aus der
Putzmittelwerbung. Wie hieß der Typ noch gleich? Der
hatte auch eine Glatze. Ich komme gleich drauf ... so
sieht Torben aus. Der hieß ... Meister Proper! Genau,
so hieß er. Meister Proper. Wie würde Torben wohl
reagieren, wenn ich ihn mit Meister Proper ansprechen
würde?

Au, verdammt. Ich muss lachen. Jetzt bloß nicht
auffallen.

Nicht lachen.

Ich kann diesen Impuls nur schwer unterdrücken.
Schnell. Denk an etwas anderes. Denk an sie! Das
funktioniert. Dabei denke ich ständig an sie. An ihren
Duft. Ihre Augen. Ihren wippenden, strammen Busen.

Ann-Kathrin.

Mit welch einer Leidenschaft sie uns Präteritum und
Imperfekt erklärt. Niemand kann solch eine Scheiße so
wunderschön und mit so einer Hingabe erklären wie
unsere Klassenlehrerin.

Aber auch ich kann mich nicht richtig auf den
Unterricht konzentrieren. Ich bin genau wie alle
anderen hier. Außerdem muss ich ständig auf ihren
Busen schauen.

Kommt vom Amphetamin. Davon wird man geil ...

Ich starre. Hat sie es bemerkt? Sie kommt auf mich zu! Ich muss schon wieder niesen … sie …

Nein, sie geht einen Tisch weiter. Das war knapp. Wenn ich schon sehe, wie Marten ihr im Vorbeigehen auf den Hintern glotzt! Verdreht seinen Hals wie ein Uhu. Lass ja deinen Blick von ihr. Sie gehört mir.

Und Benjamin genauso. Meint, er könnte jede bekommen. Nur weil er gut aussieht.

Die beiden Schönlinge. Stehen ganz oben auf meiner Liste.

Ann-Kathrin. Wenn ich doch endlich das Geheimnis um ihre Tätowierung lüften könnte. Diese Tätowierung über ihrem Busen. Warum über ihrem Busen? Da muss man sowieso andauernd hinsehen. Das geht gar nicht anders.

Die Frau geht mir nicht mehr aus dem Kopf! Hat sich in meinen Gehirnwindungen festgebissen und lässt nicht mehr los, das hübsche Ding. Ständig träume ich von ihr. Auch tagsüber.

In der letzten Deutschstunde hatte sie mich voll erwischt. War das peinlich. Ich sollte nur eine Frage beantworten, aber ich war geistig gar nicht anwesend.

Ich war gedanklich bei ihr zu Hause. In ihrer Wohnung. Im Schlafzimmer neben dem weißen Schrank, hinter dem grauen Vorhang.

In meiner Fantasie stand ich dort unentdeckt und beobachtete, wie sie sich auszog. Ich sah sie nackt, ihre weiche braune Haut, ihren strammen Po, das Tattoo über der Brust.

Ich war total weggetreten, wie in Trance. Außerdem auf Pep. Plötzlich lachten alle in der Klasse. Alle sahen mich an, und ich spürte, wie ich rot wurde. Als wäre ich nicht schon genug gestraft durch diese unsensiblen Arschgeigen von Mitschülern! Wenn ich an den Ausdruck *Mitschüler* nur denke, wird mir schlecht.

Jedenfalls war ich so in Gedanken vertieft, dass ich zuerst gar nicht registrierte, dass sie mich angesprochen hatte. Ich habe ohnehin Schwierigkeiten, mich zu konzentrieren.

Das kommt vom Pep.

Außerdem habe ich ständig die Bilder meiner Eltern, unten in unserem Keller, vor Augen.

Nicht daran denken. Ich werde irre.

Die Blicke der anderen Schüler. Die ganze Schule redet auch immer noch über die Sache, die mir in Frankreich passiert ist. Wartet nur … meine Zeit kommt. Oft erscheint dieses wunderschöne Geschöpf von einer Frau auch noch in halbdurchsichtigen Blusen zum Unterricht. Und dann diese Tätowierung! Wie soll man sich dabei konzentrieren können?

Zum Glück holte sie mich nicht nach vorne an die Tafel! Das wäre dann der Super-GAU gewesen, da ich eine ordentliche Erektion hatte, die ich unmöglich hätte verbergen können.

Sie bat die anderen, ruhig zu sein und nahm mich in Schutz.

Wusste sie da schon, dass ich der Außenseiter bin?

Jetzt steht sie am Nebentisch und fängt an, Aufgabenblätter zu verteilen, um durch einen Schnelltest zu überprüfen, ob wir den bisherigen Unterrichtsstoff verstanden haben.

Seit den Ferien sind etwa zwei Monate vergangen.

So lange ist sie nun schon an unserer Schule. Die Zeit vergeht. Seit zwei Monaten bin ich bis in die Knochen verliebt. Und fast genauso lange grübele ich über ihre Tätowierung nach.

With.

Daran muss ich jetzt wieder denken, an dieses eine Wort ihres Tattoos. Das einzige, was ich im Zuge einer Deutscharbeit sehen konnte. Ich hatte bei dieser Arbeit so getan, als hätte ich mit der vierten Aufgabe Probleme, nur damit sie zu mir an den Platz kam.

Die Situation war günstig, da alle mit dem Kopf über dem nicht angekündigten Test hingen. Allen rauchte der Schädel, und jeder hatte mit den Aufgaben zu tun, als ich kurz zu ihr nach vorne sah. Ihre Bluse war ein Stück von der Schulter gerutscht, ohne dass sie es bemerkt hatte.

Ich sitze seit einiger Zeit ziemlich weit vorne. Habe mit Nils den Platz getauscht. Er wollte zuerst nicht mit mir tauschen, hat blöde Fragen gestellt und Anspielungen gemacht. Idiot.

Ich habe ihm dann etwas Geld gegeben. Mit Geld erreicht man so einiges. Vater … *Mit Willenskraft erreichst du alles. Natürlich hilft einem ein guter finanzieller Background. Ohne Geld läuft gar nichts, mein Sohn. Das System ist Geld. Geld ist das System.*

Ich wäre am liebsten noch näher an sie herangerückt, aber … es ist noch nicht an der Zeit.

Sie schaute in die Klasse, ob sich vielleicht jemand beim Nachbarn Antworten auf die Testfragen holen würde. In dem Augenblick hob ich ganz kurz die Hand. Unauffällig, aber sie sah es und kam zu mir.

Sie beugte sich leicht zu mir herunter, um die anderen nicht abzulenken, als sie mich leise fragte, was denn los wäre. Ich roch ihr Parfüm, ihre Haut, spürte ihre Körperwärme.

Ich starrte auf meine Arbeit, die vor mir lag, und stellte ihr eine Frage bezüglich der vierten Aufgabe. Es war mir völlig egal, was sie in dem Moment dachte. Denn es war eine blöde, unnötige Frage, aber sie erfüllte ihren Zweck, denn nun stand sie, leicht vorgebeugt, dicht neben mir. Sie kam mit ihrem Kopf ganz dicht an mein Ohr, sodass ihre blonden Haare leicht vor mein Gesicht fielen.

Ich hörte ihr gar nicht zu, als sie mir die Ausgangslage der Aufgabe zuflüsterte, sondern drehte meinen Kopf leicht in ihre Richtung und blickte nach unten.

Und da blitzte sie auf! Die Tätowierung!

Ihre Bluse wellte sich am Ausschnitt, nur ein wenig. Öffnete das Fenster, hinter dem das Geheimnis geschrieben stand. Für den Bruchteil einer Sekunde gab das Schicksal einen Teil des Rätsels preis. Aber dieser klitzekleine Moment reichte aus, um etwas erkennen zu können.

With.

Ja! Es handelte sich also um einen Satz, eine Wortfolge. Jetzt hatte ich einen Ansatz, einen Anhaltspunkt. Ein Puzzleteil vom Ganzen.

Es fühlte sich an wie die Erstbesteigung eines Achttausenders, mit gleichzeitigem Orgasmus.

Leuchtraketen wurden in meinen Gedanken gezündet, und aus goldenen Posaunen erklang die Melodie des Sieges.

Am liebsten hätte ich vor Freude laut losgeschrien. Es fiel mir schwer, diesen Impuls zu unterdrücken. Zu lange hatte ich auf diesen Moment gewartet. Viel zu lange.

Plötzlich entlud sich ein unvorstellbarer Druck in mir.

Die Grübelei um das Tattoo war so, als versuchte man auf einen bestimmten Namen zu kommen, aber es gelang einem nicht. Er lag einem auf der Zunge, aber man kam nicht drauf. Man steigerte sich in die Sache hinein. Über Stunden, Tage! Alles andere wurde für eine Weile unwichtig und nebensächlich. Bevor das Rätsel nicht gelöst war, kam man nicht in den Schlaf.

Dennoch wurde meine Freude schnell getrübt, denn sie war mit der kurzen Erläuterung fertig und ging zurück nach vorne an ihr Pult.

Tobias drehte sich zu mir um und warf mir einen verachtenden Blick zu, den er mit einer flapsigen Mundbewegung unterstrich. Ich vergrub mein Gesicht schnell in meinen Prüfungsunterlagen.

Er stand dadurch automatisch mit auf der Liste. Pech gehabt.

Aber Tobias war ein sogenannter Wackelkandidat.

Bei ihm war ich mir nicht sicher, ob er auf die Liste gehörte, da er mir vor längerer Zeit aus einer misslichen Lage geholfen hatte.

Es war nichts Großes gewesen, mir fehlten ein paar Cents am Kiosk, und er hatte es mitbekommen, da er direkt hinter mir in der Schlange gestanden hatte.

Eigentlich hatte ich immer genug Geld dabei, konnte mir nicht erklären, warum es ausgerechnet an jenem Tag nicht so war. Einem Montag.

Die anderen Schüler hinter uns waren schon unruhig geworden, und ein paar von ihnen hatten blöde Bemerkungen gemacht. »Stinkereich und keine Kohle mit«, hörte ich es von hinten. Am liebsten wäre ich versunken oder hätte sie auf der Stelle alle erledigt. *Meine Zeit kommt.*
Jedenfalls hatte er mir das fehlende Kleingeld gegeben, und ich bezahlte. Dass er dann »Ach, leck mich« gesagt hatte, als ich mich im Umdrehen bei ihm bedankte, hatte ich ignoriert und toleriert. Er hatte mir den Arsch gerettet. Aber die blöde Grimasse … Nun stand er eben doch mit auf der Liste. Ein schmaler Grat.
Als ich erneut hochblickte, hatte sich Tobias wieder weggedreht und widmete sich seiner Prüfung.
Ich schaute unauffällig zu Ann-Kathrin. Sie war ein Engel, und nun hatte ich einen Happen. Ein Stück vom Kuchen. Dadurch taten sich tausende von Möglichkeiten auf. Es konnte alles bedeuten. Sie bedeutete mir alles. Ich war angefixt. Wie ein Junkie. Ich wollte mehr. Mehr von der Tätowierung. Dem Geheimnis. Mehr von ihr.
Seit unserer ersten Begegnung weiß ich, dass sie die Liebe meines Lebens ist. Ich will nichts anderes mehr, sie ist der Antrieb, der Beweggrund für mein Handeln. Sie hält mich am Leben.
Ich bekomme wieder dieses Rauschen im Kopf.
Das Amphetamin.
Scheiße, wie spät ist es? Wieviel Zeit bleibt mir noch für den Schnelltest?
Ich sitze da und träume vor mich hin.

Noch zwanzig Minuten. Mist, das wird knapp. Niemals schaffe ich die Aufgaben in zwanzig Minuten! Warum wird man immer unter Druck gesetzt?

Dich trifft keine Schuld, meine Liebste. Du machst nur deinen Job. Du bist nur die ausführende Kraft, die die Daumenschrauben ansetzt, welche durch das Kultusministerium ausgeteilt werden.
Du bist nur ein bezaubernder Handlanger eines verkommenen Systems, welches uns Schüler zu Marionetten erzieht. Zu kleinen Rädchen in einem riesigen kapitalistischen Getriebe.
Du musst nur deinen Lebensunterhalt verdienen. Versuchst, uns auf so entzückende Weise auf das Leben vorzubereiten. Einige werden bald kein Leben mehr haben. Aber das weißt du nicht, du hübsches Ding. Das weiß nur ich.

Verdammt, nur noch fünfzehn Minuten. Ich schaffe das nicht. Was mache ich? Was mache ich nur? Denk nach! Ich werde am Ende der Stunde zu ihr gehen. Ich werde sie fragen … ja, genau … Ich traue mich. Ich werde sie fragen, ob sie Zeit hätte, mir den Test noch einmal in Ruhe zu erklären. Oder noch besser, ich werde sie fragen, ob sie heute Nachmittag Zeit hätte, dann würde ich sie zu Hause besuchen. Dann könnte sie mir alles in Ruhe erklären, würde sich neben mich auf ihr rotes Biedermeiersofa setzen, das zwischen zwei weißen Tischchen steht. Auf dem einen hat sie ihre kleinen Glasfiguren drapiert, und auf dem anderen steht das Telefon. Sie besitzt noch ein Festnetztelefon.

Das Telefon … es klingelt … Das Telefon klingelt …

Es klingelt! Ich habe schon wieder geträumt! Die Pausenklingel … Die Zeit ist um. Verdammte Scheiße, ich habe nichts fertig. Ich habe nur geträumt!

Jetzt bloß keine Panik. Warten!

Ich warte, bis alle anderen ihren Test abgegeben haben … Natürlich, Tabea ist die erste, die nach vorne rennt und ihren Test abgibt. Blöde Kuh. Du stehst ebenfalls ganz oben auf meiner Liste. Du hast am lautesten gelacht, damals. Jaa, du!

Glotzt nicht so blöd. Ja, ich sitze noch auf meinem Platz und warte! Na und?

Wie ich sie alle hasse. Was macht euch denn zu besseren Menschen? Wer gibt euch das Recht, anderen Mitschülern das Leben schwer zu machen? Mit wem sollte ich über diese Dinge reden? Mit wem? Wer würde mir bei meinen Problemen helfen können oder wollen? …

Starrt mich nicht so an, gebt euren Test ab, und verzieht euch! … Sollte ich mich an unseren Vertrauenslehrer wenden? Dass ich nicht lache. Der wird wahrscheinlich selbst gemobbt. Oder an meinen seltsamen, fetten Hausmeister? Es soll ja Schüler geben, die mit ihm über ihre Sorgen und Ängste sprechen. Aber der hat ja voll einen weg, wie ich nur zu gut weiß.

Da wären noch meine Eltern. Mit *ihnen* wollte ich sprechen. Ich war knapp davor, ihnen zu sagen, dass ich es in dieser Schule nicht mehr aushalte. Nicht, weil mich die anderen ignorieren. Mich meiden. Damit kann ich leben. Ich bin schon sechzehn Jahre alleine und ohne Freunde. Aber dass sie mich ständig ärgern, das ist es, was mich wahnsinnig macht. Dass sie mir Briefe von Mädchen zukommen lassen, in denen steht, dass sie sich mit mir treffen wollen, dass sie Gefallen an mir finden. Dann komme ich zu den ausgemachten Treffpunkten, und wer ist da? Niemand! Am darauffolgenden Tag fragen mich die Jungs dann, ob ich lange im Park gewartet hätte. Ob ich mir dort kleine Jungs suchen würde, und all so einen fiesen Scheiß. Ist nicht nur einmal passiert. Jedes Mal steckten die Typen dahinter. Die, die jedes Mädchen bekommen, weil sie sportlich sind, gutaussehend und immer angesagte, coole Klamotten tragen. Sie sind es, die mich verrückt machen. Die mir das Leben schwermachen. Was ist gegen Cordhosen einzuwenden? Warum lachen sie über meine Hosen? Warum ist diese ätzende Welt so ungerecht, dass ausgerechnet diese gemeinen Schweine alles bekommen? Auch ohne Willenskraft und Beharrlichkeit! Mir wird schlecht.

… Oh, keiner mehr hier. Jetzt!

Nicht nervös werden. Ganz ruhig. Tief durchatmen. Sie sortiert die Tests. Ich gehe jetzt zu ihr.

Meine Hände schwitzen. Jetzt bloß nicht dieses Rauschen im Kopf. Das kann ich jetzt gar nicht gebrauchen.

Ok. Los geht's. Sie schaut zu mir. Sie sieht mich an. Ruhig! Ruhig, Junge.

Sie lächelt, es ist alles in Ordnung.

Du bist ein Mann und willst sie ja nur fragen, ob sie heute Nachmittag Zeit für dich hat.

Sie ist eine verständnisvolle, erwachsene Frau ... und bei Gott, sie ist so schön!

»Ja bitte?«

»Entschuldigen Sie, ich ... «

Wie hübsch du bist, Ann-Kathrin.

»Ja?«

»Ich bin mit dem Test nicht ganz fertig geworden. Da gibt es ein, zwei Dinge, die ich nicht verstanden habe, und da wollte ich fragen, ob ... Sie ... also, ob ich ...

Ich schaffe es nicht.

... ob Sie vielleicht heute Nachmittag eine Stunde Zeit hätten für mich. Mehr nicht. Dann könnte ich zu Ihnen kommen, und vielleicht könnten Sie mir die Fragen erklären und ... «

»Oh, das würde ich gerne ...«

»Wirklich?«

»... nur leider bekomme ich heute Nachmittag Besuch. Das ist ungünstig heute. Ich würde dir natürlich gerne helfen, was genau verstehst du —«

»Besuch, ja? Wer kommt denn zu Besuch?«

»Wie bitte? Ich ... ich bin mir nicht sicher, ob dich das etwas angeht. Wir können uns gerne morgen oder übermorgen in einer freien Stunde ins Lehrerzimmer setzen und den Test noch einmal durchgehen. Aber heute ... bei mir zu Hause? ... Nein.«

»Gut. Dann geben Sie mir noch eine Frist für den Test?«

»Ja. Bis Freitag. Ich denke, bis Freitag solltest du das hinbekommen. Du kannst ihn am Freitag abgeben. Wenn du merkst, dass du bis dahin nicht zurechtkommst, dann helfe ich dir, und wir gehen die

Fragen gemeinsam durch. Es ist ja auch nur ein Probetest, damit ich erkenne, wie euer derzeitiger Stand auf diesem Gebiet ist und —«

»Wer kommt denn nun heute zu Besuch, sodass ich nicht zu Ihnen kommen kann?«

»Also gut, wenn du es unbedingt wissen willst. Heute kommt mein Verlobter. Und ich denke, wir sollten an dieser Stelle das Gespräch beenden. Ich werde —«

»Ja, Sie haben Recht. Entschuldigen Sie bitte. Ich hätte nicht fragen dürfen. Das geht mich nichts an. Ich wollte Sie nicht verärgern. Es tut mir leid!«

Sie ist verärgert. Das wollte ich nicht. Ich wollte nur nett sein. Ihr Busen. Ich kann ihr direkt in den Ausschnitt sehen. Sie ist wütend, ihr Busen zittert. Kann ich vielleicht auch den Schriftzug ihrer Tätowierung erkennen? Dann hätte sich das Ganze hier wenigstens gelohnt. Nochmal bringe ich den Mut nicht auf.

Ihr Verlobter? Ob das stimmt? Das werden wir ja sehen.

»Schon gut. Es war anstrengend heute. Bitte versuche, die Fragen zu beantworten. Ich muss jetzt los. Wir sehen uns dann morgen.«

»Ja. Bis morgen.«

Ich sehe dich heute noch.

Ich schnappe mir mein Skateboard und fahre zu dir. Da bin ich jetzt aber gespannt. Dein Verlobter ...

Ich hätte eine Jacke mitnehmen sollen, es ist kalt. Ich werde etwa zwanzig Minuten bis zu ihr brauchen, vielleicht fünfundzwanzig. Mit dem Fahrrad wäre ich schneller. Aber damit darf ich ja nicht fahren, war zu teuer! Was für eine Scheiße!

Mein zweites, billigeres Fahrrad steht angeschlossen und angekettet an der Schule. Dieses Rad ist nun ein Symbol. Mein Symbol.

Das teure Fahrrad schenkten mir meine Eltern zu meinem fünfzehnten Geburtstag. Nicht etwa ein übliches höherpreisiges Fahrrad. Nein. Es war ein High-Tech-Mountainbike aus Karbon und Aluminium.

Vater war es nicht peinlich, mir den Kaufpreis zu verraten. Es hatte fünftausend Euro gekostet! Im gleichen Atemzug ließ er mich wissen, dass ich mit diesem High-End-Sportgerät nicht zur Schule fahren und auch nicht sinnlos in der Gegend herumradeln dürfte. Dafür wäre es zu schade.

»Wir wollen doch nicht, dass es in die Hände eines miesen kleinen Diebes gerät. Wir wissen ja beide, dass du vergessen könntest, es zu sichern. Auch wenn es sicher angeschlossen wäre, könnte es immer noch beschädigt werden. So sind sie, die Neider!«

Mutter stand daneben und war peinlich berührt, bemühte sich, die Aussagen meines Vaters herunterzuspielen, indem sie albern lachte, eine abweisende Handbewegung machte und erwiderte: »Ach, du immer! So schlecht ist die Welt gar nicht.«

Das jedoch veranlasste meinen Vater nur dazu, ihr ein paar Beispiele einer durchaus schlechten Welt zu nennen.

Ich stand nur da, schaute auf das High-Tech-Teil, und dachte: »Was soll ich mit einem Fahrrad, wenn ich nicht damit fahren darf. Ich brauche ein Rad, um damit zur Schule zu kommen.«

Es hätte ein gebrauchtes sein können, ein ganz altes von mir aus. Es wäre ein Zeichen gewesen, dass meine Eltern mich verstanden hätten. Verstanden, wer ich war, wie ich tickte und was mir etwas bedeutete. So aber war es ein weiterer grotesker Teil meines Lebens und eines Geburtstages, den ich am liebsten vergessen würde.

Ein paar Wochen später kaufte ich mir auf einem Straßenflohmarkt ein gebrauchtes »Holland-Fahrrad«. Es hatte riesige Räder, einen breiten Lenker und mehr Jahre auf dem Buckel als ich. Ein Pappschild mit dem aufgemalten Preis baumelte an der Querstange des Rahmens. Der Verkäufer verlangte dreißig Euro für das Gefährt.

Ich verhandelte nicht, ich wollte dieses Rad. Bevor sich jemand anderes dafür interessieren konnte, gab ich dem Verkäufer das Geld, nahm das Rad und fuhr davon.

Es war ein unglaubliches Gefühl, auf dem selbsterworbenen Fahrrad zu fahren, und vom ersten Moment an liebte ich diesen alten Drahtesel. Es war mir völlig gleich, dass unter dem abgenutzten Ledersattel die gedrehten Stahlfedern rosteten und bei jedem Schlagloch quietschten und aufschrien. Ich hatte mir damit selbst eine Freude gemacht. Es war meins, und dieser Kauf hatte etwas Symbolisches. Ich fühlte mich dadurch ein Stück weit unabhängig und losgelöst von der materiellen Wertevorstellung meiner schnöden Eltern, für die nur gut war, was auch teuer war. Mit diesem Fahrrad fuhr ich dann zur Schule. Drei Tage! Als ich am dritten Tag aus dem Schulgebäude kam und zu meinem Rad ging, war es, außer mit meinem Schloss, noch zusätzlich mit einem fremden Kettenschloss gesichert.

Ich hätte am liebsten losgeheult, denn es kränkte mich über alle Maßen.

Solche Handlungen stellten für mich nicht nur einen Streich dar. Die anderen Schüler wollten mich fertigmachen. Langsam, Stück für Stück. Mit immer neuen Provokationen.

Wer genau dahinter steckte, konnte ich nicht sagen, aber sie alle schienen daran beteiligt zu sein. Es war kollektives Mobbing, und ich war ihr Opfer.

Warum ich?

Ich sah hoch und schaute mich um. Irgendwo steckten sie alle und beobachteten mich. Irgendwo auf dem Gelände stand in diesem Moment eine Gruppe Schüler, die sich über mich und diese Situation kaputtlachte. Was ist das für eine Welt? Ich wollte doch nur mit diesem Fahrrad nach Hause fahren.

Mit einem Mal schrie ich mir den ganzen Frust von der Seele. Es überkam mich einfach, ich war nicht in der Lage, es zu kontrollieren. So laut ich konnte, brüllte ich über den gesamten Vorplatz des Schulgeländes:

»Das ist mein Fahrrad, und ich liebe es! Es gehört mir! Mir!«

Etliche Schüler wurden durch mein Geschrei auf mich aufmerksam. Sie schüttelten die Köpfe, gingen an mir vorbei oder machten abfällige Bemerkungen. Andere, die ebenfalls ihre Räder dort wegholten, beachteten mich überhaupt nicht. Die deprimierende Situation, in der ich mich dort am Fahrradstand befand, die Niederlage und mein eigenes Geschrei kosteten mich in dem Augenblick so viel Energie, dass ich mich auf einmal völlig erschöpft fühlte. Mir wurde schwarz vor Augen, und ich sackte neben meinem angeketteten Rad zusammen.

Ein Schwächeanfall, gegen den ich mich nicht auflehnte. Ganz im Gegenteil. Ich ließ es zu, denn es fühlte sich nach einem Abtauchen an.

Hört bitte auf.

Müdigkeit und Leere zwangen mich am Ende dieses Schultages zu Boden. Als ich auf den kalten Gehwegplatten saß, zog ich meine Beine an meinen Körper und verschränkte die Arme, sodass ich meinen Kopf darunter verstecken konnte.

Ich wollte nur noch Ruhe. Schlafen. Ich war gar nicht mehr richtig anwesend.

Ich denke, ich habe gelernt, meine Psyche in solchen Momenten ein Stück weit zu beeinflussen, zu lenken. Vielleicht passierte das Abschalten in dem Moment aber auch automatisch. Ein Abwehrmechanismus, damit ich nicht verrückt wurde, denn ich tauchte tatsächlich ab, geriet in eine Art Dämmerzustand, sodass ich meine Umgebung kaum noch wahrnahm.

Der Hausmeister kam den gepflasterten Gehweg entlang in meine Richtung.

Da ich schon fast schlief, bemerkte ich ihn, in seinem blauen Overall, erst gar nicht. Aber er zog einen Abfallcontainer hinter sich her, und das machte Lärm. Lärm, den ich nicht wollte und erst wahrnahm, als der

Hausmeister auf meiner Höhe war und die Steinplatten unter mir durch den schweren, überfüllten Container zu vibrieren begannen.

Ein Panzer.

Er sah mich dort hocken, nachdem er den Container an die Straße gezogen hatte, und sprach mich an.

Was ich hier noch zu suchen hätte, die Schule wäre doch längst aus.

Zum Antworten zu mutlos und zu müde, zeigte ich auf das fremde Schloss an meinem Rad, und er begriff sofort. Er ging, ohne ein Wort zu sagen. Ich war froh, dass er mich dort so sitzen ließ, denn ich wollte noch ein wenig schlafen, bevor ich mich mit dem Problem erneut auseinandersetzte. Ohne mein Fahrrad hätte ich den Schulhof nicht verlassen. Der Hausmeister kam schneller als erwartet zurück. Das Geräusch von berstendem und quietschendem Metall ließ mich aufhorchen.

Er war im Begriff, das fremde Schloss an meinem Fahrrad mit einer riesigen Zange, einem sogenannten Bolzenschneider, aufzubrechen. Aber auch in dieser Situation sprach er nicht mit mir.

Es gelang ihm mühelos, und in wenigen Sekunden war der Stahldraht zerschnitten. Er zog das Schloss aus den Speichen, drehte es zu einer Rolle auf und steckte es in seine Tasche. Dabei sah er zu mir runter. Es dauerte ein paar Sekunden, bis ich begriff, warum er auch in diesem Moment nicht redete. Er wollte meine Dankbarkeit, ohne sie zu fordern.

Also bedankte ich mich kurz und stand dann langsam auf. Ein kurzes Lächeln huschte über sein rundes

Gesicht, er drehte sich um und ging zurück in Richtung Schule. Er war ein seltsamer Typ, immer verhalten und schüchtern, aber er war hilfsbereit. Ohne seine Hilfe hätte ich mein Fahrrad nicht von dort wegbekommen. Ich fuhr daraufhin schnell vom Schulgelände nach Hause.

Am Tag darauf war mein Rad erneut angeschlossen. Diesmal waren es allerdings zwei Schlösser. Und beide waren von höherer Qualität.

Sie hatten erreicht, was sie wollten, denn ich gab auf. Mir blutete das Herz, und ich weinte, als ich es nach Unterrichtsende dort am Fahrradstand, angekettet wie ein Wachhund, zurückließ und zu Fuß nach Hause ging.

Es war, als würde man zwei Menschen, die sich über alles lieben, gewaltsam auseinanderreißen, in der Gewissheit, dass sie sich nie wiedersehen.

Aber ich sah es wieder und sehe es noch. Jeden Tag. Es steht immer noch dort, wo ich es angekettet zurücklassen musste.

Mit jedem neuen Tag kam ein neues Schloss hinzu. So war dieses Rad, mit seinen mittlerweile etlichen Schlössern, zum Symbol geworden. Zum Symbol gegen mich, dem Außenseiter. Ein Relikt einer nie endenden Welle von Provokation und Niedertracht gegen meine Person. Es zeigt die Verbundenheit und Zielstrebigkeit der anderen, denn es befinden sich so viele Schlösser an dem Fahrrad, dass man den Rahmen kaum noch erkennt. Selbst der Hausmeister gab den Versuch auf, es von dort wegzubekommen, als er sah, wie viele Schlösser schon nach wenigen Tagen dort angebracht waren. Ihr Handeln untermauerte meinen Entschluss nur noch. Jegliche Zweifel wurden und werden mit jedem weiteren Tag ausgeräumt, und ich sehne den Tag der Abrechnung herbei. Dafür werden sie büßen.

Vertieft in diese Gedanken, wäre ich fast von einem Auto angefahren worden.
»Ja, du mich auch!«
Ich habe es nicht gesehen. Mein Gott. Kein Grund, gleich wie ein Irrer zu hupen!
Ich kann mich an den Weg, den ich in den letzten Minuten zurückgelegt habe, nicht erinnern. Ich war total weg. Bei meinem Rad. Hat auch was, so friere ich nicht. Der Wind ist doch ganz schön kühl, und ich bin im T-Shirt unterwegs. Aber ich komme auch sowieso gleich bei ihrer Wohnung an.
Ihr Wagen … noch nicht zu sehen. Ich bin vor ihr da. Dann wollen wir uns mal ein Versteck suchen und warten. Herausfinden, ob sie einen Verlobten hat oder nicht. Keine einfache Situation. Ich wäre tief enttäuscht, wenn hier tatsächlich jemand auftauchen würde, der ihr Verlobter sein könnte. Andererseits — käme niemand, dann hätte sie gelogen.
Das nennt man ja wohl eine klare Pattsituation, oder was? Ich kann nur verlieren, so oder so. Aber was wäre mir lieber? Und wie … Da kommt sie! Ja, das ist sie. Jetzt nur nicht blicken lassen. Aber ich stehe hier hinter den Tannen ganz gut. Ich habe nichts weiter vor heute. Ich werde nur hier stehen und warten. Beharrlichkeit. Da ist er wieder, der alte Herr. Mein Vater. Der Mann,

dem ich vertraut habe. An den ich geglaubt habe. Der Mann, der keine Kosten und Mühen gescheut hat, um mich aus dem Gefängnis in Bordeaux zu holen. Obgleich wir seitdem kein gutes Verhältnis mehr zueinander haben. Aber ich bin unschuldig, und Gott weiß das. Ich habe immer zu meinem Vater aufgesehen, ihn bewundert und verehrt. Er war das Maß aller Dinge.

An dem Tag, an dem er mich dort aus Frankreich abholte, schämte ich mich so sehr.

Er sprach nicht mit mir. Wir waren zehn Stunden mit dem Auto unterwegs, bis wir zu Hause ankamen. Und er sagte kein einziges Wort.

Ich glaube, an dem Tag hörte er gefühlsmäßig auf, mein Vater zu sein.

Er sprach es nie aus, aber ich bin mir sicher, er glaubte nicht an meine Unschuld. Es fühlte sich so unsagbar schlimm an. Ich habe keine Worte dafür. An diesem Tag war irgendetwas kaputtgegangen. In mir. In ihm. Zwischen uns.

Es fühlte sich danach nie wieder wie Vater und Sohn an. Und jetzt? Er ist in meinen Augen nur noch Abschaum. Ein krankes, verkommenes Stück Vieh. Genau wie der Rest dieser verseuchten Menschheit. Mutter eingeschlossen. Sie sind alle Dreck.

Ich bin mir sicher, dass es keinen Verlobten gibt. Wehe, wenn sie gelogen hat.

Auszug aus den Ermittlungsunterlagen des Bundeskriminalamts Wiesbaden
Der Fall „Koch"/ Az 41347/12

Zeitprotokoll mit Ereignisablauf:

07:29 Uhr
Anschließend begibt sich Koch zur zweiten nach Westen ausgerichteten doppelflügeligen Tür, die sich auf der rechten Seite befindet. Er verschließt sie, ebenso wie die linke Tür zuvor, mit einem mitgeführten Stahlseil und einem Vorhängeschloss.
Zu diesem Zeitpunkt wird der maskierte Maximilian Koch zwar bei seinen Handlungen bemerkt und beobachtet, jedoch erkennt niemand die drohende Gefahr.
Einige Zeugen/Schüler berichten später, dass sie davon ausgegangen sind, es handele sich hierbei um einen Streich, wie er das eine oder andere Mal schon vorgekommen wäre.

07:30 Uhr
Ab diesem Zeitpunkt sind beide nach Westen ausgerichteten Hintereingänge durch die Aktionen Kochs versperrt, sodass hier weder ein Betreten noch ein Verlassen der Schule möglich ist.
Ein Lehrer, welcher regelmäßig den linken Hintereingang des Gymnasiums nutzt, wundert sich zwar, als er feststellt, dass die Tür versperrt ist, denkt aber nicht näher darüber nach und begibt sich in Richtung des Haupteingangs, welcher gleichzeitig jetzt auch von Koch im Inneren des Gebäudes angesteuert wird.

Kapitel 4
Der Geburtstag

Mein sechzehnter Geburtstag …

Ich strecke mich, versuche die Augen zu öffnen. Der Traum der letzten Nacht hält mich wie gefesselt im Bett fest, und ich starte einen zweiten Versuch, den Tag zu beginnen. Am liebsten würde ich hier den ganzen Tag liegenbleiben. In der Traumwelt habe ich mich wesentlich wohler gefühlt als jetzt in der Realität. Ich schlage die Decke zurück und setze mich auf die Bettkante.

Von unten sind Geräusche zu vernehmen.

Mutter. Sie ist hoffentlich nicht schon wieder mit irgendwelchen schwachsinnigen Vorbereitungen für meinen Geburtstag beschäftigt! Ich schleppe mich schlaftrunken ans Fenster und ziehe die Vorhänge ein kleines Stück auf. Die Sonne scheint und blendet mich. Ich bekomme meine Augen nicht richtig auf, versuche es abwechselnd. Erst links, dann rechts, dann wieder links, und langsam baut sich die Welt neblig vor meinen Augen auf. Von Sekunde zu Sekunde werden die Bilder klarer, und mein Verstand sucht sich den Weg aus der Traumwelt in die Wirklichkeit.

Von hier oben kann ich auf unser riesiges Grundstück sehen. In der Parkanlage wird nichts dem Zufall überlassen. Alles ist akkurat geschnitten, getrimmt und in Form gebracht. Dafür sorgen unzählige Gärtner. Ich gehe nicht mehr in unseren Garten. Es laufen dort Personen umher, die ich noch nie gesehen habe und bei denen ich nicht weiß, ob und wie ich sie ansprechen soll.

Jeder von denen da draußen hat ein eigenes Aufgabengebiet. Einer ist nur für die Rasenpflege zuständig. Das muss man sich einmal überlegen! Wozu? Warum muss der Rasen aussehen wie ein Teppich im Nobelhotel? Ein Golfplatz sieht dagegen aus wie ein Handgranatenwurfstand.

Eine weitere Person kümmert sich nur um die japanischen und amerikanischen Nadelgewächse, die chilenischen Schmucktannen und die koreanischen Blaufichten und Bonsaibäume. Schickimicki und Gartenzirkus.

Ein anderer Angestellter umsorgt die Rosen, wieder ein anderer die Hecken und so weiter. Das sind aber längst nicht alle Angestellten unserer Außenanlage. Da gibt es noch den Typen, der für die Poolreinigung und die Wartung der Filteranlage zuständig ist.

Weiterhin steht auf der Gehaltsliste auch noch ein Florist, der nur darauf achtet, dass die Blumen und Sträucher immer »gesund« sind, so die Aussage meiner Mutter.

Was für eine Ironie, in diesem Zusammenhang von gesund zu sprechen. Ich finde es einfach nur krank, für einen Garten Zigtausende im Jahr auszugeben, damit die Blumen gesund sind. Am Jahresende werden sie auf den Kompost gekarrt, und es werden neue gepflanzt. Für weitere Zigtausend. Und das jedes Jahr aufs Neue.

Einen der Gärtner kann ich weiter hinten, zwischen den amerikanischen Akazien, ausmachen. Es ist sechs

Uhr früh, und er wühlt schon in der Erde wie ein Bergarbeiter! Wann bitte, in Herrgotts Namen, fängt der an zu arbeiten?

Überall Angestellte, die auf Vater angewiesen sind.

Im Haus geht es weiter mit Personal.

Hier gibt es zwei Haushaltshilfen. Eine ältere Dame namens Roswitha. *Roswitha. Sie fand mich damals … Angel.*

Sie erledigt den gesamten Haushalt und kümmert sich um die Reinigung der Wäsche. Dafür gibt es unten im Haus eine Waschküche, die etwa so groß ist wie ein Tennisplatz.

Wenn diese gute Seele sich dort aufhält und die angefallene Schmutzwäsche erledigt, singt sie immer irgendwelche Schlager. Die Akustik des Raumes scheint sie zu animieren, denn sobald sie die Waschküche betritt, legt sie los. Sie kennt jeden Song der deutschen Musikbranche, und ihr Gesang schallt durchs ganze Haus.

Ich fragte sie mal, ob sie es nicht mit einem Plattenvertrag versuchen wollte, bei einem Musikproduzenten vorsprechen oder so etwas. Aber sie sah mich nur entgeistert an und trällerte weiter, während sie die Bettwäsche meiner Eltern in die hauseigene Mangel schob.

Dann ist da noch die jüngere Haushaltshilfe Evelyn.

Ist das ihr richtiger Name?

Sie ist zwar ebenfalls hier im Haus tätig, allerdings ist mir ihr Aufgabenbereich nicht ganz klar. Ich sehe sie ab und zu im Haus beim Staubwischen oder am begehbaren Kühlschrank in der Küche.

Wahrscheinlich sorgt sie dafür, dass immer genug Lebensmittel im Haus sind.

Man sieht sie immer nur ganz kurz. Sie huscht an einem vorbei wie ein Schatten oder Geist, und sie sieht immer traurig aus. Vielleicht ist sie genauso traurig wie ich? Wer weiß? Vielleicht ist das aber auch ihr ganz normaler Gesichtsausdruck.

Sie kommt ursprünglich aus Syrien. Geflüchtet, allein. Wie tausende andere Kinder und Jugendliche auch. Zumindest wirkt sie sehr jugendlich. Ich schätze ihr Alter auf achtzehn, älter nicht. Keine Ahnung. Wir reden nicht miteinander. Ich weiß nur, dass sie alleine hier in Deutschland lebt und bei uns arbeitet. Mehr ist mir über sie nicht bekannt. Aber irgendetwas stimmt nicht, das spüre ich.

Ich mag es nicht aussprechen, aber ich denke, Vater hat sie nicht angestellt, sondern gekauft. Die Mittel und Wege hierfür hätte er.

Mit Geld kann man alles erreichen.

Sein Wahlspruch. Wie viele Menschen sind auf der Flucht vor Krieg und Elend verschwunden? Tausende! Ich möchte nicht wissen, wie viele davon versklavt worden sind und jetzt für irgendwelche kriminellen Organisationen arbeiten. Betteln, sich prostituieren oder in privaten Haushalten schuften.

Außerdem gibt es noch den Typen, der Vaters Hemden und Anzüge in die Reinigung bringt und wieder abholt. Er scheint aus Deutschland zu sein, aber sauber ist der auch nicht. Karmann. Mein Vater spricht ihn mit *Karmann* an. Weder Herr Karmann noch sonst irgendwelche Beinamen. Nur Karmann.

Karmann, bringen Sie doch bitte dieses und jenes heute noch in die Reinigung. Ich benötige es am Donnerstag.

Vater besitzt ein Ankleidezimmer, welches so groß ist wie unsere Küche. Und unsere Küche ist sehr groß! Wäre die Herd- und Ofenanlage nicht in der Mitte des Raumes platziert, könnte man dort Fußball spielen. Ohne Probleme.

Kranke Welt.

Ich bleibe noch eine Weile am Fenster stehen, und der Traum der letzten Nacht kehrt zurück. Er sitzt noch immer in meinem Kopf und will nicht loslassen.

Ann-Kathrin.

Ich war wieder mit ihr zusammen, der Gedanke an sie lässt mein Blut zirkulieren und etwas weiter unten Bewegung aufkommen. Dafür ist jedoch keine Zeit, und ich weiß es zu verhindern, indem ich an meinen heutigen Geburtstag denke. An das, was im Laufe des Tages auf mich zukommen wird.

Bitte nicht wieder ein überteuertes Geschenk, mit dem ich nichts anfangen kann.

Das Mountainbike.

Ich sehe schon Mutters mitleidigen Blick, wenn es darum geht zu klären, was ich denn an diesem Tag unternehmen möchte. Sie weiß ganz genau, dass ich niemanden einlade, dass es niemanden gibt, den ich an dem heutigen Tag gerne sehen würde. Dass ich kein Interesse an einer Geburtstagsfeier habe, bei der Überraschungsgäste zu Besuch kommen, die nur meine Eltern kennen — Leute, die ich noch nie zuvor gesehen habe.

Also frag heute bitte nicht, Mutter, was ich mir vorgenommen habe. Ich möchte gar nichts machen. Es ist nur ein Tag, an dem ein weiterer Mensch geboren wurde, und das liegt in meinem Fall schon sechzehn Jahre zurück.

Doch! Ich hätte da einen Wunsch. Lasst uns diesen Geburtstagsscheiß ein für alle Male vergessen. Das wäre mein Wunsch. Mein sehnlichster und einziger Wunsch!

Diese Geburtstagsfeierei-Kiste kann sich nur die Geschenke-Industrie ausgedacht haben. Genauso wie den Weihnachtsmann und den ganzen anderen Hokuspokus.

Ich werde wie an jedem anderen Tag zur Schule gehen. Darauf freue ich mich allerdings ebenso wenig wie auf Vaters teure Geschenke oder eine von Mutter in Auftrag gegebene Torte, die ein Spitzenkonditor gefertigt hat. Oder auf eine durchorganisierte Party mit bezahlten Kindern, damit ich an diesem Tag nicht traurig bin. Ich bin nicht an diesem Tag traurig, ich bin an jedem Tag traurig. Ich bin schon traurig zur Welt gekommen.

Traurigkeit wurde mir in die Wiege gelegt.

So ist es nun mal. Lasst mich einfach in Ruhe und wartet ab.

Zum Glück gibt es ja mittlerweile die virtuellen Welten, die, neben Speed und Gras, so wundervoll von Traurigkeit und Einsamkeit ablenken. Sonst hätte ich in meinem Zimmer wohl kaum drei Spielekonsolen und einen Schrank voller unterschiedlichster Spiele. Ich habe die Spiele kürzlich erst gezählt und nach

Genre sortiert, weil ich so unter Strom vom Stoff stand, dass ich nicht wusste, wohin mit mir.

In letzter Zeit ständig!

Es sind dreihundertachtzehn Spiele. Die meisten davon stehen in der Kategorie Ego Shooter.

Ich liebe solche Spiele und verbringe manchmal Stunden, ja sogar Tage und Nächte nur damit, mich durch die virtuellen Kampfgebiete zu schießen. Na und? Machen andere Kids auch. Ich bin keine Ausnahme. Zumindest nicht, was das Interesse an Computerspielen angeht. An diesem Punkt kommt mir dann doch zugute, dass meine Eltern mir alle meine Kaufwünsche erfüllen. Oder besser gesagt erfüllten.

Die Konsolen und auch zwei Computer habe ich nach und nach zu meinen vorherigen Geburtstagen bekommen. Jetzt überweisen sie mir monatlich Geld auf mein eigenes Konto, denn ich kaufe mir diese Dinge mittlerweile lieber selbst. Eltern haben keine Ahnung, was angesagt ist und wie schnell die technischen Errungenschaften wieder veraltet sind. Was heute neu ist, ist morgen alt. Der Markt der Computertechnik dreht sich rasend schnell.

Einer meiner Rechner läuft Tag und Nacht, er ist nur auf der Suche nach neuen Spielen. Ich bin noch minderjährig, und für einen Großteil der Spiele benötigt man beim offiziellen Kauf einen Altersnachweis.

Schwachsinn.

Im Internet kann sich theoretisch jedes Kind besorgen, was es will. Illegale Substanzen wie Drogen oder Waffen. Man kann sich ansehen, was man will. Keine

Kontrollen oder Altersnachweise. Jeder kranke Mist ist für alle und jeden zugänglich. Reale Verkehrsunfälle, die von Gaffern gefilmt und ins Netz gestellt werden, bei denen schwerverletzte Menschen in ihren Autos verbluten oder verbrennen. Pornos mit Tieren oder Kindern. Vergewaltigungen. Folter. Mord. Hunde, denen man bei lebendigem Leib das Fell abzieht. Aber für ein Computerspiel, bei dem es sich um reine Fiktion handelt, braucht man einen Altersnachweis! Nur weil dort Waffen benutzt werden oder jemand erschossen wird.

Meine Mission!

Das sind nur Spiele! Nicht die Realität. Wo ist da bitteschön die Verhältnismäßigkeit?

Ich habe diesen Rechner so programmiert, dass er eigenständig nach Neuerscheinungen forscht und mich — über einen aufs Handy geschickten Link — informiert, sobald er etwas gefunden hat. Er sucht natürlich weltweit, mit der Präzision eines … nein, dafür gibt es keinen Vergleich.

Nichts ist präziser als der Computer. Vorausgesetzt, man füttert ihn mit entsprechender Software. Auf diesem Wege komme ich an Spiele heran, die eigentlich erst zwei, manchmal auch drei Monate nach Vorankündigung auf dem Markt erscheinen. Manche vielleicht auch nie. Das macht die ganze Sache noch spannender.

Den anderen, zweiten Rechner nutze ich, um im Internet zu surfen. Ich informiere mich über Neuerungen in der Computerbranche, betreibe Erfahrungsaustausch und nutze Insidertipps, um an unterschiedlichste Informationen bezüglich Hard- und Softwareentwicklungen schneller und einfacher heranzukommen.

Des Weiteren recherchiere ich Termine, Ranglisten, Apps und so weiter.

Einiges fische ich ab, ohne dass es jemand bemerkt. So bin ich den Entwicklungen nicht selten einen Schritt voraus.

Keine Sozialen Netzwerke, nein! Soziale Netzwerke? Dass ich nicht lache. Diese Netzwerke sind alles andere als sozial. Diese Plattformen können über alle Maßen zweckentfremdet und zu einem hervorragenden Werkzeug für großangelegten Psychoterror umfunktioniert werden. Damit wird mehr Schaden angerichtet als alles andere. Ein einziger Knopfdruck kann schon ausreichen, um Personen in den Selbstmord zu treiben.

Ich meide die Sozialen Netzwerke, seitdem dort Fotos von meinem Zeltlager in Frankreich aufgetaucht sind.

Dafür bezahlt ihr.

Mutter ruft. Ich sollte mich langsam anziehen und für die Schule fertigmachen. Mal sehen, was mich unten erwartet.

»Guten Morgen, mein Junge. Alles Gute zum Geburtstag. Hast du dir etwas überlegt für den heutigen Tag? Was würdest du gerne machen? Ich könnte eine Gartenparty organisieren. Das Wetter ist schön …«

»Nein, Mutter, vielen Dank. Ich —«

Sie redet einfach weiter!

» … oder eine Poolparty? Darauf steht ihr Kids doch! Und wenn du magst, dann …«

Nein, Mutter. Ich möchte das alles nicht. Ich gehe zur Schule, freue mich, meine Klassenlehrerin zu sehen, in die ich mich bis über beide Ohren verliebt habe, und die der einzige Grund ist, warum ich überhaupt noch in die Schule gehe. Denn ich werde seit der Klassenfahrt nach Frankreich und den Ereignissen dort auf der Insel ohne Pause gemobbt. Es ist schier unerträglich. Du hast nicht die leiseste Ahnung, Mutter, wie grausam Kinder sein können in ihrem unbändigen Drang, andere fertigzumachen. Es frisst mich auf.

Sie bewerfen mit jeden Tag aufs Neue mit Dreck, Hohn, Spott und Scheiße. Ich weiß nicht, was ich machen soll!

Doch, das weiß ich!

Ich könnte jeden Tag weinen.

Ob nun mein Geburtstag ist oder nicht. Ob ich zu Hause bleibe oder sonst was. Das Leben ist ein trauriges, endloses Theaterstück, aus dem ich nicht anders herauskomme, als mich eines Tages zu rächen.

Ann-Kathrin.

Ann-Kathrin gibt mir Halt. Sie ist wie ein Engel, der auf die Erde entsendet wurde, um mich aus dieser unerträglichen Situation zu befreien. Eine menschgewordene Neuauflage meiner Katze Angel. Sie ist meine Rettung. So werde ich meinen Plan, der vorsieht, dass wir gemeinsam das Ziel durchschreiten, über alles andere stellen. Über alles!

Aus schmerzlichen Verlusten und Entbehrungen wird etwas Neues entstehen. Eine immerwährende Verbindung, die alles Gegenwärtige übersteht und die Ewigkeit überdauert.

Ich könnte ohne dich leben, Mutter. Oh ja, gewiss, das könnte ich, problemlos. Und ohne dich, Vater, ebenso. Auch ohne all den materiellen Überfluss, der nur Krankheit hervorruft und Neid und Missgunst schürt, der Begehrlichkeiten weckt und mich zum Opfer macht. Ich brauche das alles nicht, aber ich kann und will nicht ohne Ann-Kathrin leben.

Ich möchte weder eine Gartenparty noch eine Poolparty und auch keine Überraschungsparty. Ich möchte auch keine Geschenke. Weißt du, was ich mir wirklich wünsche, Mutter? Geliebt zu werden! Mehr nicht.

Und da ihr mir diesen Wunsch verwehrt, sind Entscheidungen getroffen, die das Schicksal schon vorbestimmt hat.

Sie wird mir gehören und ich ihr.

»Vielen Dank, Mutter, für deine Mühe. Du weißt doch, ich habe alles, was ich brauche. Ich werde mich jetzt aufmachen und zur Schule gehen.«

»So früh? Es ist doch dein Geburtstag. Du gehst immer viel zu früh aus dem Haus. Du könntest doch wenigstens etwas essen.«

»Nein, danke, ich bin noch nicht hungrig.«

»Wenn du heute Mittag von der Schule zurückkommst, ist Vater auch da. Er musste früh weg, da heute ein wichtiges Meeting mit den anderen Geschäftspartnern ansteht. Du weißt ja, dass er so etwas nicht verschieben kann.«

»Ja, Mutter, das weiß ich. Es ist alles ok. Ich werde jetzt gehen. Bis heute Mittag.«

Manchmal gehe ich den Weg zur Schule zu Fuß, und

manchmal schnappe ich mir auch mein Skateboard. Wenn ich mich morgens entschließe, nach der Schule noch bei Ann-Kathrin vorbeizuschauen, nehme ich das Board. Dann komme ich früher als sie bei ihrem Haus an, kann mich verstecken und laufe nicht Gefahr, dass sie mich dort sieht.

Ich weiß nicht genau, warum ich anfing, sie zu beobachten. Ich mache es einfach, und ich mache es gerne.

Jeder Mann, der eine Frau liebt, mag es doch, diese zu beobachten, oder nicht?

Manchmal stelle ich mir vor, dass wir schon zusammen sind und gemeinsam harmonische Abende verbringen. Nach einem Konzertbesuch beispielsweise.

Ich liege schon im Bett, sie zieht sich langsam aus, streift das Kleid von ihren Schultern und lässt es zu Boden gleiten, während ihr Blick ganz kurz zu mir wandert und dann zurück auf ihren eigenen Körper. Ich schaue weiter zu, voller Verzückung und Verlangen, derweil sie ihre Strümpfe langsam über die Fersen rollt und sich ihres BHs entledigt.

Ich denke an all die normalen Dinge, die das ganze Glück bedeuten.

Man möchte doch im Vorfeld gewisse Dinge über seine Zukünftige in Erfahrung bringen, um die kostbare gemeinsame Zeit genießen zu können, ohne Fragen stellen zu müssen. Beispielsweise welches ihre Hobbys sind, was sie gerne isst, welche Vorlieben und Abneigungen sie hat und welche Filme sie gerne sehen würde. Fragen kosten Zeit. Zeit, die wir besser und sinnvoller gestalten könnten.

Und vielleicht nicht haben werden.

Ist es denn verwerflich, sich nach Zweisamkeit zu sehnen und den Weg dorthin zu ebnen?

Wie können Mutter und Vater nur meinen, eine Ehe zu führen, die einer Beziehung nahekommt. Nicht im Entferntesten. Ihre Ehe ist die Verhöhnung in Perfektion.

Ich aber möchte von Anfang an ein guter Partner sein. Ich möchte für sie da sein, ihre Wünsche kennen und erfüllen, ohne Fragen stellen zu müssen. In Liebe, Glück und Harmonie mit ihr sein, und all die schönen Dinge erleben, die man mir so lange vorenthalten hat.

Bis dass der Tod uns scheidet.

Meine Ann-Kathrin wohnt am Stadtrand in einem Mehrfamilienhaus im Erdgeschoß. In dieser Gegend stehen fast ausschließlich Wohnblocks und Mehrfamilienhäuser. Meist mit sechs, acht oder zehn Wohnparteien.

Ich verhielt mich dort in dem Viertel immer relativ unauffällig. Ich fuhr die Straßen ein wenig auf und ab, beobachtete die Gegend und die Menschen. Ich prägte mir die Nachbarschaft ein, wann der Linienbus ankam und welche Autos zu welcher Zeit auf die Parkplätze fuhren. Einige Informationen notierte ich mir auch, wenn ich der Meinung war, mir nicht alles merken zu können. Über die Gewohnheiten von Ann-Kathrin führte ich ohnehin Buch. So konnte ich all die Daten später daheim auswerten.

Wenn zufällig Passanten in meine Nähe kamen, während ich etwas auf meinem kleinen Block notierte, tat ich so, als würde ich mir die Schuhe zubinden.

Dann bückte ich mich, um nicht gesehen zu werden. Oder ich versteckte mich in der aufkommenden Dämmerung hinter einem Auto oder zwischen den Tannen auf dem Grundstück gegenüber. Manchmal unterließ ich das Schreiben auch einfach und fuhr davon. Ich war auf der Hut, da ich keinesfalls wollte, dass jemand von mir mehr Notiz nahm als unbedingt nötig. Ich war nur ein Junge, der sich auf der Straße die Zeit vertrieb.

Ich suchte mir immer eine gute Deckung und wartete, bis sie nach Hause kam. Egal, wie lange es dauerte. Ich wollte sie sehen. Unbedingt.

Es war aufregend und erregend. Es machte mir nichts aus zu warten, selbst wenn es manches Mal sehr spät wurde, denn zu der Zeit begann ich mit dem Amphetamin. Dadurch konnte ich dort lange ausharren, ohne müde zu werden. Manchmal fuhr ich morgens von meinem Beobachtungsposten aus direkt zur Schule. An Schlaf war nicht zu denken. Stundenlang lag oder stand ich im Versteck und starrte in eines der Fenster ihrer Wohnung. Wartete, bis sich etwas tat. Eine Bewegung der Gardinen oder einen Schatten oder irgendetwas.

Ich musste nur immer Kaugummi dabeihaben, den ich während der Wartezeiten kaute. Das beruhigte mich. Denn meist stand ich komplett unter Strom wegen Ann-Kathrin und dem Speed im Körper.

Zu Hause vermisste mich keiner. Vater verbrachte die meiste Zeit in der Firma. Wenn er daheim war, sah ich ihn kaum, da er sich meist in sein Büro zurückzog und sich dort stundenlang aufhielt. Er war aber auch sehr oft auf Geschäftsreisen unterwegs und gar nicht anwesend.

Mutter war auch ständig beschäftigt und ebenso wenig zu Hause. Sie vertiefte sich in letzter Zeit immer mehr in ihre selbstkreierte Kosmetikagentur. Einem Selbstverwirklichungsprojekt, welches ihr wohl über die depressive Phase einer Mitvierzigerin hinweghelfen sollte.

Sie hatte Vater gebeten, ihr die Möglichkeit zu geben, sich in der Kosmetikbranche selbstständig zu machen. Er hatte sie angesehen, regungslos, kurz nachgedacht — man konnte sehen, wie er in Bruchteilen von Sekunden alle eventuellen Folgeerscheinungen einer Zusage durchspielte — und mit einem Lächeln und einem kurzen Kopfnicken eingewilligt. *Wenn es ihr Wunsch wäre, dann unterstütze er sie natürlich gerne.*

Im Klartext bedeutete das nichts anderes, als dass er ihr Startkapital zugesichert hatte. Finanziell waren sie sich einig. Ausnahmslos.

Mutter musste Vater grundsätzlich nicht um Geld bitten, aber er hatte es gern, wenn man ihn wissen ließ, wohin ein Teil seines Geldes floss. Außerdem fühlte er sich gut dabei, das sah man ihm jedes Mal an. Ob nun auch einige Beträge zum Fenster rausgeworfen wurden — wie in diesem Fall —, schien zweitrangig zu sein.

Ich denke, er war froh, dass Mutter mit ihrem Wunsch nach einer Unternehmensgründung eine ausfüllende Beschäftigung fand. Vielleicht erhoffte er sich insgeheim, sie zukünftig weniger bespaßen zu müssen.

So sah ich Vater und Mutter selten, Vater sah Mutter selten und sie sah Vater selten.

Und waren sie doch einmal beide gleichzeitig im Haus, stritten sie sich oder erledigten schlichtweg ihre Dinge getrennt. Sie da, er dort. Ich oben in meinem Zimmer.

Nur die Weine in unserem Keller waren eine gemeinsame Sache der beiden.

Sie sortierten, probierten und katalogisierten Vaters hauseigenen Wein aus dem Anbau in Italien.

Das war die offizielle Version. Was tatsächlich dort im Keller vor sich ging, wusste ich nicht.

Ich hatte dort unten nichts zu suchen. Das war das Reich meiner Eltern. Ihr einziges gemeinsames Interesse, wie mir schien.

Durch ihr einseitig fokussiertes Dasein bemerkten weder Vater noch Mutter, dass ich meine Zeit immer öfter draußen verbrachte. Mir war es Recht. So konnte ich Stunden und Tage vor der Wohnung meiner Lehrerin verbringen, um mir ihre Gewohnheiten einzuprägen und zu notieren.

Irgendwann verhielt ich mich während einer Beobachtungstour wohl doch zu auffällig, sodass jemand auf mich aufmerksam wurde.

Ein Typ, mit einem Hund an der Leine, kam seitlich auf mich zu, wie aus dem Nichts.

Ich stand hinter einem Auto, es war schon dunkel, und starrte hinüber in die Wohnung von Ann-Kathrin Er sprach mich an, und ich erschrak fast zu Tode.

Es ärgerte mich, dass ich ihn nicht bemerkt hatte. Die Erkenntnis über meine Fahrlässigkeit entsetzte mich und brachte mich total aus dem Konzept.

Er wollte wissen, warum ich mich ständig dort aufhielt und hinter Büschen und Autos hockte. Es wäre doch sehr verdächtig, und ich sollte lieber verschwinden, bevor er die Polizei informieren würde.

Stotternd suchte ich nach einer plausiblen Erklärung für mein Verhalten, aber es gelang mir nicht, ihn zu überzeugen. Durch die unerwartete Begegnung mit dem Fremden und den dadurch hervorgerufenen Schock, schoss mir Adrenalin ins Blut und vermischte sich mit dem Amphetamin zu einem gefährlichen Cocktail. Gefährlich für mich, denn ich bekam Beklemmungen, einen trockenen Mund, Atemnot. Ich wurde zappelig und nervös, viel zu nervös, und meine Zunge klebte mir augenblicklich am Gaumen fest. Sprechen funktionierte nicht mehr richtig. Was hätte ich sagen sollen? Ich wollte weg, einfach nur weg. Der Situation entkommen. Nein, ich wollte sie ungeschehen machen. Ich brauchte bloß ein Wunder, aber es geschah keines, und die Situation, in die ich durch meine Unaufmerksamkeit geraten war, wurde zur unerträglichen Zerreißprobe.

Es waren Sekunden, die sich hinzogen wie klebriger Kaugummi, in den man im Sommer hineintritt. Barfuß! Der Typ musterte mich von oben bis unten, seine Augen verengten sich. Er suchte mich nach Auffälligkeiten ab, um sie später bei der Polizei zu Protokoll geben zu können.

Einer dieser vom Leben enttäuschten und gelangweilten Typen, die den ganzen Tag am Fenster hockten und nur darauf warteten, dass irgendetwas passierte, was sie dann zur Anzeige bringen konnten. Ein ganz unbequemer Zeitgenosse, der mich da ertappt hatte.

Mir wurde heiß, und Übelkeit überkam mich. Mein Herz überschlug sich, wollte ohne mich davoneilen. Gedankenkarussell auf höchster Drehzahl!

Dann entschied ich mich. Diese Entscheidung kam mehr aus dem Bauch heraus, als dass sie eine logische Konsequenz war, aber es gab ohnehin keine Alternative.

Noch bevor der Mann weitere unangenehme Fragen stellen konnte oder mich vielleicht sogar festhielt, ergriff ich die Flucht.

Diskutieren wäre unmöglich gewesen, und angesichts seines Verständnisses für Recht und Ordnung hätte es hierfür auch keine Basis gegeben.

Ich lief einfach los. Die Straße entlang ins rettende Dunkel der aufkommenden Nacht.

Er rief mir hinterher, dass ich stehenbleiben sollte und noch etwas, was ich nicht verstand. »… Polizei«, konnte ich noch hören, dann war ich schon zu weit weg von ihm, denn ich rannte. Schnell.

Beruhigung in meinem Kopf und Körper trat erst ein, als ich schon fast zu Hause war.

Ich ging duschen. Sehr lange und sehr heiß. Es dauerte eine Ewigkeit, bis ich mich nicht mehr über meine Fahrlässigkeit ärgerte.

Nach diesem Erlebnis ließ ich mich erstmal nicht mehr dort sehen. Hätte ja sein können, dass dieser Kerl darauf wartete, dass ich wieder auftauchte. Mit Sicherheit wohnte er in einem der Wohnblocks in der Nähe meiner Ann-Kathrin.

Dann stünde er mit Sicherheit irgendwo am Fenster und hielte Ausschau nach mir.

Nach kurzer Zeit zog es mich dennoch zurück in das Viertel und zu ihrer Wohnung. Zu ihr!

Unbekannte Kräfte.

Ein innerer Drang, gegen den ich nicht ankam. Das wollte ich auch gar nicht.

Als ich an dem Tag beim Wohnblock ankam, war es dunkel draußen, aber noch nicht sehr spät. In ihrer Wohnung war das Licht eingeschaltet.

Ich zog mir meine Kapuze über den Kopf, um nicht erkannt zu werden und fuhr auf meinem Skateboard weiter die Straße entlang. An ihrer Wohnung vorbei, und etwas weiter dahinter bog ich in den Weg zu den Sozialwohnungen ein.

Auf der Rückseite des Hauses, in dem Ann-Kathrin wohnt, befindet sich ein weiterer Wohnblock. Etwas weiter entfernt.

Hierbei handelt es sich hauptsächlich um Hartz IV-Sozialwohnungen für die vom Staat finanzierten »Sozialschmarotzer«, wie Vater es mal nach einer seiner Weinproben ausgedrückt hatte.

Meine Idee war es, mich dort drüben im Schutz der Anonymität solcher Sozialwohnanlagen irgendwo zu verstecken. Um dann in Ruhe und geschützt vor den Blicken selbsternannter Ordnungshüter und anderer neugieriger Nachbarn, ihre Wohnung von der Rückseite aus zu beobachten.

Ihr Block lag nun zu meiner Rechten.

Ich sah nur geradeaus, verhielt mich nach wie vor unauffällig und tat so, als hätte ich ein festes Ziel. Als würde ich selber hier wohnen und nur nach Hause wollen.

Aus den Augenwinkeln konnte ich den hinteren Teil des Hauses einsehen. Hier gab es einen Balkon und zwei weitere Fenster, die ich ihrer Wohnung zuordnete. Ich steuerte den ersten Eingang in dem etwas heruntergekommenen Block an. Ein junger Typ mit einer Dose Bier in der Hand und einer Zigarette im Mundwinkel kam in dem Moment aus dem Hausflur, als ich von meinem Skateboard stieg.

Er wirkte angetrunken oder bekifft, vielleicht auch beides, und wollte wissen, ob ich *hier rein will*? Ich nickte, er hielt die Tür auf, und schon war ich drin.

Der Flur war dunkel, und es roch muffig.

Einmal kurz umgesehen, dann ging ich die Treppen bis nach oben hoch.

Im vierten Stockwerk angekommen, führte nur noch eine Treppe hinauf zu einem Dachfenster. Ideal, um von dort aus hinunter zum gegenüberliegenden Haus zu sehen. Hier oben war ich ungestört, und ich konnte sofort hören, wenn jemand in den Flur kam oder eine der darunterliegenden Wohnungen verließ. Das Licht ging dann über einen Bewegungsmelder automatisch an und nach einer Weile wieder aus.

Die Entfernung zu Ann-Kathrins Wohnung war allerdings zu groß, um etwas erkennen zu können. Aber auch hierfür gab es eine Lösung. An dem Abend brach ich die Aktion erstmal ab und fuhr zurück nach Hause. Als ich in unsere Wohngegend einbog, wurde mir zum ersten Mal die Kluft zwischen arm und reich bewusst, da ich immer noch unter den Eindrücken der Sozialwohnungen stand. Obwohl die Dunkelheit kaum etwas von unserer Straße erkennen ließ, spürte man den Unterschied. Kein Lärm, kein Gestank, kein Geschrei von angetrunkenen Jugendlichen oder was diese Gegenden sonst noch ausmachte. In unserer Straße fühlte man die Ruhe und die Sicherheit. Die Aura der Wohlhabenden. Was für eine Ironie, dass ich mich hier unwohl und verlassen fühlte, dass es mich dorthin zog. Zu den Unterprivilegierten.

Mit meinem Teleskop-Fernrohr und dem dazugehörigen Stativ im Rucksack kehrte ich am darauffolgenden Abend zum Sozialblock zurück. Diesmal hatte ich nicht so viel Glück. Meine Angebetete war nicht zu Hause. Es war alles dunkel.

Aber ich hatte Zeit, und nachdem ich eine Weile vor dem Wohnblock darauf gewartet hatte, dass jemand herauskam, ging gegenüber in ihrer Wohnung das Licht an.

Sie war zu Hause!

Es dauerte bestimmt noch eine weitere Stunde, es war schon stockdunkel draußen, als endlich jemand aus dem Hausflur kam und ich durch die noch offene Tür hineinhuschen konnte.

Ich baute oben im Flur das Stativ auf, positionierte das Fernrohr darauf und … Bingo! Ich fand sofort den richtigen Winkel und hatte somit die Wohnung von Ann-Kathrin im Blick.

Auf der linken Seite gab es einen Raum mit einer Milchglasscheibe. Das Badezimmer oder WC. Rechts daneben lag das Wohnzimmer mit dem kleinen Balkon davor. Ich stellte das Fernrohr mit den kleinen Justierrädchen auf die richtige Entfernung ein, und da war sie. Meine Ann-Kathrin. Die Frau meiner Träume.

Der Antrieb für mein Vorhaben. Mein Licht in der Nacht.

Sie hatte die Vorhänge noch nicht zugezogen, und ich konnte sie genau sehen. Sie trug nur ein T-Shirt und Shorts. Ich hatte auf alles eine gute Sicht. Die Einrichtung ihrer Wohnung, das rote Sofa mit den kleinen Tischen daneben, die Dekorationen, die Farben ihrer Wände, die Bilder. Alles. Da ging plötzlich das Licht im Flur an. Stimmen. Geräusche. Zwei Personen. Auf dem Weg nach unten.

Verpisst euch. Ihr stört meine Mission.

Ich stand dort etwa zwei Stunden. Vielleicht auch drei. Ann-Kathrin verschwand immer mal wieder in den für mich nicht einsehbaren Teil ihrer Wohnung und erschien kurze Zeit später wieder.

Sie tanzte, telefonierte eine Zeit lang, bügelte, legte Wäsche zusammen und saß dann an ihrem Schreibtisch. Wahrscheinlich um unsere Arbeiten zu korrigieren oder um etwas für den Unterricht vorzubereiten. Das konnte ich trotz meines modernsten Fernrohrs nicht genau ausmachen, da sie mit dem Rücken zu mir saß.

Während ich sie beobachtete, machte ich mir schon Gedanken darüber, was ich wohl noch alles zu sehen bekommen würde. Der Gedanke daran ließ meinen Puls in die Höhe schnellen, und ich konnte meinen Herzschlag in den Ohren spüren.

Der Platz dort oben im Flur gab mir Gelegenheit, sie fast jeden Abend zu beobachten. Wann immer es ging, wollte ich sie sehen. Auch außerhalb der Schulzeiten, eigentlich vor allem außerhalb der Schulzeiten.

Es hatte etwas Besonderes. Etwas Anziehendes, Magisches.

Ich wurde süchtig. Nicht nach dem Amphetamin — das hatte mich schon fest im Griff. Ich wurde süchtig nach ihr und nach dem Versteck dort oben in dem Hausflur, von dem aus ich sie beobachtete.

Es war wie ein Rausch. Wenn sie morgens in die Klasse kam und uns Schüler begrüßte, dann war ich der Einzige, der wusste, was sie am Abend zuvor gemacht hatte. Was sie anhatte, wann und was sie zu Abend gegessen hatte, in welcher Kleidung sie welches Buch gelesen hatte und wann sie zu Bett gegangen war.

Endlich hatte ich etwas, wofür es sich lohnte zu leben. Ich hatte ein Geheimnis. Etwas Einzigartiges. Ich wusste nun Dinge über Ann-Kathrin, die die anderen Schüler nicht wussten. Die niemand wusste, außer mir.

Die Informationen, die ich benötigte, um ihr alle Wünsche zu erfüllen.

Es war ein Gefühl der Erhabenheit gegenüber den Mitschülern, die keine Ahnung hatten von dem, was ich wusste. Wenn sie im Klassenzimmer vor uns stand, fühlte ich mich ihr verbunden. So als wären wir schon ein Paar.

Die Schule. Da ist sie. Mir wird schlecht. Jeden Morgen aufs Neue. Fünf Tage die Woche in diese Schule. Und hätte ich heute, an meinem Geburtstag, nicht schon etwas von dem Pulver genommen, wäre ich jetzt traurig, deprimiert und demoralisiert.

Danke, dass ich dieses Zeug für mich entdeckt habe.

Danke, dass es jetzt einen Grund gibt, hierher zu kommen. Ann-Kathrin. Die Mission.

Ann-Kathrin. Sie hält mich am Leben, hält alles zusammen. Der Tag wird kommen, da werden sich alle verantworten müssen, und *sie* wird es verstehen. Sie ist mir unvoreingenommen entgegengetreten, hat mich von Anfang an gut behandelt, dafür liebe ich sie. Und für ihr Aussehen, ihr Haar, ihren Geruch, ihre warmherzige Güte. Für ihr engelsgleiches Wesen.

Ich war schon wieder tief in Gedanken versunken. Ich sitze bereits im Klassenraum und habe es nicht gemerkt. Ich bin so oft abwesend. Das sagt Mutter auch ständig zu mir. Sie hat Recht.

Was für ein Fach steht an? Ach ja, Mathe. Mit Oberstudienrat Reckwich. Er kann mich nicht leiden. Macht nichts. Ich ihn auch nicht. Grundsätzlich ist er kein schlechter Lehrer. Streng, ja. Auch immer sehr ernst. Ich glaube, ich habe ihn noch nie grinsen sehen, geschweige denn lachen. Mathelehrer halt. Aber man lernt etwas bei ihm. Er kann wenigstens gut erklären, wenn man etwas nicht versteht. Am Anfang kam ich auch ganz gut mit ihm zurecht. Bis zu der Klassenfahrt. Seitdem ist er anders mir gegenüber. Natürlich meint er, Bescheid zu wissen. So wie alle anderen auch meinen, genau zu wissen, was passiert ist.

Sie haben ihre Entscheidung getroffen. Gefragt hat mich nie jemand, was an dem Abend im Zeltlager wirklich passiert ist. Ehrlich gesagt, weiß ich es ja selber auch nicht genau. Aber eines weiß ich mit Sicherheit. Ich habe das Mädchen niemals angerührt.

Zu gerne wäre ich von hier weggezogen. In eine andere Stadt.

Oder besser noch in ein anderes Land. Kanada wäre Klasse. Vater hat gelacht, als ich das Thema angeschnitten habe. Gelacht!

Da kommt ja unser Oberstudienrat. Wie immer mit ernster Miene. Vielleicht kann Vater ihm ein bisschen Heiterkeit abgeben. Der alte Herr bricht zu gerne in Gelächter aus. Ein witziger Gedanke.

Oh nein, ich muss lachen!

Nicht jetzt. Er sieht mich an. Warum mich? Warum gerade jetzt? Über zwanzig Schüler sitzen vor ihm, und er kommt herein und sieht direkt zu mir! Warum?

Hilfe, ich pruste gleich los!

Jetzt drückt auch noch meine Blase. Ich war nicht auf der Toilette. Scheiße. Ich habe es vergessen.

Viel trinken bei dem Konsum, sonst gehen die Nieren kaputt!

Google weiß alles. Der Gott des Internetuniversums. Allwissend.

Der Arzt sagte irgendwann zu meiner Mutter, dass ich eine schwache Blase hätte. Warum erzählte er es ihr und nicht mir?

Ich muss zur Toilette. Das halte ich nicht aus bis zur Pause.

Verdammte Scheiße. Ich werde durchhalten müssen. Ich melde mich auf keinen Fall und frage. Damit es nicht noch einen Grund mehr gibt zum Lästern. Nein, das lasse ich nicht zu!

Ich muss so dringend. Ich habe gestern Abend zwei Liter Cola getrunken, zusätzlich auch noch

Mineralwasser … und bin eingeschlafen. Ich hätte vor der Schule noch zur Toilette gehen sollen.

Irgendetwas stimmt mit meiner Blase nicht. Mit meinem gesamten Körper.

Ständig verspüre ich Harndrang und kann trotzdem nicht richtig pinkeln.

Die Nebenwirkung des Amphetamins.

Ich werde irre. Ich habe das Gefühl, ich löse mich auf.

Eine Nacktschnecke, die man mit Salzsäure beträufelt.

Der Unterricht ist schon zwanzig Minuten in Gange?

Ich bekomme nichts mit.

»Wer pfeift da?«, fragt Oberstudienrat Reckwich. Was meint er? Träume ich? Manchmal denke ich, ich bin gar nicht am Leben, befinde mich in einer Parallelwelt oder in der Hölle oder irgendwo dazwischen.

Wo bin ich?

Ich habe keine Ahnung, wer hier pfeift. Ich höre niemanden pfeifen. Er sieht sich um, sucht die Ursache für das Geräusch.

Meine Blase!

Was sollen wir berechnen? Welche Seite?

Könnten Sie das nochmal wiederholen, bitte.

Sein Mund bewegt sich, er spricht, aber ich höre ihn nicht.

Wer pfeift da? Jetzt habe ich es auch gehört. Da flötet jemand! Keine Einbildung. Diesmal nicht.

Das Pfeifen ist in meinem Kopf.

Er sieht schon wieder zu mir. Ja doch, ich habe die Seite gefunden. Ich folge, bin gehorsam. Ich kann mich nur nicht so gut auf Ihren Unterricht konzentrieren, weil ich mir gleich in die Hosen mache.

Zu viel genommen.

Mir wird heiß. Scheiße! Was?

»Berechne in einem komplexen mehrstufigen Zufallsexperiment Wahrscheinlichkeiten mithilfe von Pfadregeln und bestimme diese eigenständig.«

Ich kann nicht.

Konzentrieren!

Wahrscheinlichkeiten von Pfadregeln bestimmen? Pfadregeln mithilfe von Zufallsexperimenten bestimmen? Mehrstufige Zufallsregeln komplex berechnen?

Ich muss pinkeln!

Ich muss die Zufallsregeln mehrstufig … zur Toilette bringen und mir komplex in die Hosen pissen. Und da pfeift jemand …

Jetzt hat er die Ursache gefunden. Reckwich ist außer sich. Er springt auf und … wer war es? Er kommt in meine Richtung. Er kommt auf mich zu? Er ist stinksauer.

Was? Ich? Ich soll gepfiffen haben?

Ich soll mit ihm vor die Tür kommen! Die anderen sehen mich an.

Jona grinst.

Gehässigkeit springt ihm aus dem Gesicht. Tabea und Joena sind entsetzt.

Ich kann kaum aufstehen, meine Knie zittern. Er packt mich, greift mir an den Arm, zieht mich vom Stuhl. Das Rauschen. Ich war das nicht. Ich habe nicht …

Ich muss pinkeln.

Er schreit. Die Tür zum Klassenzimmer fällt hinter uns zu. Wir stehen im Flur, sind allein. Er packt mich bei

101

den Schultern, schüttelt mich, schreit mir ins Gesicht. Ich beginne zu schwitzen, schlagartig.

Ich verbrenne!

Er hat Amalgam in den Zähnen und Mundgeruch. Wenn ich jetzt zuschnappe, ist seine Nase ab. Soll ich das wagen? Ich sehe ihn kaum noch. Sternenstaub. Er schreit. Lautlos.

Ich fress dich auf!

Es wird warm an meinen Beinen. Endlich lässt der Druck nach. Ja, Reckwich, schüttele mich. Dann brauch ich das nicht zu machen. Schleudere den letzten Tropfen Urin aus mir raus. Der linke Fuß ist schon nass.

Heiß und nass. Sind meine Schuhe wasserdicht?

Er schreit noch immer.

Ich muss lachen.

Es platzt aus mir heraus. Laut!

Du kannst mich am Arsch lecken. Schrei doch. Leck mich. Ja, leck mich, Reckwich! Ich habe mir gerade in die Hosen gepinkelt. Der letzte Funken Würde, erloschen durch die eigene Pisse.

Ich lach mich kaputt. Ich pruste ihm direkt ins Gesicht. Jetzt dreht er völlig durch. Er kann es nicht begreifen, dass ich ihm in seine dreckige, verkommene Fresse lache. Na und, dann habe mir eben in die Hosen gemacht. Ändert das noch etwas? Ich bin doch schon tot, was soll's!?

Er lässt mich endlich los und sieht an mir runter. Mein Urin verfärbt den Linoleumfußboden. Farbenlehre. Gelb und grün ergibt blau. Er redet und redet. Ich höre ihn nicht. Aber ich sehe ihn. Sehe ihn vor mir. Er steht ganz oben auf meiner Liste. Ja! Es gibt eine Liste. Eine rote Liste. Und du, Reckwich-Leck-mich, stehst dick unterstrichen an erster Stelle. Du bist schon tot, und ich lache dir in deine rotzige, amalgamverseuchte Rattenfresse, du Sohn einer Zigeunerhure. Missgeburt eines Oberstudienrates. Genetischer Abfall. Ich hätte dich anpissen sollen! Schade!

Was? Du schickst mich nach Hause? Gerne. Natürlich. Wenn das dein Wunsch ist, Lehrer Leck-mich, dann gehe ich nach Hause. Und das Beste ist, ich habe heute Geburtstag. Vielen Dank für dieses Geschenk.

Er redet nicht mehr. Sein Kopf platzt gleich, aber er ist still. Sein Mund bewegt sich nicht mehr. Mein Speichel läuft ihm über das rechte Auge, und er steht nur da. Ich lache noch immer? Wann habe ich ihm ins Gesicht gespuckt? Hört das Rauschen je wieder auf?

Frische Luft. Ich stehe draußen vor dem Schulgebäude, und die leichte Brise des Morgens kühlt den Urin in meiner Cordhose. Es zieht und ist unangenehm. Ich muss mit vollgepisster Hose zu Fuß nach Hause laufen. Wie soll ich das erklären? Ich werde mir meinen Kapuzenpullover um die Hüften binden, dann mache ich mich auf der Straße nicht auch noch zum Gespött der gesamten Nation.

Endlich, ich bin daheim. Mir ist kalt. Ich werde ein Bad nehmen. Ja, genau. Ein gemütliches Geburtstagsbad. Ich könnte entspannt in Selbstmitleid baden und als Badezusatz eine ordentliche Mischung aus Wut, Zorn und Hass verwenden. Vaters Wagen. Er ist zu Hause. Erst baden. Lasst mich bitte erst baden, bevor ihr mir mit schwachsinnigen Geschenken und

Ideen für den heutigen Tag kommt. Kann ich ins Bett gehen, mir die Decke über den Kopf ziehen, am Daumen nuckeln und warten, bis dieser Albtraum vorüber ist?

Wo sind sie? Ist niemand im Haus? Zum Glück. Ich muss schnell nach oben, aus den vollgepissten Klamotten raus und … was war das? Ich bleibe am Fuß der Treppe stehen und wende mich um. Wieso steht die Kellertür offen? Mutter? Seid ihr da unten im Keller? Da schreit jemand. Ich bin wieder in irgendeiner Parallelwelt. Das passiert alles nicht wirklich, oder? Was sind das für Geräusche? Das kommt von unten aus dem Keller. Erst nachsehen oder erst die nassen Sachen ausziehen?

Es zieht mich in den Keller, ich schleiche die Treppe hinunter. Leise. Lauschen! Von wo kommen diese Geräusche? Vater? Ich verstehe nicht. Und was ist das für ein seltsamer Geruch? Es riecht nach Gummi.

Ich bin irritiert, weil sich eines der Regale nicht an der Wand befindet. Es steht mitten im Raum. Es ist gar kein Regal, es ist eine Tür! Ich erkenne unseren Keller nicht wieder. Ist er das überhaupt? Ich würde doch wissen, wenn es diese Tür hinter dem Regal gäbe, und ich würde doch auch den Raum dahinter kennen, oder nicht? Was spielt sich hier ab? … Was?

Ich fasse all meinen Mut zusammen, nähere mich vorsichtig der offenen Tür und pralle, angesichts des erschreckenden Geschehens dahinter, sofort zurück.

Oh, mein Gott, das passiert nicht wirklich! … Ich renne die Kellertreppe wieder empor. Ich muss mich übergeben. Wohin? Wohin soll ich laufen? Zum Pool!

Nach draußen in den Garten. Ja. Ich renne durchs Wohnzimmer. Blitze. Die Skulptur mit dem Löwenkopf schwankt. Ich bin gerade gegen sie gerannt. Die Balkontür geht nicht auf. Schnell! Ich schaffe es nicht, ich habe Kotze im Mund. Schneller! Doch geschafft, ich bin am Pool. Hinlegen, Kopf über das Wasser … und los. Ich übergebe mich in den Pool. Sternenstaub und Rauschen. Bittere Soße läuft aus meiner Nase und brennt wie Feuer. Ich bekomme keine Luft. Mama? Ich bin klein, hilflos. Unerträgliche Schmerzen durchfahren meinen Körper. Jemand wickelt meine Gehirnmasse in Stacheldraht ein und streut Salz in meine offenen Wunden, die mir vorher mit einer Rasierklinge ganz langsam, wie in Zeitlupe, in die Haut geritzt worden waren. So fühlt sich also mein sechzehnter Geburtstag an. Ich werde ohnmächtig …

Auszug aus den Ermittlungsunterlagen des Bundeskriminalamts Wiesbaden
Der Fall „Koch"/ Az 41347/12

Zeitprotokoll mit Ereignisablauf:

07:31 Uhr
Auf dem Weg zum Haupteingang durchquert der Schüler Maximilian Koch, mit Maske vor dem Gesicht, die ca. fünfhundert Quadratmeter große Aula der Schule. Er trägt schwarze Schnürstiefel und schwarze Kleidung. Anwesende Schüler wundern sich über das Erscheinen des maskierten Schülers, der sich mit ausgebreiteten Armen, Blick zur Gebäudedecke gerichtet, provokant in die Mitte des offenen Versammlungsplatzes stellt und scheinbar keine Notiz von seiner Umgebung oder anderen Personen nimmt. Ermittlungen haben ergeben, dass Koch etwa zwei Minuten dort verweilt, bevor er seinen Weg zum Haupteingang fortsetzt, um diesen ebenfalls gegen Betreten oder Verlassen der Schule zu sichern.
Es befinden sich zu diesem Zeitpunkt etwa vierhundertfünfzig Schüler und neunzehn Lehrkräfte in dem Schulgebäude, und noch sind viele Personen an diesem Morgen auf dem Weg zum Gymnasium, um ihrer Schulpflicht nachzukommen.

Kapitel 5
Der Stahl

Es macht mir Spaß zu schießen. Schon immer. Es faszinierte mich vom ersten Tag an.

Mein alter Herr nahm mich mit auf den Schießstand, ohne mir vorher zu sagen, wohin die Reise ging. Dort angekommen, ergriff er meine Hand und führte mich herum, ohne ein Wort zu sagen. Er wollte, dass die Anlage auf mich wirkte. So jedenfalls interpretiere ich sein damaliges Handeln. Er hoffte, dass die Aura, die der Schießstand ausstrahlte und die wohl auch intensiv auf ihn einwirkte, mich in den Bann schlagen würde. Als wir schweigend an dem vorbereiteten Waffentisch ankamen, kniete er sich vor mich, sah mir tief in die Augen und legte mir das erste Mal den kalten Stahl einer Handfeuerwaffe in meine kleine Hand. Er zelebrierte es wie ein Ritual, und die mit seiner tiefen Stimme gesprochenen Worte klingen noch heute in meinem Gedächtnis nach.

In meine Hand nahm ich den Stahl, um ihn zu schmieden und zu formen. Ich übergebe ihn an dich, mein Sohn, um dich zu lehren, ihn zu benutzen!

Damals war ich gerade einmal acht Jahre alt, und es war mir fast nicht möglich, die schwere Waffe zu halten, nachdem Vater sie mir mit ernster Miene in die Hand gelegt hatte. Der Stahl war eiskalt, und ein Schauer durchzog mich, als er mir die Pistole übergab. Ich blickte hinab zu der Waffe, aber er schrie, ich sollte ihm in die Augen sehen. In dem Moment, als ich wieder zu ihm hochschaute, erkannte ich die Bedeutung der Situation und der Priorität dieses Rituals. Seine Augen waren ebenso kalt wie der Stahl der Waffe in meiner Hand, und seine Stimme wurde lauter und merkwürdig monoton.

Es wäre ein Privileg, wenn man als Kind in meinem Alter die Möglichkeit bekäme, eine echte Waffe benutzen zu dürfen!

Waffen könnten töten und Waffen würden von Männern für Männer gefertigt! Das waren seine Worte.

Er wollte einen Mann aus mir machen. Der Weg dorthin ebnete sich in seiner Vorstellung über Waffen und deren korrekte Handhabung.

Dieses tiefgreifende Erlebnis und Vaters eindringliche Worte verfehlten ihre Wirkung nicht. Ganz im Gegenteil.

Ich war fasziniert, angefixt, restlos begeistert. Von den Waffen. Dem kalten Stahl.

Damals, dort auf dem Stand, begann meine Liebe zum Schießen und mein Interesse für Waffen. Also fuhren wir ab da an regelmäßig auf unseren Schießstand, wo er mich alles lehrte, was man im Umgang mit sogenannten Handfeuerwaffen und Gewehren wissen musste. Obwohl ich den tieferen Sinn oder Unsinn seines Handelns erst Jahre später erkannte und nie gleicher Meinung mit ihm war, konnte ich nicht genug kriegen.

Dieser Schießplatz, auf dem ich den sicheren Umgang mit Waffen lernte, ist Teil von Vaters Geschäftsunternehmen und befindet sich auf dem riesigen Betriebsgelände seiner Firma. Ein gläserner

Korridor verbindet das Hauptgebäude mit unzähligen Büroräumen und der Eingangshalle der Schießanlage.

In den Produktionsanlagen werden neben Handfeuerwaffen auch noch Sturmgewehre, Maschinengewehre und 40mm-Systeme entwickelt und gefertigt. Anschließend können geschulte und autorisierte Mitarbeiter die Waffen direkt nach der Fertigung testen und überprüfen.

Bevor neue Waffensysteme in Serie gehen, müssen sie kontrolliert werden. Akribisch.

Gesetzliche Vorschriften geben vor, welchen Tests diese Waffen unterzogen werden müssen.

Experten prüfen die neuen Schusswaffen wochen- und monatelang, bevor sie ein Prüfsiegel bekommen und die offizielle Freigabe für den Weltmarkt erhalten.

Getestet wird auf Tauglichkeit, Widerstandsfähigkeit, Mechanik, Hitzebeständigkeit, Zielgenauigkeit und vor allem auf die Gewährleistung der Sicherheit.

Dafür benötigt man eine umfangreiche Prüfanlage und eben einen Schießplatz.

Die Anlage des Unternehmens besteht aus einer überdachten Schießanlage mit zwölf Schießbahnen, mehreren Räumen mit Computern zur Überprüfung von Entfernungszielen, einem Sicherheitsraum zur Aufbewahrung der Schusswaffen, einer Werkstatt, einer Kantine, einem Pausen- und Ruheraum und einem Raum mit einem speziellen Wasserbecken zur »Einschießung«. Dort werden Schusswaffen in eine Vorrichtung gespannt und über eine mechanische Fernsteuerung abgefeuert. Der abgegebene Schuss geht in einen mit Wasser gefüllten Behälter. So kann man das verschossene Projektil dem Becken entnehmen und auswerten. Dieser Beschuss wird auch noch amtlich überprüft. Zusätzlich gibt es noch eine Außenbahn. Die gesamte Anlage gleicht einer Festung. Überall befinden sich Überwachungskameras und Warnhinweise.

Der Schießplatz ist komplett gegen unbefugtes Betreten und neugierige Blicke abgeriegelt. Hermetisch.

Denn es gibt Feinde. So nennt Vater sie. Feinde. Es sind Feinde jeglicher Art, mit jeglichen Interessen. Kriminelle. Diebe. Wirtschaftsspione. Neider. Die Presse. Gegner der Waffenzunft.

Mein Vater hat sich allen Feinden und Widrigkeiten entgegengestellt und sich durchgesetzt. Er hat sich hart emporgearbeitet, mit Willenskraft und einer Beharrlichkeit, die man nur sehr selten bei einem Menschen vorfindet.

Er ist der Stahl seiner Waffen.

Mittlerweile zählen zu seinem Kundenstamm, neben dem Scheich von Brunei, auch der Präsident des Kongo — der seine Privatarmee mit Vaters Waffen ausstattet —, der pakistanische Ministerpräsident, der Iran, der Irak und Rebellen aus allen krisengeschüttelten Teilen der Erde. Auch die Bundesregierung. Aber dieses ist nur inoffiziell und wird als Geheimsache behandelt.

Als Sohn bekommt man so etwas allerdings mit, denn nicht selten werden vertrauliche Gespräche über Unternehmensstrategien und Firmenphilosophien bei uns zu Hause geführt.

110

Bei uns geht alles ein und aus, was Rang und Namen in Wirtschaft und Politik hat.

Nach einem feudalen Essen und einem teuren Cognac in privater Runde, lassen sich Vertragsabschlüsse eben leichter realisieren.

Die Kundschaft meines Vaters legt verständlicherweise Wert auf Qualität und hat hohe Ansprüche. Schließlich gilt es, mit den Waffen Leben zu schützen und Interessen zu vertreten. Wichtige Interessen.

Man will eigene Ziele durchsetzen und am Leben bleiben. Sich Vorteile verschaffen. Machtverhältnisse ändern, festigen, ausbauen, mit Waffengewalt. Nur nicht verlieren, weder das Leben noch den Interessenkonflikt.

Stärker sein als der Gegner.

Die Ware muss also dementsprechend funktionieren. Immer und überall.

Und das tut sie. Dafür ist das Unternehmen meines Vaters bekannt und seit jeher marktführend.

Die Schusswaffen müssen sämtlichen Ansprüchen gerecht werden.

Bei jedem Wetter, unter jeder Bedingung. Bei Minusgraden, bei glühender Hitze, im Schlamm und bei extrem hoher Luftfeuchtigkeit, wie beispielsweise in den Breitengraden eines afrikanischen Dschungels.

Sollte eine Waffe aus irgendeinem Grund versagen, dann kann das ganz schnell Leben kosten. Eigenes Leben. Das darf nicht passieren. Nicht aufgrund eines maschinellen Versagens.

Auf menschliches Versagen hat mein Vater keinen Einfluss. Zumindest, auf das seiner Kunden nicht.

Um genau dieses mögliche Versagen ging es ihm, als er sich entschloss, mich frühzeitig den Umgang mit Pistolen und Gewehren zu lehren.

Der erste Schuss aus dem kalten Stahl einer Waffe ist gleichzusetzen mit dem ersten Schuss Heroin.

Trotz Gehörschutz, den ich von Vater vorsorglich über die Ohren gesetzt bekommen hatte, war der Knall des ersten Schusses ohrenbetäubend. Ich machte mir fast in die Hosen, so erschrocken war ich. Aber es war nicht nur der Knall, der mich erschrecken ließ. Es war diese unvorstellbare Wucht, mit der die explodierende Treibladung das Geschoss aus der Waffe katapultierte. Meine Hand flog augenblicklich in die Höhe, meine Schulter wurde nach hinten gerammt, und ich landete auf dem Hintern. Ich war sprachlos. Vater lachte, nachdem er sich überzeugt hatte, dass ich unverletzt war. Ich blieb auf dem Rasen der Anlage sitzen und schaute ungläubig zu Vater hoch. Es dauerte Ewigkeiten, bis ich mich von dem Schock erholt hatte und meinen Mund wieder zubekam.

Es war kein Schock im negativen Sinne, es war eher so, als würde man die Erkenntnis bekommen, dass etwas Unmögliches doch passieren konnte. Ein Wunder. Ungläubiges Erstaunen und Verwunderung. Ich war fassungslos. Nie hatte ich etwas Vergleichbares erlebt. Ich war acht Jahre alt. Ich hatte nicht die geringste Ahnung, dass es so etwas gab. Dass Menschen in der Lage waren, solche enorme Energie, kontrolliert freizusetzen. Ich war fasziniert und sofort verzückt. Vater half mir auf die Beine und fragte, ob es mir gut ginge. Ich konnte noch immer nicht sprechen und nickte bloß. Er sah mir meine Faszination scheinbar an, denn er erklärte mir gleich darauf, wie ich dem enormen Rückstoß entgegenwirken könnte. Nämlich indem ich das linke Bein zurücksetzte und beim Betätigen des Abzuges die Waffe, über den Griff, leicht nach unten neigte. Der zweite Schuss krachte genau so laut, da mein Gehör vorbelastet war, aber ich blieb auf den Beinen, wenngleich der zweite Schuss das anvisierte Ziel um Kilometer verfehlte. Aber darum ging es Vater nicht.

Ihm ging es um die Faszination, die das Ganze auf mich ausübte. Er hatte mich erfolgreich angefixt, mich eingelullt, mich an die Droge Schusswaffe herangeführt.

Dieses erste Mal zeigte volle Wirkung, ich war sofort süchtig. Vater hatte mich da, wo er mich haben wollte. Der erste Schritt in seine Richtung war getan, und er fühlte sich mit jedem weiteren Tag, den er mit mir gemeinsam auf der Bahn verbrachte, in seinem Vorhaben bestätigt.

Denn seit jenem Tag wollte ich jede freie Minute auf dem Schießplatz verbringen und eine Waffe abfeuern. Wollte dieses erhabene, berauschende Gefühl, eine Waffe in der Hand zu halten, ein Ziel anzuvisieren und abzudrücken, wieder und wieder. Ich wurde durch Vater zum Junkie. Ich war vorher schwach und labil gewesen, ein weinerliches Kind, voller Traurigkeit. Ein ängstliches Muttersöhnchen. Dieser eine Tag hatte alles verändert. Er hatte mich verändert, transformiert, gestärkt. Aber es war trotzdem nicht ausreichend für Vaters Pläne.

So hegte er lange Zeit die Hoffnung, dass ich eines Tages sein würdiger Nachfolger werden würde und an der Spitze seines Konzerns stünde, welcher Waffen produziert und vertreibt, die mit Unterstützung eines Teams von hochgradig berufsorientierten Ingenieuren und Spitzentechnikern entwickelt werden. Er konnte gar nicht anders, als seinem einzigen Sohn so früh wie möglich, diese todbringenden Endprodukte begreiflich zu machen.

Zu dem damaligen Zeitpunkt war Vater noch der Überzeugung, ich würde eines Tages in seine Fußstapfen treten.

Tut mir leid, Vater, dich auch in der Angelegenheit einer Familientradition zu enttäuschen. Schießen, ja. Einen Konzern übernehmen? Auf gar keinen Fall! Ich mag ja die genetisch bedingten Eigenschaften wie Willenskraft und Beharrlichkeit besitzen, die als Untertitel auf unserem Familienwappen geschrieben stehen, aber den grundsätzlichen Charakter für eine solche Führungsposition besitze ich nicht.

Nein, danke!

Da würde ich dann doch lieber Krabbenfischer oder Bassist in einer Mädchenband werden, bevor ich mich in diesen kommerziellen Raubtierkäfig begebe und kläglich scheitere.

Alles drehte sich um Beruf und finanzielle Unabhängigkeit, Ansehen und Aussehen. Das letzte Wort im kapitalistischen Gebetsbuch meines Vaters hieß Geld.

Ich bin stolz auf meine gesunde Selbsteinschätzung, die ich meinem Vater in langen und nervenaufreibenden Diskussionsrunden darlegen musste. Dennoch brachte er zu keinem Zeitpunkt Verständnis für meine Meinung auf, die er immer wieder zu biegen und zu brechen versuchte. All die gemeinsamen Stunden auf dem Schießplatz und sein gesamtes Bemühen bezüglich meiner Person kristallisierten sich immer mehr als vergebliche Mühe heraus.

Falsch genutzte Lebenszeit war für Vater eine unerträgliche Verschwendung, die er nicht ertrug, und so kam ihm die Sache in Frankreich vermutlich nicht ganz ungelegen, denn dadurch relativierte sich die Gesamtsituation ein wenig, und er schlief wieder besser.

Man konnte dem schrecklichen Ereignis also durchaus etwas Positives abgewinnen.

Etwas Positives in meinem Leben?

Wie auch immer. Die Entscheidung ist gefallen. Für mich. Für Vater. Für Mutter. Für die Zukunft. Wenn man angesichts meiner Pläne überhaupt von Zukunft sprechen kann. Das Ziel meines Plans ist nur noch eine relativ kurze Zeitspanne entfernt. Auf ein durchschnittliches Menschenleben bezogen, entspricht es wohl nur einem Wimpernschlag. Unumgänglich. Ursache und Wirkung.

Schicksal?

Letztendlich kommt mir Vaters rücksichtslose Weise, meinen Werdegang zu bestimmen, zu Gute. Zumindest, was das Schießen und Bedienen von Waffen angeht.

Zu wissen, dass man etwas Mechanisches in der Hand hält, das Menschen in Bruchteilen einer Sekunde töten

115

kann, ist mit nichts zu vergleichen. Eine kurze minimale Bewegung des Zeigefingers reicht aus, um Leben auszulöschen. Das ist Macht. Das ist Überlegenheit. Das ist der absolute Wahnsinn, und niemand, der noch nie eine Pistole oder eine andere Schusswaffe in der Hand gehalten hat, kann sich eine Meinung darüber erlauben. Man muss sie gespürt haben, diese Urgewalt, die sich in solch unvorstellbar kurzer Zeit aus der Waffe entlädt und zur tödlichen Bedrohung des Zieles wird. Es ist nicht in Worte zu fassen. Es ist wie der erste Orgasmus, die Bezwingung des Mount Everests oder wie ein olympischer Sieg.

In meinen Computerspielen kann ich diese Gefühle ausleben, ohne für jemanden zur Gefahr zu werden oder tatsächlich zu töten. Ich liebe solche Spiele. Egoshooter. Ich liebe es, virtuell zu jagen, zu töten. Zu sehen, dass Blut spritzt, wenn ich die Ziele treffe. Andere Menschen lieben es, angeln zu gehen, sich mit dem Gleitschirm von einer Klippe zu stürzen oder Topflappen zu häkeln. Jedem das Seine.

Ich habe viel über Computerspiele gelesen. Über das mögliche Suchtpotenzial, über die Gefahren der Gewaltverherrlichung. Darüber, dass man emotional abstumpfen kann, wenn man zu oft und zu lange Zeit vor dem Rechner oder der Spielekonsole verbringt. Expertenmeinungen besagen, dass die Wahrscheinlichkeit durch solche Ballerspiele zu Gewalttätigkeiten zu neigen, etwa um das dreißigfache höher ist, als bei Personen, die sich noch nie mit solchen Computerspielen auseinandergesetzt haben. Das sind ja schöne Statistiken und Aussagen, aber sie interessieren mich einen Dreck. Wen interessieren sie überhaupt. Die Eltern der Kids vielleicht? Wohl kaum, denn sonst würden sie ihre Kinder von solchen Spielen fernhalten. Diese Experten haben von Ursache und Wirkung genauso wenig Ahnung wie ich von Weltraumforschung. Ihre Meinungen sind ebenso haltlos wie die Aussagen derer, die Waffen grundsätzlich als verwerflich und falsch bezeichnen, ohne jemals auch nur in die Nähe einer Waffe gekommen zu sein, geschweige denn das Gefühl erlebt zu haben, damit zu schießen. Alles Idioten. Mutter hatte es damals auch verurteilt und hätte fast die Scheidung eingereicht, nachdem sie erfahren hatte, dass Vater mit mir auf dem Schießplatz gewesen war und mich eine halbautomatische Faustfeuerwaffe hatte schießen lassen. Tagelange Diskussionen und Streitigkeiten waren die Folge. Bis mein Vater meine Mutter soweit überredete, dass sie sich selbst ein Urteil bilden sollte. Auf eben jenem Schießplatz. Nachdem sie mehrere Waffen ausprobiert und auch Teile der Zielscheibe getroffen hatte, änderte sie schlagartig ihre Meinung. Es war zwar keine Liebe daraus geworden, dennoch kam es vor, dass sie diejenige war, die meinen Vater fragte, wann er denn mal wieder Zeit hätte, um mit ihr hinaus zur Schießbahn zu fahren.

Ich spiele gerne und viel, und wenn aus einem Spiel ernst wird oder Realität, dann ist das eben so, der Weg ist ohnehin vorgegeben. Es macht mir Spaß, durch die Ruinen zu schleichen, immer auf der Hut zu sein vor potenziellen Gefahren und der Möglichkeit, tödlich getroffen zu werden. Man will gewinnen. Ob im sportlichen Wettkampf einer Schulveranstaltung, bei einer Olympiade oder bei einem Computerspiel wie Egoshooter. Ja, bei meinen Spielen geht es um Leben und Tod. Und es gefällt mir zu gewinnen, zu töten. Ich kann nicht genau sagen, warum das so ist, es ist einfach ein tolles Gefühl. Ich denke nicht darüber nach. Ich möchte gewinnen, und wenn ich meine Gegner nicht töte, dann töten sie mich. Das ist bei diesen Spielen so. Eine ganz einfache Regel. Wie in freier Wildbahn. In der Tierwelt. Fressen oder gefressen werden. Wenn ich genau darüber nachdenke, dann ist es wie bei uns Menschen. Wie im wahren Leben. Bist du schwach, wirst du gefressen. Auf subtile Weise. Im übertragenen Sinne. Meine Gegner sind dabei, mich zu fressen, mich zu töten. Jeden Tag ein Stück mehr, und so kam mir vor einiger Zeit der Gedanke, ob es nicht sinnvoll wäre, sich dagegen zur Wehr zu setzen. Genau wie beim Egoshooter-Spiel, das oft vor mir auf dem Bildschirm im Pausenmodus verharrt, weil ich mich nicht mehr ausreichend auf meine Aufgabe konzentrieren kann. Die des Überlebenskampfes. Es gibt Menschen, die ergeben sich dem Schicksal eines schwächeren Individuums und lassen sich fressen. Aber nicht ich. Ich möchte nicht sterben. Nicht gefressen werden. Ich möchte leben. Ich bin wie die Gazelle, die in der Savanne vor dem Gepard davonläuft, bis zur totalen Erschöpfung. Es ist der Instinkt des Überlebens. Dieses Tier rennt, bis es tot umfällt, bis das kleine Herz stehenbleibt. Es gibt nicht auf. Das ist in der Evolution, in der Philosophie ihres Daseins nicht vorgesehen. Ein gejagtes Tier bleibt niemals stehen und denkt sich: *Das schaffe ich sowieso nicht, da der Gepard wesentlich schneller ist als ich.*

Wenn die Gazelle eine andere Möglichkeit hätte als davonzulaufen, um dem sicheren Tod zu entkommen, dann würde dieses Tier natürlich davon Gebrauch machen. Genau an diesem Punkt erschließt sich der kleine, aber feine Unterschied zwischen Mensch und Tier. Denn *ich* habe die Möglichkeit, mich zur Wehr zu setzen. Ich brauche nicht davonzulaufen, bis ich völlig erschöpft bin und zusammenbreche, um dann gefressen zu werden. Nein, ich nicht! Es hat nichts mit diesen Spielen zu tun. Nein. Es ist eine Entscheidung, die ich ohne jeglichen Einfluss von medialen Unterhaltungsprogrammen getroffen habe. Ich hätte mich auch für meinen Plan entschieden, wenn ich meine Freizeit mit Beschäftigungen wie Modellbau oder Musizieren verbringen würde. Einzig und allein das Verhalten der Menschen in meiner Umgebung hat mich dazu veranlasst, motiviert, getrieben, gedrängt.

Ihr schändliches, würdeloses Verhalten ist der Grund für meine Entscheidung. Nichts und niemand wird mich davon abhalten. Ich werde mich auch schändlich verhalten. Schändlich und zerstörerisch wie sie. Wie sie alle!

Auszug aus den Ermittlungsunterlagen des
Bundeskriminalamts Wiesbaden
Der Fall „Koch"/ Az 41347/12

Zeitprotokoll mit Ereignisablauf:

07:36 Uhr
Maximilian Koch wartet einen günstigen
Moment ab, in dem niemand das Gebäude
betritt, und fädelt ein mitgeführtes, ca.
sechs Meter langes Stahldrahtseil durch die
Drückergarnituren der Türen und verschließt
den sechsflügeligen Haupteingang somit auf
gleiche Weise wie die beiden Eingänge auf
der Westseite.

07:39 Uhr
Das Gebäude des Albert-Schweitzer-Gymnasiums
ist jetzt für weitere Personenzugänge
versperrt, ein Verlassen der Schule
ebenfalls nicht möglich, worauf Koch mit
seinen Handlungen auch abzielt. Die vier
Notausgänge sind über die zentrale
Schließanlage verschlossen. Schlüsselgewalt
hierfür hat an dem Tag nur der Hausmeister
der Schule. Dieser liegt zu dem besagten
Zeitpunkt mit einer Thallium-Vergiftung,
welche der mutmaßliche Attentäter M. Koch
herbeigeführt hatte, in seiner Wohnung,
sodass ein Beschaffen der Schlüssel nur
unter erschwerten Bedingungen möglich ist.
Kriminaltechnische Untersuchungen belegen
später, dass dem Hausmeister
fälschlicherweise eine Salmonellen-
Vergiftung attestiert worden war, sodass bis
dahin keine Verdachtsmomente einer
strafbaren Handlung seitens M. Koch
vorlagen.
Kurz darauf erscheint Koch schwer bewaffnet
und setzt seinen Weg im Gebäudeinneren fort.

Kapitel 6
Das Schulfest

Schulfest. Wie jedes Jahr. Und wie jedes Jahr fand auch dieses Schulfest an dem letzten Mittwoch vor den Sommerferien statt.

Die Schüler der Abgangsklassen wurden verabschiedet, und alle anderen Jahrgänge beteiligten sich an den Vorbereitungen und der Durchführung dieser Veranstaltung, die den Höhepunkt eines Schuljahres bildete. Es führten sich alle auf als wäre es der Karneval von Rio.

Mich interessierte das alberne Getue um das Schulfest wenig, zumal keiner der anderen Schüler mit mir gemeinsam in einer der Vorbereitungsgruppen eingeteilt werden wollte.

Deshalb bekam ich die beiden letzten Male in der Vorbereitungsphase einen Einzelposten. Man übergab mir die unschönen Aufgaben, die niemand sonst machen wollte.

Sechs Wochen vor Beginn des Festes fiel die letzte Stunde am Freitag aus, und anstelle des eigentlichen Unterrichts wurden die fertiggestellten Listen mit den Einteilungen der Schüler in die Aufgabenbereiche vorgelesen.

Als Herr Reckwich meinen Namen vorlas und mir den zugeteilten Aufgabenbereich mitteilte, konnte ich die Erleichterung meiner Mitschüler spüren.

Einigen entwich ein Raunen, da sie sehr froh darüber

waren, mich nicht dabei haben zu müssen. Ich hörte es. »Ausführung und Gewährleistung der Rückführungsstrukturen von Wertstoffen über die Dauer des gesamten Schulfestes«, hieß es bei der Zuteilung meiner Aufgabe elegant. Es bedeutete schlicht und ergreifend, dass ich für den Abfall zuständig war, welcher sich während des Festes ansammelte.

Wieder einmal degradierte man mich zum Müllmann, und es gab keine Möglichkeit, sich dieser Aufgabe zu entziehen. Während sich die meisten Schüler an dem Fest beteiligen konnten, weil sie ihre Aufgaben schon im Vorfeld gewissenhaft erledigt hatten, durfte ich die aufgestellten Abfallbehältnisse leeren. Über die gesamte Dauer der Veranstaltung. Aber nachdem man mich nun schon zweimal für diesen Posten nominiert hatte, besaß ich mittlerweile etwas Routine bei dem Entleeren und der Verräumung des anfallenden Unrats. So würde mir dann auch die eine oder andere Minute bleiben, um wenigstens einen Teil des Festes miterleben zu können.

Die anderen Schüler unserer Klasse waren augenscheinlich mit der Verteilung der Aufgaben zufrieden. Sie freuten sich im Kollektiv, während ich schon den Geruch von gärenden Essensresten und sonstigem Abfall in der Nase hatte.

Wochen vor dem großen Fest wurden alle Gruppen aktiv. Es wurde geprobt, gebastelt, organisiert und besprochen, um dann, an besagtem letzten Mittwoch vor den Sommerferien, eine an Perfektion grenzende Ausführung des Sommerfestes zu gewährleisten.

Den Höhepunkt stellte, wie jedes Jahr, die Aufführung der Sportschüler in unserer Sporthalle dar. Die riesige Turnhalle besaß eine absenkbare Tribüne, auf der über vierhundert Personen Platz hatten, und weitere zweihundert konnten von einer abgegrenzten Stehfläche aus die Abschlussveranstaltung sehen.

Es gab jedes Jahr den gleichen langweiligen Ablauf. Erst die Rede unseres Schuldirektors mit den üblichen Phrasen über den Sinn des Lernens und des Lebens. Anschließend die Ehrung der besten Schüler des jeweiligen Abschlussjahrgangs durch die Vergabe einer Urkunde mit inszeniertem Schulterklopfen.

Danach die ewig dauernden Aufführungen von eingeübten Theaterstücken. Humorvoll bis sozialkritisch. Später noch Akrobatik, Tanz und Klamauk. Der Auftritt der Schülerband mit Stücken von Lady Gaga und Phil Collins. Lustiges und weniger Lustiges. Für jeden Geschmack etwas. Alles gähnend langweilig.

Zum Abschluss gab es noch einmal mahnende Worte an die Schüler, die es geschafft hatten und die Schule hinter sich ließen, um auf die Welt mit all ihren Möglichkeiten und Widrigkeiten losgelassen zu werden.

Ich saß etwas abseits, ganz an dem linken Ende der Tribüne oben in der letzten Reihe, denn hier fühlte ich mich wohler, da die meisten Mitschüler mich ja einer Tat bezichtigten, die ich nicht begangen hatte. Und bevor *sie* aufstanden, um den Platz zu wechseln, wenn ich mich in ihre Nähe begab, suchte ich mir lieber gleich einen distanzierten Sitzplatz.

Ich schaute ein wenig gelangweilt hinunter und sah mir die Show an, denn ich hatte alle Restmüllbehälter vorher mit zusätzlichen Mülltüten versehen. So brauchte ich nicht permanent den Müllmann zu spielen, sondern konnte wenigstens diesen Teil des Festes miterleben.

Einige der Besucher sowie Schüler sprachen über mich, das konnte ich sehr wohl beobachten. Ihre abfälligen, kurzen Blicke zu mir herüber waren nicht zu übersehen. Es war mir zwar nicht egal, aber mittlerweile hatte ich mich an die vorwurfsvollen Blicke und das dazugehörige Getuschel hinter vorgehaltener Hand gewöhnt. Sie konnten mich mal kreuzweise. Allesamt.

Dann kam Odo in die Halle gelaufen. Unser Schulmaskottchen. Ein Kostüm. Überproportioniert. Wie bei den amerikanischen Football-Spielen.

Odo, das Schulmaskottchen. Ein Albtraum aus Plüsch. Ein tanzender Kasper in Rot-Weiß. Eine groteske Abwandlung eines Elchs. Oder eines Nilpferds. Oder eine Mischung aus beiden Viechern, mit Schuhgröße vierundachtzig.

Meine Augen verfolgten jede einstudierte Bewegung dieser lebendigen Karikatur, die hüpfend an der ersten Reihe der Zuschauertribüne entlangtanzte und für gute Laune sorgen sollte, während die Kids der unteren Klassen mit selbstgebastelten Fahnen durch die Halle stolzieren. Es wurde geklatscht und fotografiert, emsige Eltern lauerten mit gezücktem Fotoapparat oder Handy auf den Vorbeimarsch ihres Kindes, um das schönste Erinnerungsbild zu schießen, was es jemals gegeben hatte. Wie mich diese ganze Scheiße ankotzte.

Während die Menge aus Eltern, Schülern und Lehrkräften tobte, war ich visuell bei Odo. Ich visierte ihn an, und mein gedankliches elektronisches Zielerfassungssystem ließ ihn nicht mehr aus den Augen.

Bewegliches Ziel befindet sich inmitten von Zivilisten — Kollateralschäden bei Eliminierung der Zielperson möglich bis wahrscheinlich.

Wer ist dieser Odo? Es rumorte plötzlich in meinem Kopf, während sich der mutierte Elch um Kopf und Kragen tanzte. Niemand wusste, wer unter dem Kostüm, Jahr für Jahr, schwitzend den Affen machte.

Wie oft wurde darüber diskutiert und spekuliert?! Bis zum heutigen Tage unerkannt.

Das war die Idee! Eine Maske. Während meines Rachefeldzuges unerkannt bleiben! Bis zum Schluss.

Maskiert durch die Schule tanzen, einen Großteil der Liste abarbeiten, anschließend die ganze Maskerade verschwinden lassen und den Laden später unerkannt verlassen.

Genial.

Ich verließ die Veranstaltung unauffällig, ich musste mir Gedanken machen. Ein weiteres Puzzleteil war gefunden. Ein anderes wurde noch gesucht.

Wo lasse ich anschließend mein Kostüm?

Meine Eltern wollten natürlich mein Zeugnis sehen. Ich sagte, ich hätte es in der Schule liegenlassen und verzog mich hinauf in mein Zimmer.

Ich schmiss meinen Rechner an und folgte dem »Ruf der Pflicht«, indem ich mich mit »Black Ops« beschäftigte.

Das war Balsam für meine Seele. Mit angeschlossenem Kopfhörer über den Ohren konnte man so wunderbar das verzweifelte Klopfen der Eltern an der verschlossenen Zimmertür übertönen.

Durch die lautstarke Geräuschkulisse des Spiels, welche der Kopfhörer direkt in mein Gehirn projizierte, tauchte ich noch tiefer in den mit russischen Kämpfern gemeinsamen Angriff auf eine deutsche Stellung am Polarkreis ab und tötete einen »Krautfresser« nach dem anderen, indem ich ihnen die Köpfe mit einem Sturmgewehr wegpustete.

Auf diese Weise ignorierte ich die grausame Realität des Lebens.

Tage später kam es dann doch zur Aussprache mit meinen Eltern, und mein Zeugnis gelangte unter ihre entsetzten Augen.

Das Übliche: »Wie konntest du dich so sehr verschlechtern?« und »Warum bist du nicht besser?« Das sollte von mir alles plausibel erklärt werden.

Das funktionierte aber nicht wie gewünscht und endete in einem handfesten Streit. Zwischen meinen Eltern. Während sie sich lauthals Vorwürfe an den Kopf warfen und stur ihre jeweiligen Erziehungsmethoden verteidigten, saß ich schon wieder in meinem Zimmer und machte mir Gedanken über das fehlende Puzzleteil.

Ich musste eine Möglichkeit finden, meine Kleidung, die Maske und meine Bewaffnung so zu verstecken, dass ich das Schulgebäude verlassen könnte, ohne als Täter erkannt zu werden.

Es gibt für alles eine Lösung. Willenskraft und Beharrlichkeit.

Unten im Haus erreichte der Streit meiner Eltern eine neue Qualität, denn ich hörte es poltern und klopfen. Glas klirrte.

Vielleicht täuschte ich mich auch. Unweigerlich musste ich an die Kasperlepuppen denken, die ich zu meinem sechsten Geburtstag von meiner Mutter überreicht bekommen hatte.

Sechs Handpuppen. Es hatte den Kasper gegeben, einen Polizisten, einen König, ein Krokodil, einen Verbrecher und eine Prinzessin. Wochenlang hatte ich mich nur noch mit diesen Handpuppen beschäftigt, in die man eine Hand von unten in die Puppenkostüme steckte und mit den Fingern die Arme und den Kopf bewegte. Ich hatte die unterschiedlichsten Szenarien durchgespielt und die häufigen Streitigkeiten meiner Eltern als Grundlage für meine eigenen Theaterstücke übernommen, mit dem Kasperle in der Hauptrolle.

Mir war erst viel später bewusst geworden, dass ich in jungen Jahren die Reibereien meiner Eltern mit diesen Handpuppen kopiert hatte.

So hatte es in meinen Vorführungen ständig etwas mit dem Knüppel auf den Kopf gegeben, und der Polizist musste immer wieder Streit und Ärger schlichten.

Kasperle hatte meinen Vater dargestellt, und Mutter war immer durch das Krokodil in Szene gesetzt worden. Unbewusste Reflexion unseres Familiendaseins.

Ich selbst war ausnahmslos in der Rolle der Prinzessin zu finden gewesen. Nach verhaltenspsychologischen Richtlinien ein klares Indiz meiner eigenen Schwäche, die ich mir mit dem weiblichen Rollenspiel unbewusst eingestand.

Während meine Eltern sich im realen Leben gegenseitig angefeindet hatten und aufeinander losgegangen waren, hatte ich eingeschüchtert und von Existenzängsten gepeinigt in meinem Zimmer gesessen und mich in kindlicher Naivität in die Welt des Kasperletheaters verloren.

Immer wieder, wenn ich aufgrund der Streitigkeiten meiner Eltern an jene Situation erinnert wurde, war ich peinlichst berührt von der Tatsache, dass ich immer die Prinzessin gespielt hatte. Ich hasste mich dafür, ich hasste meine Eltern, und ich hasste die Gedanken daran.

Glücklicherweise war ich irgendwann durch Zufall an eine Substanz Namens Tetrahydrocannabinol gekommen. Kurz: THC.

Zwei holländische LKW-Fahrer hatten es sich damals draußen im Gewerbegebiet am Stadtrand vor ihren Sattelschleppern gemütlich gemacht, um die Wartezeit bis zur Entladung ihrer Waren zu überbrücken. Dort fuhr ich gerne mit meinem Skateboard. Es störte oder beobachtete mich niemand bei meinen Versuchen, ein paar coole Tricks auf dem Brett zu üben.

Die beiden Holländer hatten entspannt in mitgebrachten Klappstühlen gesessen, die ihre besten Jahre hinter sich hatten. Aber für das Gewicht eines ausgewachsenen Mannes reichte die Stabilität der etwas altersschwachen Stühle, im siebziger Jahre Design, scheinbar noch. Eine mobile Kühlbox diente als Tisch. Bei Bier und Dosenwurst schien ihnen die Warterei nichts auszumachen, denn sie lachten ohne Pause, selbst als ich mit dem Skateboard vorbeikam und kurz zu ihnen herübersah. Erst gefiel es mir nicht, die beiden hier anzutreffen, denn nun gab es doch Zuschauer. Außerdem hatten sie sich mit ihren LKWs ausgerechnet auf dem besten und glattesten Stück Asphalt platziert, den es hier im Gewerbegebiet gab.

Ich erschrak, als mich einer der beiden zu sich heranwinkte und etwas sagte, was ich nicht verstand, obwohl er Deutsch sprach. Aber er hatte einen fiesen holländischen Slang in seiner Aussprache. Außerdem kam es so gut wie nie vor, dass jemand etwas von mir wollte. Wozu auch?

Es fühlte sich augenblicklich gut an, denn ich kannte fast nur Distanz und freute mich plötzlich, dass jemand Notiz von mir nahm. Was konnten sie schon schlechtes wollen? Immerhin machten sie hier ihren Job, und es war helllichter Tag. Also fuhr ich rüber zu ihnen, und es dauerte nicht lange, bis ich erkannte, dass sich beide irgendwie merkwürdig verhielten. Gar nicht wie Erwachsene. Eher wie Kinder. Ja, wie alberne Kinder. Sie grinsten, lachten und sprachen, als wären sie völlig übermüdet.

Der etwas ältere der beiden Männer konnte besser Deutsch sprechen als der, der mich zu sich gerufen hatte, und er erklärte mir ihr Anliegen. Sie waren an meinem Skateboard interessiert und baten mich, es ihnen kurz zu leihen, um zu testen, ob man darauf stehen könnte. Ich wunderte mich zwar, aber es weckte meine Neugier. Ich gab ihnen das Board. Der Jüngere nahm es an sich und stand aus seinem Klappstuhl auf. Das dauerte allerdings etwas, und ich fragte mich, ob er es überhaupt schaffen würde, aus dem durchgesessenen Ding herauszukommen. Es gelang. Besser als der Versuch, auf mein Skateboard zu steigen. Denn noch bevor er mit beiden Füßen auf dem Brett stand, schoss es seitlich unter ihm weg wie eine Rakete. Der Mann landete unsanft auf dem Asphalt.

Ich dachte, er wäre durch den heftigen Sturz verletzt, aber es gab beiden nur Anlass, erst recht zu lachen. Sie konnten gar nicht mehr aufhören.

Der andere LKW-Fahrer unternahm lieber keinen Versuch, sich mit dem Board auseinanderzusetzen. Er lachte nur. Lachte, bis ihm die Tränen kamen, und irgendwann, nachdem er sich beruhigt hatte und sein Kollege wieder im Stuhl saß, fragte er mich, ob ich auch eine Dose Bier trinken wollte. Ich überlegte nicht lange, sagte Ja und fing das holländische Dosenbier, welches er mir zuwarf. Ich nahm mir mein Skateboard, setzte mich darauf und öffnete die Dose, als hätte ich nie aus etwas anderem getrunken. Es war mein erstes Bier, und es schmeckte hervorragend. Es dauerte nicht lange, bis die Wirkung des Alkohols einsetzte und es in meinem Kopf angenehm zu rauschen begann. Es gefiel mir, und zum ersten Mal seit langer Zeit fühlte ich mich gut. Die beiden holländischen Männer behandelten mich mit Respekt. So, als wäre ich erwachsen und einer von ihnen. Sie waren gut gelaunt und wissbegierig. Sie erkundigten sich nach unseren

Gesetzen, wollten wissen, was die Deutschen am liebsten essen und ob man hier auch kiffen darf? Bei dieser letzten Frage mussten beide wieder lachen, aber ich verstand sie nicht so ganz. Das änderte sich, als sie mir den Begriff näher erklärten und zur Veranschaulichung anfingen, vor meinen Augen einen Joint zu drehen. Ich konnte es nicht fassen. Natürlich hatte ich schon von Drogen gehört. In der Schule wurden wir im Unterricht über Wirkungsweisen und Folgeerscheinungen aufgeklärt. Natürlich auch über rechtliche Grundlagen und Konsequenzen. Es interessierte mich in dem Moment aber einen Dreck, und ich konnte nicht glauben, dass ich in wenigen Minuten das erste Mal an so einem Joint ziehen würde. Aber so geschah es, und nachdem ich zwei bis drei Mal daran gezogen hatte, erkannte ich den Grund ihrer ausgelassenen Fröhlichkeit, denn ich begann ebenfalls zu lachen. Es glich allerdings eher dem Wiehern eines Pferdes.

An diesem Tag vergaß ich alles Negative um mich herum. Es war ein tolles Gefühl, und irgendwann zwischen Sonnenuntergang und Sonnenaufgang kam ich total stoned zu Hause an. Zum Glück bemerkten meine Eltern meine Ankunft nicht. Ich ging in mein Zimmer und versuchte, mich an die Ereignisse der letzten Stunden zu erinnern. Es gelang mir nicht wirklich. Aber nun hatte ich Kontakt zu zwei LKW-Fahrern aus Holland und Zugang zu Cannabis, denn woran ich mich ganz genau erinnerte, waren die Aussagen beider bezüglich ihrer Touren hierher nach Deutschland in das Gewerbegebiet, in dem ich sie getroffen hatte. Jeden zweiten Dienstag. Wenn ich also etwas benötigte, brauchte ich nur nachzusehen, ob einer der beiden dort auf dem Parkplatz stand und auf das Entladen der Ware wartete.

Von dem Tag an fuhr ich jeden zweiten Dienstag mit dem Skateboard ins Gewerbegebiet und traf mich entweder mit beiden oder abwechselnd mit einem von ihnen, um mir etwas Cannabis zu kaufen. So wurde ich zum Drogenkonsumenten.

Durch den Konsum jener Substanz, welche man überwiegend in besagten Cannabispflanzen vorfindet, lassen sich negative Gedanken und Erinnerungen im alltäglichen Leben ganz einfach ausblenden.

Nach ein paar Zügen von einer selbstgedrehten Zigarette mit ebenjenem Inhaltsstoff werden, wie durch ein Wunder, alle unangenehmen Gefühlsregungen weggezaubert.

Fortan nutzte ich diese für mich so großartige Entdeckung immer öfter. Leider gab es da einen kleinen Haken. Abgesehen davon, dass der Konsum illegal war, setzte nach einer Weile ein gewisser Gewöhnungseffekt ein, der Anlass zu größeren Mengen Rauschgift, anderen Arten der Zuführung und kürzeren Intervallen gab.

So wurde aus der zeitweiligen Zigarette der zeitweilige Joint, aus dem zeitweiligen Joint der tägliche und aus dem täglichen Joint das Glasgerät, die Bong.

Ohne die morgendliche Ration meiner mit THC angereicherten Tabakmischung, deren wassergekühlten Qualm ich gierig in meine Lungen atmete, konnte ich das Elternhaus schon bald nicht mehr verlassen.

Mit anderen Worten, ich war ständig stoned.

Mit einem, bis dahin nicht gekannten, allgegenwärtigen Gleichgültigkeitsgefühl lief ich den ganzen Tag grinsend, mit halb geschlossenen Augen, durch eine Welt aus rosaroten Luftballons, die von Einhörnern zum Verkauf angeboten wurden.

Die langsame Wesensveränderung meines Ichs bemerkte ich überhaupt nicht. Ich brauchte nun für jeden Weg und jede Handlung doppelt so lange, fand Alles und Jeden lustig und hatte überdurchschnittlich gute Laune. Die Welt war schön, es gab keinerlei Grund zur Sorge, und irgendwie war mir sowieso alles egal.

Genau durch diese Gemütshaltung fiel ich auf, denn sie verriet meine neue Lebenseinstellung. So gab meine schläfrige, dauergrinsende Art Mutter Anlass zu einer gründlichen Kontrolle meines Zimmers, nachdem ich das Elternhaus verlassen hatte, um meinen Dealer zu treffen und für Nachschub zu sorgen.

Ich geriet mächtig in Erklärungsnot, als ich abends bekifft nach Hause kam und all meine Utensilien fein säuberlich auf dem Esstisch ausgebreitet vorfand. Natürlich hatte Mutter vorher eine alte Tischdecke aus dem Schrank gezaubert und damit die Mahagoniplatte des sündhaft teuren Designertischs abgedeckt, ehe sie das ganze Zeug dort drapierte, als wäre es ein Stand auf einem Flohmarkt. Vater und Mutter standen nebeneinander hinter der Batterie aus Rauchgeräten, meiner ein Meter hohen Glas-Bong, einem überfüllten Aschenbecher, Aufbewahrungsschatullen, Alufolie und so weiter.

Es hätte mich nicht gewundert, wenn sie sich auch noch die Mühe gemacht hätte, mit roten Bändern kleine durchnummerierte Pappschildchen an diesen Beweisstücken zu befestigen.

Wie in einem Kriminalfall. Bei dem Gedanken musste ich anfangen zu lachen, was meinen Eltern natürlich nicht gefiel. Es wurde als Provokation aufgefasst.

In dieser prekären Situation gab es nun mehrere Optionen, die für mich als Ausweg infrage kamen. Ich machte entweder auf gleichgültig, was mir nicht schwergefallen wäre, oder ich entschied mich für die Variante des einsichtigen und reuigen Ersttäters. Dann gab es noch die Möglichkeit der Provokation, die ich ja schon unbeabsichtigt angesteuert hatte, indem ich breit grinsend vor meine Erzeuger getreten war. Ich entschied mich für letzteres, aber die plötzlich eintretende Wirkung des Haschischtees, den ich bei meinem Dealer angeboten bekommen hatte, zeigte nun volle Wirkung, und meine Eltern verwandelten sich vor meinen Augen in Dinosaurier. Um genauer zu sein, Mutter in einen Triceratops und Vater in einen Tyrannosaurus Rex. Wie könnte es auch anders sein.

Den weiteren Verlauf des Abends habe ich nicht mehr exakt in Erinnerung. Ich weiß nur noch, dass ich plötzlich einen unvorstellbar trockenen Mund bekam. Und bevor mir die Zunge am Gaumen festklebte, fragte ich Vater und Mutter kurz und fast lachend, ob denn schon wieder Fasching wäre. Ich schlug die Hacken meiner Stiefel zusammen und salutierte mit militärischem Gruß. Die rechte Hand gestreckt zum Kopf, Zeigefinger an der Schläfe. Dann ließ ich die beiden prähistorischen Gestalten stehen und ging in mein Zimmer.

Ich schaltete den Fernseher an, legte mich auf mein Bett und schlief augenblicklich ein.

Als ich Stunden später erwachte, fühlte ich mich wie ausgekotzt und weggewischt.

Ich konnte mich kaum bewegen. Also ließ ich es, rollte mich wie ein fettes Walross auf die Seite und griff mit der Hand nach der halbleeren Cola-Flasche, die vor meinem Bett stand.

Es war kurz vor Mitternacht. Während ich die abgestandene Cola aus der Kunststoffflasche nuckelte, bemerkte ich den Film, der im Fernseher lief. Ich fingerte die Fernbedienung unter dem Kopfkissen hervor und stellte den Ton lauter. Ich konnte mich nicht erinnern, ihn leise gestellt zu haben.

Noch bevor ich den Film, der gerade begonnen hatte, richtig wahrnahm, fielen mir meine Eltern wieder ein und die unangenehme Situation, die nach wie vor im Raum stand.

Ab da war mir nicht mehr zum Lachen zumute, denn der vorangegangene Rausch durch den Haschischtee wurde nun durch zentnerschwere Trägheit und Erkenntnis über Bevorstehendes ersetzt.

Ich versuchte, mich auf den Film zu konzentrieren, allein um die störenden Gedanken an die Konfrontation mit meinen Eltern und möglichen Konsequenzen zu verdrängen.

Bei dem Film handelte es sich um einen australischen Spielfilm, ein Endzeit-Streifen aus den siebziger oder achtziger Jahren.

In dem Roadmovie ging es um einen Mann namens Max Rocketansky, der sich an einer wildgewordenen Gang von Männern rächen wollte, die für das grausame Schicksal seines besten Freundes Goose, für den Tod seiner Frau und für den Tod seines Sohnes verantwortlich waren.

Der Anführer dieser Gang hatte von seinem Gefolgsmann Johnny verlangt, Goose nach einem provozierten Unfall im Fahrzeug zu verbrennen. Johnny hatte dies abgelehnt, war aber von dem Anführer so sehr bedrängt worden, dass ihm schließlich das brennende Streichholz aus der Hand gefallen war und dadurch das ausgelaufene Benzin des Unfallwagens in Brand geriet. Diese Szene, in der Goose eingeklemmt und kopfüber in dem zerstörten Fahrzeug hing, unfähig, den Flammen zu entkommen, weckte das gleiche Gefühl der Hilflosigkeit in mir, wie Jahre zuvor der Anblick meiner geliebten kleinen Katze, die vor meinen Augen qualvoll gestorben war. Ich hatte, genau wie Goose, keine Chance gehabt, an dem nahenden Unheil etwas zu ändern.

Ich lag in meinem Bett und begann jämmerlich zu weinen. Ich weinte und weinte, und die nächsten Szenen des Films gingen an mir vorüber, ohne dass ich wirklich etwas davon mitbekam.

Außerdem wurden meine Gedanken klarer, denn der Rausch verflog nun zusehends. Die aufkommende Realität gefiel mir ganz und gar nicht, denn mir wurde langsam bewusst, dass ich in Schwierigkeiten steckte. Aber nicht wegen meinen Eltern oder der Tatsache, dass sie ihren Sohn als Kiffer entlarvt hatten, sondern vielmehr wegen der Angst davor, nicht mehr an neues Dope zu gelangen, welches mir in den letzten Wochen so schön geholfen hatte, durchs Leben zu gehen.

Um einen ersten Anflug von Panik zu verhindern, versuchte ich, der Handlung des Films weiterhin zu folgen.

In dieser Zeitspanne, in der jener Film lief und ich immer noch flennte, wurde mein Unterbewusstsein von einem Gedanken erfasst.

Einem Gedanken, der tiefgreifende Folgen haben sollte.

Er kam schleichend in mein Bewusstsein, kratzte ganz leicht mit den Fingerspitzen an die Hintertür meines Unterbewusstseins, während ich trübselig und mit verheulten Augen auf meinem Bett lag und mit aller Gewalt versuchte, mich auf den Film zu konzentrieren.

Ein wilder Gedanke.

Ganz behutsam. So, dass ich ihn nicht wirklich wahrnahm, er sich aber dennoch zwischen meinen Gehirnwindungen festhielt. Ganz leicht, kaum spürbar. Eben nur mit den Fingerspitzen. Als würde man das erste Mal die Brustwarze einer Frau berühren. Ganz sanft, tastend, zurückhaltend.

Dieser folgenschwere Gedanke.

Er setzte sich unbemerkt dort oben zwischen meinen Schläfen fest, während ich auf den Fernseher starrte und die futuristischen Szenen um Max Rocketansky auf den australischen Straßen nicht richtig bei mir ankamen, so sehr ich mich auch anstrengte. Auch die Erinnerungen an Angel verblassten zusehends, um Platz zu schaffen für jenen Gedanken, der sich so zart und behutsam den Weg vom Unterbewusstsein ins Bewusstsein bahnte. Wie die Hand an der Brust der Frau, die sich über den Bauch und den Nabel weiter nach unten tastet, zwischen ihre Beine, um dort für ein Feuerwerk an Empfindungen zu sorgen.

Mit einem Mal war er da! Klar und deutlich.

Jener Gedanke.

Es war eine Offenbarung, denn nun ergab alles einen Sinn. Der Titel des Films. Die Handlung. Die Erkenntnis. Ursache und Wirkung.

Mein Name war der gleiche wie der des Schauspielers. Max. Und genau wie ich, hatte er alles verloren, was ihm lieb und teuer war. Seinen besten Freund, den er noch im Krankenhaus besucht hatte, und über den er anschließend auf dem Korridor voller Entsetzen gesagt hatte: »Dieses Wesen da drin, das ist nicht Goose!«

Seine Frau, seinen Sohn. Alles, was für ihn Bedeutung gehabt hatte. Genau wie bei mir. Meine Katze. Sie war mein Ein und Alles gewesen. Und was passierte in dem Film? Wie reagierte Max auf diese Verluste? Er startete einen Rachefeldzug! Gegen die Bösen und Schuldigen dort draußen in einer unwirklichen, kalten Welt.

Rache. Das war der Schlüssel.

Ich nahm den Rest des Films nicht mehr wahr. Dieser eine Gedanke war im Begriff sich in mein Gehirn einzubetonieren. Er biss sich fest und ließ mich in jener Nacht nicht mehr schlafen.

Rache.

Rache an all denen, die ich in der Verantwortung sah. Als sich dieser Gedanke in meinem Bewusstsein bemerkbar machte, gab es kurze Anflüge, ihn zu verdrängen oder gar als Unfug in den geistigen Mülleimer meiner Psyche zu werfen. Aber er ließ sich weder wegwerfen noch vertreiben. Dieser Gedanke beschäftigte mich fortan. Er konkretisierte sich und wuchs in mir wie ein ungeborenes Kind im Mutterleib.

Zuerst richtete sich dieses Rachegefühl gegen meine Eltern. Ich machte sie vorrangig für mein Seelenleid verantwortlich.

Außerdem drohten sie mir am darauffolgenden Tag, mich bei der Polizei anzuzeigen und aus dem Haus zu werfen, wenn sie noch einmal Anzeichen von Haschischkonsum bei mir feststellen würden. Vater drohte, mich zu enterben.

Er redete tagelang kein Wort mit mir. Außerdem musste ich ihnen den Namen und die Adresse meines Dealers geben, ansonsten hätte er meine Enterbung direkt in die Wege geleitet. Er wusste, womit er mich kleinbekam.

Nach und nach gesellten sich dann immer mehr Personen in den Kreis derer, die auf meiner Liste stehen sollten. Allesamt aus dem Umfeld meiner Schule, was im Nachhinein nicht weiter verwunderlich erscheint, denn ich hatte außerhalb der Schule so gut wie keine Kontakte.

Das war vermutlich auch gut so, denn ohne Zweifel hätten sonst diese Bekannten, früher oder später, auch auf jener imaginären Liste gestanden.

Es sollte ganze zwei Jahre dauern, bis ich der Meinung war, jene Auflistung würde keiner weiteren Hinzufügung von Namen derer bedürfen, die Ziel meiner Rache werden sollten. Es waren grob geschätzt etwa sechzig Menschen, die Platz fanden auf der Liste, die nur in meinem Kopf existierte. Eine recht imposante Anzahl derer, die den Tod finden sollten. Angesichts der Tatsache, dass in dem Film, welcher ausschlaggebend für meine Rachepläne gewesen war, nur etwa zwanzig Personen auf der Abschussliste von Max Rocketansky gestanden hatten, eine doch erstaunlich lange Aufstellung.

Aber knapp zwei Jahre waren auch ein recht großes Zeitfenster.

Einige Zeit nachdem das neue Schuljahr begonnen hatte, begegnete ich der Katze des Hausmeisters auf dem Weg zur Schule. Sie erinnerte mich sofort an Angel.

Wieder einmal schien sich alles zu fügen.

Ich nahm den Wink des Schicksals dankend an.

Auszug aus den Ermittlungsunterlagen des Bundeskriminalamts Wiesbaden
Der Fall „Koch"/ Az 41347/12

Zeitprotokoll mit Ereignisablauf:

07:56 Uhr
Bei den umliegenden Polizeistationen und den zuständigen Notrufzentralen gehen erste Notrufe von Mobiltelefonen ein, die vermitteln, dass es Zwischenfälle am Albert-Schweitzer-Gymnasium gibt.
Nicht identifizierte Personen berichten, dass in dem Schulgebäude Schüsse fallen. Es seien laute Explosionen zu hören und Feueralarm sei ausgelöst worden.

07:59 Uhr
Weitere Notrufe mit ähnlichen bis identischen Aussagen lassen die zuständigen Behörden schnell zu der Überzeugung gelangen, dass es sich hierbei um einen tatsächlichen sowie schwerwiegenden Notfall handeln muss. Die Zentralen der Kriminalpolizei, der Feuerwehr und der anderen Rettungskräfte werden über die Situation am Albert-Schweitzer-Gymnasium informiert.
Die Kriminalpolizei stellt binnen weniger Minuten ein Aufgebot von einhundertfünfzig Sonderbeamten sowie Spezialkräften der Bundespolizei zusammen.
Zu diesem Zeitpunkt liegen noch keine konkreten Aussagen über die Sachlage vor Ort/ Anzahl Täter vor.

Kapitel 7
Das Tischgebet

Meine Eltern waren während dieser letzten Sommerferien in Italien. Um genauer zu sein, in unserem Feriendomizil in der Toskana. Vater besaß dort ein kleines Weinanbaugebiet. Es gab etwa dreißig Personen, die für ihn arbeiteten und rund um die Uhr damit beschäftigt waren, einen guten Wein herzustellen, den er persönlich züchtete und kultivierte. Ein Hobby, das ihm neben viel Geld auch einen weiteren Grundbesitz mit Haus und Hof auf diesem Planeten beschert hatte. Das Anwesen am Fuße des Monte Prado glich eher einer Villa als einem Haus, war aber von sanften Hügeln eingebettet und durch Akazien, Olivenhaine und Pinienbäume gut versteckt.

Vater war auf seine Art immer bescheiden geblieben. Er schaffte sich zwar alles Mögliche an, neben mehreren Häusern und Autos auch eine Jacht, die ihren festen Liegeplatz auf Mallorca hatte, aber er hatte nie in der Öffentlichkeit damit angegeben oder geprotzt. Er pflegte stets die britische Tugend des Understatements. Ein guterzogener Gentleman zeigte seinen Reichtum nicht.

Du kannst alles besitzen, aber du darfst nicht alles zeigen, lautete schon immer sein Credo.

Mein Vater, ein Mann mit Idealen und wohlgeformten Charaktereigenschaften. Ein Siegertyp eben. Und dieser Siegertyp hatte die ausgesprochene Gabe, eine Frage auf eine besondere Art und Weise zu stellen, sodass man nicht anders konnte, als diese Frage automatisch zu verneinen. Wenn er also nicht wollte, dass man seine Fragen mit einem Ja beantwortete, dann betonte er sie stets so herausfordernd, dass man sich nicht traute, etwas anderes als Nein zu sagen. Eine seiner Augenbrauen wanderte dann langsam nach oben, und seine Stimmlage veränderte sich seltsam. In eine Tonlage, die keine Befürwortung, keine gleichsam positive Antwort zuließ.

Darin war mein Vater Profi. Diese besondere Eigenart der Fragestellung, die sein Gegenüber zu einer manipulierten Aussage nötigte, war schon bemerkenswert. Auch auf diesem Gebiet war er, wie in vielen anderen Dingen, unschlagbar.

Aber ich nahm es ihm nicht übel. Das war sein Wesen, und dieser perfide Charakter brachte ihn ganz nach oben. Auf die Sonnenseite des Lebens, auf der Milch und Honig flossen. Lichtjahre von meiner eigenen Welt entfernt.

Es gab Zeiten, ich erinnere mich nur sehr schwach, da waren wir zwei der Meinung, ich würde ebenfalls meinen Weg dorthin finden. Meistens waren es die gemeinsamen Sonntage auf dem Schießplatz, die ihn voller Zuversicht denken ließen, dass ich »Sein Junge« wäre.

Der Junge, welcher eines Tages sein Ebenbild werden würde und den gleichen Weg des unumstößlichen Erfolgs ginge.

Denn ich konnte schießen. Ziemlich gut sogar. Es bereitete mir keinerlei Schwierigkeiten, mit den Schusswaffen ein Ziel anzuvisieren und ins Schwarze zu treffen. Es schien fast, als wäre mir der natürliche Umgang mit dem kalten Stahl angeboren.

Mit der Pistole in der Hand oder einem Sturmgewehr im Anschlag war ich groß und stark. Vater spürte diese Stärke. Aber es waren kurze Anflüge von Wunschdenken, und mit jeder Situation, in der ich versagte, kamen ihm mehr Zweifel. Die letztendliche Gewissheit, das Siegel, wurde mit dem Ereignis in Frankreich, ein für alle Male, in den weichen Wachs gedrückt.

Er ließ es mich wissen, indem er genau an Heiligabend den Abgesang auf seinen Sohn inszenierte. Eine vernichtende Rede zum Weihnachtessen.

Mutter deckte warmes Essen auf, Vater und ich saßen am Tisch und schwiegen uns an. Während wir darauf warteten, dass Mutter sich zu uns gesellte, ergriff er plötzlich das Wort. Er sprach ganz leise, kaum hörbar, dennoch hatte ich keine Mühe, ihn zu verstehen. Er saß zu meiner Rechten und beugte sich nach vorn, als er mich mit diesem allesdurchdringenden Blick ansah. Dann erinnerte er mich immer an Robert De Niro in einem seiner Mafiafilme. Und so sprach er auch. Mit leiser, rauer Stimme.

»Es wird kein *Wir* mehr geben, Junge. Das weißt du, und das weiß ich. Du wirst deinen eigenen Weg gehen, und ich prophezeie dir jetzt schon, dass es ein Weg in eine Sackgasse sein wird. Ein Weg ins Nichts, ins Verderben. Denn du bist nichts, du kannst nichts, und du wirst nichts!«

Er nahm sein Weinglas in die Hand und ließ mich nicht aus den Augen. Ich konnte spüren, dass er diesen

145

Augenblick genoss. Es spielte keine Rolle, ob ihm ein Kunde, Konkurrent oder sein eigener Sohn gegenübersaß. Für ihn war entscheidend, dass er sich seiner Sache zu einhundert Prozent sicher war und er sein Gegenüber mit ein paar Sätzen vernichten konnte. Ihm ging es nur um Macht. Und Macht besaß er.

Er hatte sich die Rechte der Macht erkauft, hatte sein Patent darauf angemeldet.

Er sah mich immer noch an, als er das Glas ansetzte und einen Schluck daraus nahm. In dem Moment wünschte ich mir meinen eigenen Tod als Erlösung aus dieser Situation, denn es war mit das Schlimmste, was ich je erlebt hatte.

All die Widrigkeiten meines Lebens, die ich vorab schon ertragen musste — meine isolierte Kindheit, Omas Tod im Pool, der Tod von Angel, die Entdeckung im Keller sowie das Mobbing durch Mitschüler —, waren ein Dreck gegen die Worte meines Vaters an jenem Heiligabend.

An diesem Abend ohrfeigte er mich verbal, bis ich der Ohnmacht nahe war. Er riss mir mein Herz raus, trat mir in die Hoden und rotzte mir ins Gesicht. Er beraubte mich meiner Seele, steckte sie sich wie ein zerknülltes Stück Papier in den Mund, kaute sie klein und spukte sie mir vor die Füße. Anschließend besiegelte er seine Worte mit einem Tignanello, ein Supertoskaner aus dem Jahr 1994, ein Spitzenrotwein aus eigenem Anbau.

Ich war am Boden zerstört, während Mutter die Schale mit den Salzkartoffeln auf den Tisch stellte und fragte, wem sie denn zuerst servieren dürfte.

Ich kämpfte mit den Tränen und versuchte, stark zu sein. Aber ich war schwach, und als Mutter die Stimmung bemerkte, die durch Vaters Worte schwer wie Blei im Raum lag, fragte sie nur mit hoher Stimme: »Na, mein Jüngelchen, mal wieder einen deiner sentimentalen Anflüge?«

Ich antwortete: »Es geht schon, Mutter. Das Essen sieht köstlich aus.« Vermied es aber, meinen Vater noch einmal anzusehen.

Wir saßen schweigend am Tisch, eine kleine Familie, in einem schönen Heim, am Heiligen Abend, und ich hatte Schwierigkeiten so zu tun, als wäre ich noch genauso hungrig wie vor den alles vernichtenden Worten meines Vaters.

Aufgrund dieser denkwürdigen Prophezeiung fasste ich den Entschluss, meinen alten Herrn ebenfalls auf meine imaginäre Liste zu setzen.

Der Gedanke daran kam schleichend, aber er kam. Er machte sich wie Mundfäule in meinem Rachen breit und wurde zu einem bösartigen Krebsgeschwür, für das es keine Heilung gab.

Vater hatte sein Todesurteil unterschrieben an jenem kalten Dezemberabend. Nachdem ich mir Mutters Abendessen hinuntergewürgt hatte, ging ich hoch in mein Zimmer und fing an, bitterlich zu weinen. Dadurch fühlte ich mich noch schwächer und gedemütigter als ohnehin schon.

Die Tränen in meinen Augen störten mich beim Spielen am Computer, ich hatte dadurch zeitweise große Schwierigkeiten bei der »Erfüllung meiner Pflicht«. So gestaltete sich die Mission, in der ich als amerikanischer Undercover Agent getarnt war, sehr schwierig. Mehrfach wurde ich bei Schusswechseln in einem russischen Flughafengebäude selbst getroffen.

Aber die Rückschläge meisterte ich im Laufe des Auftrags, und das Erschießen der Zivilpersonen beflügelte meine Fantasie, ohne dass ich es bewusst wahrnahm.

Ich ließ meinen ganzen Frust und meine Wut an der Tötung der Zivilisten aus.

Während ich auf wartende Männer, Frauen und Kinder zielte und ihnen die Köpfe von den Schultern pustete, sah ich immer wieder das Gesicht meines Vaters vor mir und projizierte es auf die Protagonisten der No-Russian-Operation.

Das heizte meinen Drang nach totaler Vernichtung nur noch mehr an, und es wurde schon hell draußen, als ich den Controller zur Seite legte und schlafen ging.

Mein Entschluss zur Rache hatte sich mit jedem Tag vertieft, und immer öfter hatte ich nun Vaters Gesicht vor Augen, während ich Mission um Mission erfüllte. Ich fing an, mir Gedanken über die Realisierung zu machen. Sollte ich mich seiner vor meinem eigentlichen Plan entledigen oder anschließend? Da die Gefahr bestand, bei dieser realen Mission nicht mit dem Leben davonzukommen, müsste der Termin für seine Eliminierung gut überlegt werden. Meine Pläne hatten sich über die Wintermonate konkretisiert und fanden ihren Abschluss in der Zeit dieser Sommerferien. Während meine Eltern in der Toskana weilten, brachte ich meine Pläne voran und saß vor meinen Rechnern. Ich war selbst überrascht, dass auch Mutter, wie aus heiterem Himmel, einen festen Platz auf meiner Liste fand. Wenn schon, denn schon.

Viel zu schnell vergingen die Tage und Nächte während der Abwesenheit meiner Eltern, und ich schlief kaum noch. Das lag vor allem an dem Konsum des Amphetamins, welches ich mir über das Dark-Net besorgte und das für meine eigentliche, reale Mission gedacht war.

Neben dem Speed, wie es auch genannt wird, bestellte ich noch eine Packung Toxandron. Ein anaboles Steroid. Bei Recherchen im Internet fand ich heraus, dass die gleichzeitige Einnahme beider Substanzen zu einer Wechselwirkung führte, die den Wirkungsgrad noch um ein Vielfaches steigerte. Bei dem Amokläufer Anders Breivig wurden durch Blutentnahmen beide Substanzen nachgewiesen und erklärten die enorme Ausdauer und Resistenz gegen Schmerzen und Kälte. Mir gab es die Möglichkeit, größtenteils auf die Nahrungsaufnahme und auf Schlaf zu verzichten. Dadurch verlor ich zwar rapide an Gewicht, aber so hatte ich noch mehr Zeit, mich mit meinen zwei elementaren Aufgaben zu beschäftigten. Tagsüber feilte ich an der Ausarbeitung meines Plans, inklusive der nun anfallenden Integration meiner Eltern, und nachts folgte ich dem »Ruf der Pflicht«, indem ich kämpfte, schoss und tötete, neue Waffen sammelte und ständig der Gefahr ausgesetzt war, selbst getötet zu werden. Mit dem mir zur Verfügung stehenden Militärequipment erfüllte ich die vorgegebenen Missionen.

Ich ließ die Jalousien unten und die Vorhänge geschlossen. Nach wenigen Tagen hatte ich kein Zeitgefühl mehr, da ich mein Zimmer kaum verließ. Aber die ständige Dunkelheit ließ mich noch intensiver in das virtuelle Universum der Computerwelt abtauchen.

Manche Tage oder Nächte spielte ich zehn, zwölf Stunden am Stück, ohne Nahrung aufzunehmen oder zur Toilette zu gehen. Nur gelegentliche Nierenschmerzen ließen mich wissen, dass es an der Zeit war, mehr zu trinken, weniger Speed zu konsumieren und mal wieder aufs Klo zu gehen.

Ich war wie im Rausch, und je länger so ein Zocker-Marathon andauerte, desto öfter spielten mir meine Sinne einen Streich. Denn nun sah ich nicht nur Vaters Gesicht unter den Stahlhelmen der Deutschen auftauchen, sondern auch das meiner Mutter. Diese Halluzinationen hinderten mich aber nicht daran, auch auf sie zu zielen. Ganz im Gegenteil. Mutters Visage gab mir nur neuen Auftrieb, und die tiefsitzende Traurigkeit meines Daseins schlug während der Gefechte mehr und mehr in Wut um. Ich rotzte ein Magazin nach dem anderen durch, wenn sie plötzlich auftauchte. Ob als Spionin der Nazis oder Soldatin bei der Schlacht um Stalingrad.

Wenn ich ausgeruht genug war und es dadurch keine Wahnvorstellungen in Form von Vaters oder Mutters Gesicht in den einzelnen Sequenzen gab, dann bildete ich es mir vorsätzlich ein und ballerte voller Euphorie drauflos. Mit Wut im Bauch schoss es sich nochmal so gut und machte doppelt so viel Spaß.

Ich schrie jeden Originalkommentar durch das ganze Haus, *I'm gonna kill ya!*, während mir Gewehrsalven um die Ohren flogen und Granaten detonierten. Ich war live dabei. G*o to hell, motherfucker!*, und mich interessierte es einen Scheiß, ob unsere Angestellten anwesend waren und sich um mich sorgten, während sie Haus und Hof in Ordnung hielten

Wenn ich im Morgengrauen völlig übermüdet ins Bett fiel und sofort einschlief, wurde ich nicht selten von intensiven Träumen überrannt, bei denen sich Szenen der Spiele mit Situationen und Ereignissen der Realität vermischten.

So kam es schon vor, dass ich Fidel Castro in unserem Haus empfing oder mit einem Jagdbomber in unserer Siedlung landete, um anschließend unsere Angestellten aus den Fängen der Nationalsozialisten zu befreien.

Jeder neue Tag wurde zu einem undefinierbaren Brei aus Fiktion und Realität. Der Schlafentzug durch die Einnahme des Amphetamins spielte dabei eine entscheidende Rolle. Auch das war mir scheißegal. Was mir nicht egal war, war die Tatsache, dass meine Eltern nun bald wieder daheim auftauchen würden, denn ihr Aufenthalt in Italien neigte sich dem Ende zu.

Wenn es etwas gab, worauf ich zu jener Zeit überhaupt keinen Bock hatte, dann war es die Rückkehr von Vater und Mutter. Das würde einen kompletten Wandel meines eingespielten Ablaufs zur Folge haben, aber es ließ sich nicht verhindern.

Nach vierzehn Tagen kehrten sie braungebrannt und erholt zurück in unser trautes Heim, während ich aussah wie eine Leiche. Ich war blass, hatte tiefe Ringe unter den geröteten Augen, mir lief ständig Rotz aus der Nase, und ich hatte mit Sicherheit fünf Kilo weniger auf den Rippen. Natürlich bemerkten beide sofort meinen kränklichen Zustand. Sie fingen mit einer medizinischen Krankheitsanalyse an, noch bevor sie die Koffer aus dem Auto geholt hatten. Wir einigten uns auf eine Sommergrippe, die ich mir beim morgendlichen Joggen eingefangen haben musste. Vater war erstaunt und begeistert zugleich, als er erfuhr, dass ich durch den täglichen Sport ein paar Pfunde verloren hatte. »Vielleicht wird ja doch noch ein Mann aus ihm«, hörte ich ihn noch zu Mutter sagen, bevor ich die Treppe hinaufging und in meinem Zimmer verschwand. Bettruhe und viel Flüssigkeit war Mutters Auflage, um dem grippalen Infekt schnell Herr zu werden. Ihre Heimkehr war also nicht so schlimm, wie ich es befürchtet hatte, und obgleich alles erstunken und erlogen war, kamen sie genau im richtigen Moment. Ich schlief sechzehn Stunden am Stück und aß anschließend an einem Tag mehr als in den zwei Wochen zuvor. Mutters Fürsorge war mir fremd und suspekt, und es fiel mir schwer, mich damit anzufreunden. Aber als es mir ein paar Tage später besser ging, war ihr Verhalten mir gegenüber wieder oberflächlich und kühl. Ich vermutete, dass der kurze Anflug von Mutterinstinkt mit ihrer urlaubsbedingten Ausgeglichenheit zusammenhing.

Sie blieb also, genau wie Vater, Teil meines Plans und ein Ziel meiner Mission.

Auszug aus den Ermittlungsunterlagen des
Bundeskriminalamts Wiesbaden
Der Fall „Koch"/ Az 41347/12

Zeitprotokoll mit Ereignisablauf:

08:04 Uhr
In den Notrufzentralen werden die Telefona-
te/ Notrufe, die aus dem Schulgebäude abge-
sendet werden, aufgezeichnet.
Ein Notruf kommt von einem Mobilfunkgerät
und wird später der fünfzehnjährigen Schülerin Alexandrs W. zugeordnet.

Originalaufnahme des Notrufs:

»Notrufzentrale (…) Bitte nennen Sie mir
zuerst Ihren Namen.«
«… Hallo … Hilfe … Hilfe …«
»Was ist passiert, und wo befinden Sie
sich?«
»Wir werden überfallen … jemand schießt auf
uns … bitte helfen Sie uns … ich … ich habe
solche Angst. Ich will noch nicht sterben,
bitte!«
»Beruhigen Sie sich. Wie heißen Sie, und wo
genau befinden Sie sich?«
»In der Schule. Ich bin in der Toilette …
oh, mein Gott, oh, mein Gott … es fallen
Schüsse. Da schreien Menschen. Bitte!«
»Sagen Sie mir, wo genau Sie sich befinden,
und wir schicken Hilfe.«
»In der Schule … das Gymnasium in (…). Es
wird auf uns geschossen. Da ist überall Blut
… es fallen wieder Schüsse … jetzt!«

Die Schülerin wird später erschossen in einem der Toilettenräume aufgefunden.

Kapitel 8
Der Wahnsinn

Die Tage vergingen wie im Flug, das Ende der Sommerferien kam viel zu schnell immer näher. Nachdem ich mich von dem vierzehntägigen Dauerfeuer am Computer und in meinem Kopf erholt hatte, passierte in den darauffolgenden Tagen nichts, was von Bedeutung war. Vater verschwand in den Weiten seiner beruflichen Verpflichtungen, er hielt sich fast ausschließlich in der Firma oder auf Tagungen oder Seminaren auf. Mutter kümmerte sich um ihr neues Projekt, in dem sie mehr und mehr aufging. Wodurch sie noch seltener zu Hause war als ohnehin schon.

Wie dabei eine Ehe funktionieren sollte, war mir ein Rätsel. Wahrscheinlich handelte es sich bei den beiden nur um eine Zweckbeziehung und nicht um die wirklich große Liebe. Man musste ja den gesellschaftlichen Konventionen gerecht werden. Die kleine statistische 2,3-Personen-Familie. Und wieder ein theoretischer Schlag in die Fresse, ich war nur die 0,3 in dieser bundesamtlichen Berechnung.

Ich verbrachte nach wie vor die meiste Zeit oben in meinem Zimmer. Aber ich folgte nicht mehr ganz so oft dem »Ruf der Pflicht« und nahm auch kaum etwas von dem Stoff, der einen Menschen in ein emotionsloses Wesen verwandelt.

Erholsamer, ruhiger Schlaf stellte sich ein, ich bekam wieder einen gesunden Appetit, und die Nierenschmerzen ließen auch schlagartig nach. Die Nieren waren der ständigen toxischen Belastung nicht gewachsen, und so war es nötig, dass ich hin und wieder eine Zwangspause einlegte und den Konsum des Amphetamins für ein paar Tage einstellte.

Amphetamin. Davon besaß ich noch etwa zweihundert Gramm. Es lag luftdicht verschlossen und gut versteckt im Keller unseres Hauses. Sobald ich mich gesundheitlich wieder etwas besser fühlte und auch wieder normal Wasser lassen konnte, bediente ich mich erneut der bröckeligen, gelblichen Paste, die es vor Einnahme zu trocknen galt.

Das Antrocknen dauerte in der Regel nur wenige Minuten, dann war das Stück soweit ausgehärtet, dass ich es problemlos mit einer Messerklinge oder meiner Checkkarte kleinhacken konnte. Anschließend rollte ich einen Schein zu einem Röhrchen auf und zog den Stoff durch die Nase.

Die Wirkung kann man nicht beschreiben. Es brennt. Es knallt im Schädel. Heftigste Detonationen. Sonnen explodieren. Supernova im Großhirn. Blitzeinschlag. Knochen splittern, es riecht nach Katzenpisse. Der ganze Körper verliert augenblicklich alle Gefühle. Müdigkeit, Hunger, Angst — weg! Schmerzen, ganz gleich wie stark, pulverisieren sich augenblicklich zu Staub. Nichts mehr.

Ein Tornado rauscht durch das Gehirn und lässt die Synapsen tanzen. Die Nervenenden vibrieren, bevor sie sich, in Extase zuckend, zu neuen Schaltkreisen verbinden, um dem Wahnsinn neue Wege zu offerieren. Neurotransmitter werden mit Lichtgeschwindigkeit aus den Gehirnzellen geschleudert und lassen keine Gedanken an Herkömmliches, Alltägliches mehr zu. Zur Hölle mit Kummer und Schwermut!

Ungeahnte Kräfte werden freigesetzt, von denen man in den kühnsten Träumen nicht gedacht hätte, dass man sie besäße. Erektion. Ausdauer. Lust. Kraft. Begierde. Gewalt. Sex.

Der Antichrist persönlich klopft an die Innenseite des Schädels, und ehe man sich versieht, steht er auf feurigen Hufen zwischen den Stirnlappen und entzündet ein Feuerwerk aus Dopamin und Adrenalin.

Eine einzige Dosis von diesem Zeug lässt einen über Stunden rotieren, vibrieren, marschieren.

Kein Schlaf, kein Hunger, keine Emotionen. Unbändige Energieströme reißen einen mit, lassen einen nicht mehr los. Der Stoff wütet eisern im Kopf und setzt dort oben alles Menschliche außer Kraft.

Menschlichkeit wird überbewertet.

Der Teufel hat den Schnaps nicht gemacht, um uns zu verderben, sondern um uns eine Reduzierung der Wirkung des Amphetamins zu ermöglichen!

Aber es bedarf schon fast einer Kiste Bier oder einer Flasche Wodka, um bei höherer Dosierung der Droge, wieder etwas auf den Teppich runterzukommen.

Der Stoff wird mittlerweile nicht mehr ausschließlich in Hinterhoflaboren osteuropäischer Länder hergestellt. Nein! Dank Internet und einschlägigen Plattformen kann das heute jeder chemieinteressierte Idiot produzieren und kostengünstig auf dem Schwarzmarkt verticken.

Im Vergleich zu dem wirkungsähnlichen Kokain kostet das Gramm Speed nur einen Bruchteil, denn die Herstellung ist nicht aufwendig, und die rein chemischen Zutaten sind billig zu bekommen.

Für mich bildet dieses chemische Aufputschmittel die Schnittstelle zwischen Mensch und Maschine. Es ist mit nichts zu vergleichen. Die Symbiose von Superman und Einstein. Das Gehirn arbeitet auf Hochtouren und setzt riesige Kapazitäten frei. Fünfzig Kilometer marschieren mit vollem Sturmgepäck? Kein Problem. Drei Nächte nicht schlafen? Kein Problem. Mit gebrochenem Arm schwimmen gehen? Kein Problem. In einer einzigen Nacht einen Aufsatz über zweihundert Seiten schreiben? Kein Problem. Ohne Nahrung zwei Nächte im Freien verbringen und anschließend in einem eisigen Bergsee baden gehen? Auch kein Problem. Es kommt einem vor, als würde man sich der sterblichen Hülle seines Körpers entledigen und zu einem Cyborg werden, einem Roboter mit den körperlichen Fähigkeiten eines Terminators und der Gehirnkapazität eines Großrechners. Schmerzresistent an Leib und Seele.

Und wenn das Zeug in Verbindung mit Steroiden nochmal seine Wirkung erhöht und zusätzlich noch aggressiv macht — perfekt!

Genau das, was ich für meine Mission benötigte.

Mir fiel nachträglich auf, dass unsere Haushaltsangestellte Evelyn, während der Abwesenheit meiner Eltern, nicht ein einziges Mal im Haus gewesen war. Oder hatte ich sie nur nicht gesehen, weil ich so selten mein Zimmer verlassen hatte? Alle anderen waren mir allerdings begegnet. Es waren immerhin zwei Wochen gewesen, da hätte mir die junge Dame doch das eine oder andere Mal über den Weg laufen müssen, auch in einem großen Haus mit vielen Räumen. Vermutlich hatte sie zeitgleich freigehabt, da ja auch weniger Arbeit anfiel, wenn meine Eltern nicht anwesend waren.

Man könnte fast meinen, sie wäre mitgereist. Aber das konnte doch wohl kaum sein. Mein Vater war froh, wenn ich nicht mitkam. Was hätte er von ihr gehabt? Auf dem Weingut gab es ausreichend Angestellte.

Wie auch immer. Sie war wieder da, ging ihrer Arbeit nach und sah traurig aus wie gewohnt. Ob sie ebenso Sorgen und Probleme hatte wie ich? Sollte ich sie vielleicht darauf ansprechen? Aber was, wenn sie immer so ein Gesicht zog und nicht reagieren würde? Als angeborenes Persönlichkeitsmerkmal? Ich verwarf den Gedanken und kümmerte mich um meine mentale Vorbereitung auf den kommenden ersten Schultag nach den Ferien. Ich konnte die Nacht vorher nicht schlafen, und am liebsten wäre ich nicht wieder in die Schule gegangen. All die schlimmen Dinge, die dort passiert waren und wieder passieren würden, kreisten in meinem Gedankenkarussell und ließen mich nicht zur Ruhe kommen. Wie ich es hasste.

Der Morgen kam, und es gab kein Zurück. Ich fühlte mich hundeelend, übermüdet und krank. Dazu gesellte sich noch der unangenehme Gedanke an unseren neuen Lehrer. Was würde das für ein Typ sein? Wieder eine Umstellung. Wieder die Wahrscheinlichkeit, dass er mich nicht mögen würde, weil es mit Sicherheit nicht lange dauern würde, bis die Gerüchte auch der neuen Lehrkraft zugetragen worden wären. Ich sah schon sein Gesicht vor mir, wie er vor der Klasse stand, in die

Runde blickte und es ganz offensichtlich war, dass er denjenigen suchte, der das Geschehen in Frankreich, während der Klassenfahrt, zu verantworten hatte.

Man würde ihm mit Sicherheit Vorabinformationen über einige Schüler geben. Zum Beispiel: *Der ist besonders gut und sozial. Die ist sehr zurückhaltend, aber überdurchschnittlich intelligent. Und dann ist da noch der Typ mit der Brille und der Akne im Gesicht. Der, der immer Cordhosen trägt. Der hat etwas ganz Furchtbares angestellt und ist nur noch hier auf der Schule, weil sein Vater sehr wohlhabend ist und Beziehungen hat. Sonst säße das Schwein längst im Gefängnis, und wir alle hätten Ruhe und Frieden an dieser Schule.*

Genau das würde man dem Neuen sagen, und er würde mich erkennen. Erst würde er Ausschau nach den Schülern halten, die eine Brille trugen, bei Lydia hängenbleiben, und sie als überdurchschnittlich intelligentes, zurückhaltendes Mädchen einstufen. Er würde unsere Sportskanone an den muskulösen Armen erkennen, und dann seinen Blick weiterkreisen lassen, bis er an mir hängenblieb. Brille. Akne. Seine Augen würden unauffällig unter meinen Tisch wandern und — Bingo! Cordhose. *Da sitzt die Sau.*

Mir wurde schlecht. Wie spät? Ich musste gleich los. Vater und Mutter waren schon aus dem Haus. Geräusche von unten. Die Waschmaschinen liefen. Roswitha war also schon fleißig. Der Keller. Mein Versteck. Der Amphetaminvorrat. Die Wirkungsweise — Steigerung des Selbstbewusstseins. Bis hin zu Euphorie. Erhöhte Risikobereitschaft. Verbesserte geistige Leistungsfähigkeit. Längere Konzentration. Wurde auch zur therapeutischen Unterstützung bei ADHS eingesetzt. Ich entschied mich für einen kurzen Gang in den Keller, bevor es in die Schule ging. Schlimmer konnte es ja wohl nicht mehr werden.

Im Foyer lief mir Roswitha über den Weg. Sie sah mich fragend an, als ich im Begriff war, die Kellertür zu öffnen.

»Meine Turnschuhe. Wir haben heute Sport.«

Sie grinste unsicher, nickte mir kurz zu und ging ihrer Wege. Sie fand mich seltsam, das war mir klar. Aber dennoch verband uns etwas. Wahrscheinlich die Geschichte mit meiner Katze Angel und die Situation, in der sie mich damals draußen, mit gebrochenen Knochen, gefunden hatte. Sie hatte Mutter entlarvt. Ich sollte ihr ewig dankbar sein. Sollte ich? Vielleicht wäre es besser gewesen, wenn ich nicht erfahren hätte, dass Mutter für den qualvollen Tod von Angel verantwortlich gewesen war.

Hätte, wäre, wenn und aber.

Wie auch immer. Sie machte ihr Ding und ich meins.

Ich hastete nach unten zu meinem Amphetaminversteck. Klappe auf, etwas von dem Zeug genommen und schnell wieder weg. Im Gang des Kellers fiel mir ein Regal auf. Ich war der Meinung, dass es weiter links stand als sonst. Dann setzte die Wirkung des Stoffes ein, und das Regal interessierte mich nicht mehr. Ich musste los zur Schule.

Als ich aus dem Keller zurück nach oben ins Haus kam, war Roswitha weg, aber ich war voll da. Und wie. So konnte der erste Schultag beginnen. Im Stechschritt machte ich mich auf den Weg. Ich bemerkte nicht, dass ich wie ein Gockel den Bürgersteig entlangstolzierte. Meine Nase lief, ich musste ständig hochziehen, und ich nahm meine Umgebung nur eingeschränkt wahr. Tunnelblick. Sichtweise wie durch ein Zielfernrohr. Nur immer einen Punkt im Fokus.

Ich fixierte die Ampel, die in etwa fünfzig Metern Entfernung auf mich wartete.

Ich rede mal mit ihr. Laut.

»Na, Ampel, wie sieht's aus? Lange nicht gesehen. Ich war sechs Wochen nicht an dieser Kreuzung. Du siehst schlecht aus. Ziemlich grau. Ich habe keine Zeit, muss in die Schule. In diese gottverfluchte Schule, mit ihren kleinen Ärschen von Schülern, die mich heute mal ganz gepflegt kreuzweise können. Ich fühle mich großartig. Tut mir leid, Ampel, dass ich dir nichts anderes sagen kann. Ja, ich fühle mich großartig!«

Warum glotzen die Leute denn so? Geht weiter!

Ich fiel auf. Hatte zu laut gesprochen. Ich musste mich zusammenreißen.

War vielleicht ein bisschen viel Speed, so früh am Morgen. Ich hätte vorher etwas essen sollen. Das wurde nun nichts mehr, kein Hunger. Aber Durst. Und wie. Die Nieren meldeten sich auch schon wieder. Toxische Dröhnung. Verdammt, ich war total stoned. Vor mir kam die Schule in Sicht.

Na dann mal los. Heute nicht. Heute macht ihr mich nicht fertig.

Ich war auf unseren neuen Klassenlehrer gespannt. Bestimmt wieder so ein Blockflötengesicht wie Oberstudienrat Reckwich.

Irgendwie sind Lehrer doch alle gleich. Gleich blöd. Diener eines verkommenen Systems, aufgebaut auf unsozialem Gedankengut. Die Arschkriecher des Kultusministeriums. Lehrkraft wird man aus zwei Gründen. Aus Faulheit, da Lehrer den höchsten Urlaubsanspruch aufgrund der Ferienzeiten haben. Oder aus sadomasochistischen Gründen. Sie geilen sich daran auf, Schüler nach ihrem Gutdünken zu drillen.

Was waren das für Gedanken? Wurde ich irre? Es war gleich Schulbeginn, und ich war schon im Gebäude. Ich kriegte gar nichts mehr mit. Was lief hier und …

Hoppla … wer war das denn?

Sie hatte ihre Unterlagen fallen lassen. Und keine Sau eilte ihr zu Hilfe. Glotzten nur blöd und gingen weiter. Sie war keine von den Schülerinnen. Zu alt. Aber hübsch. Mein Gott, war sie hübsch!

Dann reagierte ich aber schnell. Situation war günstig. Ja, ich würde ihr helfen.

Ich beugte mich zu ihr hinunter und griff, genau wie sie, beherzt nach den Unterlagen, die verstreut auf dem Flur lagen. Da geschah es. Meine Hand berührte die ihre. Ohne Absicht. Sie sah mich an. Ich schaute in ihre Augen.

Kernschmelze. Atomare Energie. Eine Supernova. Die Theorie vom Urknall musste neu überdacht werden. Denn er passierte in genau diesem Moment. Vorher war nichts. Nicht einmal Leere. Danach entstand das Universum. Das Leben. Aller Ursprung begann in dem Augenblick, in dem sich unsere Blicke trafen. Eine Offenbarung unvorstellbarer Dimension. Das Amphetamin pumpte. Mein Herz war laut zu hören. Es schlug gegen die Brust. Klopfte an meine Schläfen. Transportierte gewaltige Mengen Adrenalin durch meine Adern, aber ich war ganz ruhig. Fast schon relaxt. Wie betäubt. Ich ließ sie nicht los.

Mein Blick hielt dem ihren stand, und ich hörte ihre Worte kaum, die Dank sagten für meine spontane Hilfe. *Seltenheitswert,* drang durch meine Gehörgänge, in denen das Speed einen Trommelwirbel verursachte. Ich antwortete und wunderte mich über meine dunkle, männliche Stimme. Das in den Nasenschleimhäuten aufgelöste Amphetamin rann mir mit Rotze den Rachen hinab und betäubte dort meine Stimmbänder. Meine eigene Stimme war mir fremd, aber sie klang gut und zeigte Wirkung, denn ich spürte ein Knistern zwischen ihr und mir.

Wer war sie? Woher kam dieses bezaubernde Geschöpf? Nicht von dieser Welt, soviel stand fest. Etwas älter, aber dennoch keine dreißig. Ich nahm nichts mehr wahr, sah nur sie. War gefangen von ihrer Schönheit, ihrem Wesen. Sie erhob sich. Ihre vollen Lippen bewegten sich. Ich nahm ein weiteres *Dankeschön* wahr und antwortete lässig: »Nicht dafür. Gerne.«

Nie zuvor war ich so selbstsicher. Unerschütterliches Selbstvertrauen. Ich war nicht hässlich. Ich war jemand, und sie spürte diese Aura, die mich umgab. Es war wie im Traum, aber es passierte tatsächlich, und die wenigen Sekunden glichen einer Ewigkeit. Der Ewigkeit. Das war Wahrheit.

Sie verstaute ihre Papiere und Akten etwas ungeschickt und grinste mich kurz verlegen an. Ich kochte vor Hitze und fror gleichzeitig, versank in den unendlichen Weiten ihrer Augen, nahm die anderen Schüler auf dem Korridor nicht wahr. Nur sie.

Der Tunnelblick. Eine der Auswirkungen des Amphetamins. Umgebungsreduzierung. Nur sie im Fokus. Die gleiche Optik wie beim Egoshooter. Blick durch das Zielfernrohr, ausgemachtes Ziel anvisieren. Alle Sinne bündelten sich in eine Richtung. Was für eine Frau! Mit einem Schlag erkannte ich die Bedeutung von Liebe auf den ersten Blick. Es passierte. Wahnsinn.

Sie sagte noch etwas, aber der Rausch ließ es nicht zu mir durchdringen. Ich lächelte sie an und sah ihr nach, als sie ging. Tausendfeuerfunkenregen. Salz auf meiner Haut. Nie gekannte Gefühle. Der Stoff in meinem Körper und die Gedanken an sie vermischten sich zu einer Galaxie voller Sterne aus Sehnsucht und Glückseligkeit. Sie war es! Das Licht am Ende des Tunnels. Das Ziel meiner unerfüllten Träume. Die Wirkung vom Speed nahm immer noch zu. Die Nierenschmerzen ignorierte ich. Nur nicht vor Entzückung schreien, ich war nicht allein und auch so schon das Ziel von Spott und Hohn.

Leichte Kopfbewegungen. Links, rechts. Aus den Augenwinkeln nahm ich die anderen Schüler wahr, auch die herablassenden Blicke mancher. Ich stand da, ohne Körper. Völlige Betäubung machte sich breit. War mir egal. Ich schaute ihr hinterher, bis ich sie am Ende des Korridors aus den Augen verlor. Sekunden vergingen. Ich war unfähig, mich zu bewegen, da sich meine Gehirnfunktionen offensichtlich auf die Gedanken an diese Frau reduziert hatten.

Ich zwang meinen Fuß dazu, einen Schritt zu tun. Aber ich hatte Blei in den Schuhen. Nur ganz langsam kam ich von der Stelle. Ich hatte gerade meinen Lebensinhalt getroffen. Wer war diese Frau, und was machte sie in der Schule?

Ich bekam meine Antwort. Nachdem ich mir auf der Toilette eiskaltes Wasser über das Gesicht hatte laufen lassen, kam ich langsam zurück in diese Welt.

Die gesamte Klasse saß schon im Unterrichtsraum und wartete auf den neuen Lehrer. Es ging zu wie auf dem Marktplatz. Tausend Stimmen. Jeder quatschte mit jedem. Eine unerträgliche Geräuschkulisse.

Ich setzte mich auf meinen Platz, starrte ins Leere und versuchte, mich zu konzentrieren. Gelang mir nicht wirklich.

Sie war in meinem Kopf. Meine Beine wippten unkontrolliert. Ich ließ es zu, da es die Wirkung des Stoffs kompensierte. Diese unbändige Kraft, die durch das Speed im Körper freigesetzt wurde, verlangte nach Bewegung. Nach Abbau überschüssiger Energie. Und obwohl ich kein Sportler war, wäre Boxtraining am Sandsack in diesem Moment genau das Richtige gewesen. Genau wie Rudern im Einer. Oder beides. Oder dem »Ruf der Pflicht« folgen. Nur für sechs Stunden. Vielleicht auch zehn.

Benjamin schaute zu mir herüber, sagte etwas. Er war zu weit von meinem Platz entfernt, als dass ich ihn hätte verstehen können. Es interessierte mich auch nicht, denn ich war sicher, es war nichts Positives.

Die Art, wie er mit offenem Mund Kaugummi kaute und mich dabei von oben herab ansah, sagte mehr als die Worte, die durch das Stimmenwirrwarr nicht zu mir durchdrangen.

Er sollte mich in Ruhe lassen, denn er ahnte nicht, dass er sich in akuter Gefahr befand. Ich verspürte einen unbändigen Drang, zu ihm rüber zu springen und ihm mit der Faust so lange ins Gesicht zu schlagen, bis er an seinem Blut erstickte. In dem Moment wollte ich es tun, und er würde den Kürzeren ziehen.

Wie er mich ansah! Es passte ihm gar nicht, dass ich seinem miesen Blick standhielt.

An dem Tag war alles möglich. Ein Tag der Helden.

Es wurde plötzlich merklich ruhiger im Klassenzimmer, was vermuten ließ, dass der neue Lehrer in diesem Augenblick den Raum betreten hatte.

Dennoch fixierte ich weiterhin Benjamin, verengte meine Augen. Ich hielt seinem Blick nach wie vor stand, ließ nicht locker.

Er war völlig irritiert, konnte meine Beharrlichkeit nicht einordnen.

Beharrlichkeit.

Vom Lehrerpult ertönte jetzt eine Begrüßung. Die Stimme! Oh, mein Gott! Sie war es! Mein Kopf schnellte herum, suchte und wurde fündig. Da war sie. Ich konnte es nicht glauben. Die wunderschöne Frau von vorhin war unsere Neue? Unsere Lehrerin?

Was passierte hier? Sie stellte sich vor, ich war schon wieder weg. Versunken. In einem Meer aus Gefühlen und Farben.

Diese Frau und das Amphetamin in meinem Körper — was für eine brisante Mischung. Sie schaute sich um, sah mich, erkannte mich, lächelte mich an. Ich lächelte zurück und spürte sofort, dass es Benjamin nicht entgangen war.

Ich drehte mich nochmal zu ihm und sah in seine blöde Fresse. Was für ein Triumpf. Ich setzte dem Ganzen die Krone auf und schickte ihm unauffällig den Mittelfinger. Ordinäre Gepflogenheiten lagen mir eigentlich nicht, aber in diesem Fall machte ich eine Ausnahme.

Er war fassungslos über meine Respektlosigkeit und stupste gleich darauf Marten an, seinen Tischnachbarn.

Während dieser Engel von Lehrerin uns mit Neuerungen bezüglich Lehrplan und Stundeneinteilung konfrontierte, verschränkte ich meine Arme und lehnte mich lässig zurück.

Benjamin und Marten unterhielten sich unauffällig, aber aufgebracht.

Sie heckten etwas aus. Sollten sie.

Heute nicht. Nicht mit mir. Heute bin ich unsterblich.

Ich ignorierte beide, schaute nach vorne zu ihr, genoss den Anblick dieser Schönheit und hoffte, dass sie noch einmal meinen Blick erwidern würde.

Egal, was Benjamin und Marten noch vorhatten, sie waren schon so gut wie tot.

Auszug aus den Ermittlungsunterlagen des
Bundeskriminalamts Wiesbaden
Der Fall „Koch"/ Az 41347/12

Zeitprotokoll mit Ereignisablauf:

08:10 Uhr
Aus weiteren Anrufen und Zeugenaussagen wird
entnommen, dass permanent Schüsse aus dem
Schulgebäude zu hören sind.
Die Dringlichkeit einer Entschärfung und
Deeskalation der Situation am Albert-
Schweitzer-Gymnasium erlangt nun bei den
Behörden höchste Priorität.

08:16 Uhr
Das Bundesministerium und Vertreter der
Inneren Sicherheit werden von den
zuständigen Behörden über die Sachlage
informiert.
Niemand weiß, was sich unterdessen in dem
Schulgebäude abspielt und wie viele Täter an
dem Amoklauf beteiligt sind.
Laut späteren Ermittlungen sind zu diesem
Zeitpunkt schon mindestens einundzwanzig
Schüler, unterschiedlichen Alters, tot oder
so schwer verletzt, dass sie später ihren
Verletzungen erliegen.

Kapitel 9
Die Klassenfahrt

Die Klassenfahrt, ein Jahr zuvor, hätte schön werden können. Interessant. Aufregend. Selbst für jemanden wie mich, der zurückhaltend war, als Außenseiter galt und in der Klasse so gut wie keine Freunde hatte. Aber die Reise wurde zu einer Katastrophe. Zu meinem ganz persönlichen Albtraum. Es hatte in meinem jungen Leben schon ein paar Situationen mit traumatischen Auswirkungen gegeben, die mich nachhaltig prägten. Diese Sache jedoch, welche während unserer Klassenfahrt nach Frankreich auf die Ile d'Oléron, der zweitgrößten europäischen Insel im Atlantik, passierte, war der Super-GAU. Der finale Dolchstoß in mein schon blutendes Herz.

Zusammen mit französischen, belgischen und anderen deutschen Schülern waren wir in einem riesigen Zeltlager untergebracht. Wir schliefen in unseren selbstmitgebrachten Zelten. Die großen Militärzelte, die in der Mitte des Platzes kreisförmig aufgestellt waren, dienten als Gemeinschaftsunterkünfte. Dort wurde gekocht, gegessen und gemeinsam musiziert. Am Abend fanden dort gesellige Lagerfeuerrunden und Spiele statt. Die meisten der angereisten Schüler teilten sich die Zelte zu zweit, zu dritt oder auch zu viert. Ich schlief in meinem Zelt alleine. Es war ein Ein-Personen-Zelt und hatte mich vor peinlichen Entscheidungen bewahrt. Vor Beginn der Reise war im Unterricht die Fahrt auf die Insel durchgesprochen und organisiert worden. Unter anderem war auch die Frage aufgetaucht, wer mit wem, während der zehn Nächte, in welchem Zelt schlafen würde. Da mir klar gewesen war, dass sich aus meiner Klasse niemand bereit erklären würde, mit mir einen Schlafplatz zu teilen, hatte mein eng bemessenes Zelt als optimale Ausrede gedient.

Als wir diese Reise ein paar Monate zuvor ins Auge gefasst hatten, hatte ich Vater umgehend gebeten, mir ein Ein-Mann-Zelt zu besorgen, mit der Begründung, dass ich ein paar Tage draußen im Garten übernachten wollte, um mich ein bisschen abzuhärten. Immerhin hatten wir Anfang November, und es war schon empfindlich kalt. Ich wusste, dass Vater auf solch eine Äußerung mit Begeisterung reagieren würde. Er hielt mich, berechtigter Weise, für ein Weichei, und jede Umgestaltung meiner Gewohnheiten, mit dem Ziel, meiner schwächlichen und anfälligen Erscheinung entgegenzutreten, wurde von ihm begrüßt.

So dauerte es keinen weiteren Tag, bis Vater mir meinen Wunsch erfüllt hatte und mir das winzige Paket mit dem neuen Zelt überreichte. Natürlich hatte er sich ausführlich und detailliert beraten lassen. In solchen Angelegenheiten scheute mein Vater keine Mühen. Er hatte sich umgehend ans Telefon gehängt und sich in seinem Bekanntenkreis umgehört. Er hatte ein paar richtige Survivor-Cracks unter seinen Freunden, die monatelang nur zum Spaß durch die entlegensten und menschenfeindlichsten Winkel dieser Erde zogen. Das waren allesamt stinkreiche Typen, die aus Abenteuerlust und Überdruss auf der Suche nach Grenzerfahrungen waren. Gelangweilt von ihrem übersättigten Leben. Diejenigen, die alles besitzen, sind am unzufriedensten und wollen immer mehr. Sie können sich nie zufriedengeben. Suchen den Kick, das Besondere, wollen immer mehr. Die Welt verändern. Was für kranke Arschlöcher.

Er recherchierte im Internet und betrat schließlich ein Geschäft, welches exklusive Outdoor-Artikel vertrieb und zusätzlich Marktführer für Spezialzelte war.

Das Zelt kostete ein halbes Vermögen und war für eine Antarktisexpedition ausgelegt.

Es hatte alle Vorzüge, die man von solch einem Zelt erwarten konnte.

Ich bedankte mich und wusste noch nicht, wie ich aus der Geschichte wieder rauskommen sollte, ohne meinen Vater ein weiteres Mal zu enttäuschen.

Ich versprach ihm, dass ich mich gleich mit diesem Hightech-Übernachtungsgerät auseinandersetzen würde.

Vater klopfte mir freundschaftlich auf die Schulter, sah mich mitleidig an und ging, ohne noch etwas zu sagen. In seinen Augen konnte ich so etwas wie stille Hoffnung erkennen.

In der Beschreibung des Zeltes las ich unter anderem den Satz:

Durch seine kompakte Bauweise ist es ein Superleichtgewicht und ideal für Alleinreisende.

Was für eine Ironie! Ich war und bin ein Einzelgänger. Ich hatte im Laufe der Jahre gelernt, mit unangenehmen Situationen umzugehen und sie so zu drehen, dass sie nicht allzu schlimm wurden. Wenn man von Zuwendung isoliert aufwuchs, dann waren diese kleinen Scharaden nur das Häubchen saurer Sahne auf einem gefühlskalten Lebensweg.

Das Problem des vorgetäuschten Campings im Garten löste sich von ganz allein. Vater wollte unseren verantwortlichen Gärtner ein kleines Areal im Garten abstecken lassen, welches eigens für mein Vorhaben hergerichtet werden sollte.

Schließlich könnte man das Zelt doch nicht auf dem englischen Rasen platzieren. Das würde der Grünanlage nachhaltig schaden. Das war typisch für meinen Vater.

Wie auch immer. Der Gärtner wurde krank, das Bauvorhaben des zu errichtenden Zeltplatzes, am hinteren Ende des Privatparks, kam zum Erliegen und geriet für eine Weile in Vergessenheit. Als Vater das Thema ein paar Wochen später ansprach, zeigte sich Mutter ausnahmsweise solidarisch mit mir und zeigte Vater einen Vogel.

»Hast du mal auf die Außentemperaturen geachtet? Wir haben Ende November. Es friert!«

Damit war das Thema vom Tisch, und ich konnte die eisigen Nächte weiterhin in meinem geschützten, warmen Bett verbringen. Zum ersten Mal seit langem war ich meiner Mutter dankbar.

Vater nahm es hin, aber er sah mich daraufhin an, als hätte ich den Wehrdienst verweigert, mit der Begründung, ich wäre Bettnässer. So, oder so ähnlich. Es war Verachtung, die aus seinen Augen sprach. Mit Sicherheit dachte er an die Männer aus seinem Freundeskreis, die ihn bezüglich des Zeltes beraten hatten und die wohl auch ohne Zelt im Winter im

Freien schlafen würden. Ich konnte ihm nicht gerecht werden. Niemals.

Das katastrophale Ereignis im Zeltlager, am letzten Abend vor der Abreise, brachte den endgültigen Bruch zwischen uns. Ich glaube, er war grundsätzlich schon so enttäuscht von mir, dass er die Anschuldigungen der Gendarmarie in keiner Weise anzweifelte.

Ich war nie der Sohn, den er sich gewünscht hatte, dessen war ich mir bewusst. Den letzten Funken Hoffnung bezüglich meiner Person begrub er höchstwahrscheinlich auf unserer gemeinsamen Rückfahrt nach Deutschland. Sein Schweigen drückte das aus, was er tief in seinem Inneren dachte, und was er dann ja auch am Abend vor Weihnachten als offizielle Stellungnahme zu unserem Vater-Sohn-Verhältnis verkündete.

Natürlich waren Vater und Mutter schockiert, als sie von der französischen Polizei über das Geschehen informiert wurden. Natürlich brach für sie eine Welt zusammen, und natürlich gab es Unverständnis und viele Fragen. Aber sie wollten keine Fragen beantwortet haben. Sie hatten mir keine Chance auf eine Verteidigung oder Erklärung gegeben. Sie hatten ihr Urteil gefällt, bevor ich aus der Haft entlassen und zurückgekehrt war.

Obwohl ich selbst nicht genau sagen konnte, was an jenem Abend und in der Nacht passiert war, wusste ich doch ganz sicher, dass ich das Mädchen Chloe nicht bedrängt, geschweige denn zu irgendeiner Handlung genötigt oder gezwungen hatte. Vielmehr war ich der Überzeugung, dass sowohl Chloe als auch ich etwas verabreicht bekommen hatten, das uns willenlos gemacht hatte. Und zwar von Benjamin und Marten. Die beiden waren die wahren Schuldigen. Der Alkohol, den wir an dem Abend getrunken hatten, konnte keine solche Auswirkung gehabt haben, obgleich ich nach den drei oder vier Bieren, die sie mir angeboten hatten, ziemlich betrunken war.

Ein paar Tage zuvor hatte ich beobachtet, wie sich Benjamin und Marten, während des gemeinsamen Küchendienstes, an Chloe ranmachten. Marten sprach sie immer wieder an.

Auch auf dem Weg nach La Rochelle hatten die beiden die hübsche Französin im Auge. Sie gehörte zu den Schülern, die vor Ort wohnten und nur tagsüber am Zeltlager teilnahmen.

Es waren viele französische Schüler mit im Bus. Wir fuhren in die Hafenstadt, um die ehemaligen U-Boot-Stützpunkte zu besichtigen.

Im Zuge der sozialpädagogischen Lehrpläne teilte man uns in Gruppen ein, die aus Schülern unterschiedlicher Nationen bestanden, um eine länderübergreifende Verständigung zu fördern und um uns sprachlich zu fordern. So galt es, sich bei solchen Zusammentreffen in der jeweils anderen Sprache zu unterhalten. Entweder sprachen die Franzosen deutsch oder wir Deutschen französisch.

Marten war nicht nur ein Mädchentyp und gutaussehend, er sprach auch hervorragend französisch, da seine Mutter aus der Bretagne stammte. Somit hatte er keine Probleme, während der Busfahrt nach La Rochelle, Kontakt zu Chloe zu knüpfen und

176

sie immer wieder zum Lachen zu bringen. Er und Benjamin hatten sie missbraucht. Ganz sicher. Sie hatten sich einen Plan zurechtgelegt, um sich an ihr zu vergehen.

Sie verabredeten sich für den Abend mit ihr, entzündeten etwas abseits der Zelte ein Lagerfeuer, besorgten Bier und warteten. Als sie dann erschien und sich zu ihnen ans Feuer setzte, taten sie ihr irgendetwas in das Bier, das sie ihr anboten. Nur ich kam in ihrem ursprünglichen Plan nicht vor. Aber ich schätze, dass ich aus ihrer Sicht genau der Richtige war, auf den sie später ihre Tat lenken konnten. Und das war ihnen ja auch geglückt.

Es war schon relativ spät, ich war auf dem Weg zu den Toiletten und wollte anschließend in mein Zelt, um zu schlafen, denn am nächsten Morgen war die Rückreise nach Deutschland geplant. Es mussten dann vorher noch die Zelte abgebaut und wieder verstaut werden. Es hieß, dass wir gegen sechs Uhr geweckt würden, da um elf die Busse abfahren sollten.

Umso mehr wunderte es mich, dass die drei noch gegen halb zwölf am Feuer saßen und allem Anschein nach auch nicht vorhatten, schlafen zu gehen. Ganz im Gegenteil. Als ich an ihnen vorbeikam, waren sie gerade im Begriff, ein paar Flaschen Bier zu öffnen. Sie sahen mich, hielten kurz inne, musterten mich, und vermutlich dachten sie in diesem Moment über mich nach. Als möglichen Schuldigen in ihrem Plan, den sie schon längst geschmiedet hatten. Denn diese beiden waren Schweine. Schon immer gewesen. Ihr ganzes Verhalten war immer oberflächlich und anmaßend. Sie fühlten sich immer als etwas Besseres. Sie meinten, sie wären die »Kings« und bräuchten sich um nichts und niemanden zu scheren.

Sie behandelten die Mädchen immer schon wie Freiwild, und das Schlimmste daran war, dass die meisten der Mädchen sich auf sie einließen. Genau wie Chloe.

Sie war schon ziemlich angetrunken, als ich von den Toiletten zurückkam, denn sie fiel fast von dem Holzstamm, der als Sitzgelegenheit diente und auf dem die drei nebeneinander saßen. Benjamin fing sie gerade noch auf. Ich beobachtete, wie er ihr dabei an den Busen griff und so tat, als wäre es ein Versehen gewesen. Sie waren scharf auf Chloe. Alle beide.

Ich wunderte mich zuerst, dass sie mich fragten, ob ich auch ein Bier wollte, aber ich dachte nicht weiter darüber nach. Ich war irgendwie froh, dass sie mich einluden, denn dadurch war ich der Meinung, gegebenenfalls auf Chloe aufpassen zu können.

Hätten sie mir nichts angeboten, hätte ich mich nicht aus freien Stücken zu ihnen gesetzt. Das hätten sie auch gar nicht zugelassen und vermutlich einfach gesagt, dass ich mich verpissen sollte oder ähnlich Abwertendes.

Dann wären sie mit Sicherheit in Gelächter ausgebrochen, und Chloe hätte nichts von den Gemeinheiten verstanden.

So aber konnte ich mich um das Mädchen kümmern, denn die Situation war schon recht unbehaglich. Mir war klar, dass die beiden im Begriff waren, das Mädchen mit reichlich Alkohol abzufüllen.

Ich kannte diese Typen und ihre miese Art nur zu gut. Dass sie allerdings so etwas Schlimmes planten, ahnte ich nicht einmal.

Ihr gesamtes Handeln in den letzten Jahren unserer gemeinsamen Schulzeit zielte immer auf etwas Niederträchtiges ab. Ausnahmslos.

Vor dem Hintergrund wohlhabender Eltern, mit guten Anwälten an ihrer Seite, waren sie der Meinung, sich alles erlauben zu können, ohne jemals für ihr Treiben zur Rechenschaft gezogen zu werden.

Aber sie machten ihre Rechnung damals ohne mich, und sie hätten besser daran getan, mich nicht in diese Sache hineinzuziehen.

Ganz gleich, ob sie ahnten oder nicht, was das für mich und mein Leben bedeuten würde, damit hatten sie mich zu ihrem Richter ernannt. Mein Leben gegen ihres. Quid pro quo!

Nachdem ich mich gesetzt hatte, gab Benny mir ein Bier. Es war bereits geöffnet.

Ich dachte nicht darüber nach. Sie hoben ihre Flaschen in die Mitte und prosteten mir zu. Chloe lachte, die beiden auch, dann tranken wir unser Bier, während Benjamin und Marten immer wieder die Köpfe zusammensteckten und für mich unhörbar miteinander sprachen.

Ich gab mich gelassen, schaute ab und zu unauffällig zu Chloe herüber, um zu sehen, wie es ihr ging.

Das Bier in den Flaschen war schnell alle, da uns Benny und Marten immer wieder zum Trinken animierten. Die Wirkung des Alkohols setzte schneller ein als erwartet, und nach dem zweiten Bier war ich in der Lage, mich in die etwas oberflächlichen Gespräche einzumischen.

Wir fingen gemeinsam an, in einem deutsch-französischen Sprachgemisch herumzualbern. Meine anfängliche Unsicherheit und Ängstlichkeit wich der enthemmenden Wirkung des Alkohols.

Ich verlor die Kontrolle. Chloe wahrscheinlich auch.

Ein Bier folgte dem anderen. Die Flaschen, die sie mir und Chloe reichten, waren allesamt zuvor geöffnet worden, und ich könnte nicht sagen, ob sie etwas dazu gemischt hatten.

Ich verlor das Gefühl für Zeit, mir wurde schwindelig. Ich machte das Bier an sich dafür verantwortlich. Alles lief mit einem Mal wie in Zeitlupe ab. Ihre Bewegungen, die Stimmen. Alles verzerrte und veränderte sich. Ich sah hinüber zu Chloe, ihr Gesicht verzog sich. Es wurde lang, dann breit, alles wirkte weich und wie in Watte gehüllt.

An mehr kann ich mich nicht erinnern.

Das Licht ging aus, und dann war Feierabend.

Als ich wieder zu mir kam, lag ich in meinem Zelt. Ich fror und war völlig orientierungslos, wusste zuerst nicht, wer und wo ich war. Mein Kopf dröhnte, es war mittlerweile hell draußen. Meine Knochen schmerzten.

Es fühlte sich an, als hätte ich eine schwere Erkältung.

Ich bewegte mich langsam und bemerkte, dass ich fast vollständig entkleidet war.

Ich lag im Zelt auf meinem Schlafsack und hatte weder Hose noch Unterhose an. Mir wurde augenblicklich schlecht, ich bekam Panik. In meinem Kopf begann es zu rauschen. Laut.

Ich drehte meinen Kopf, unfähig, mich aufzusetzen. Ich war wie an den Boden genagelt.

Im Zelt herrschte ein heilloses Durcheinander, und es roch nach Bier. Ich sah eine Bierflasche am Fußende meines Zeltes und Kleidung. Es war nicht mein Pullover, der dort lag.

Ein rosafarbener Wollpullover und ein BH.

Chloe!

Es war Chloes Kleidung. Kein Zweifel.

Die Erinnerungen kamen zurück. Langsam. Häppchenweise. Ohne feste Zuordnung. Benjamin. Marten. Wir hatten Lieder gesungen. Chloe war mehrfach von dem Baumstamm gefallen. Bitterer Biergeschmack und kichernde Kobolde, die um ein Feuer getanzt waren.

Die Eltern von Chloe waren zutiefst geschockt über das, was ihre Tochter ihnen da mitteilte. Sie alarmierten sofort die örtliche Polizeidienststelle und ihren Hausarzt.

Dieser stellte fest, dass Chloe vergewaltigt worden war, vermutlich unter Einfluss eines betäubend wirkenden Präparates.

Nachdem die herbeigerufenen Beamten eine erste Aussage des völlig paralysierten Mädchens aufgenommen hatten, wurde schnell klar, was sich am Vorabend und in der Nacht im Zeltlager abgespielt haben musste.

Da Chloe in meinem Zelt erwacht war, nackt und dicht neben mir, war den französischen Beamten der vermeintliche Sachverhalt sofort klar. Ich hätte Alkohol oder wahrscheinlich auch Drogen, vielleicht

K.o.-Tropfen, eingesetzt, um mich dann an dem wehrlosen Mädchen zu vergehen.

Versuche dieser Art sowie Anzeigen solcher Fälle häuften sich in den letzten Jahren — eine Folge sinkender Hemmschwellen und erhöhter Bereitschaft zu Straftaten bei jungen Leuten. Der Werteverfall der Gesellschaft wäre ein schwieriges Thema und würde sich ausbreiten wie ein Krebsgeschwür, so die Worte des Arztes, der Chloe untersucht und anschließend in ein Krankenhaus überwiesen hatte.

Chloes Mutter weinte ohne Unterbrechung, nachdem Chloe morgens an der Tür ihres Elternhauses geklingelt und ihrer Mutter unter Tränen von dem schrecklichen Erlebnis berichtet hatte.

Sie war noch benommen und verwirrt, und ihre Mutter begriff erst gar nicht, was geschehen war.

Erst als der Vater dazukam und beruhigend, aber bestimmt, auf seine Tochter einwirkte, gab sie bruchstückhaft die schlimmen Ereignisse der letzten Nacht wieder.

Die Jungs wären sehr nett gewesen, sie hätten Spaß gehabt, aber Max wäre ihr gleich so seltsam vorgekommen, konnte ich später ihrer schriftlichen Aussage entnehmen.

Die französischen Behörden hatten ihren Täter, ohne weitere Untersuchungen anzustellen, die mich hätten entlasten können, wie zum Beispiel eine Genanalyse.

Aber scheinbar passte sowohl für die Gendarmarie als auch für Chloes Eltern alles ins Bild.

Spätere Aussagen von Benny und Marten belasteten mich dann noch zusätzlich.

Sie behaupteten, ich hätte mich auffällig verhalten an jenem Abend am Feuer, hätte nervös gewirkt in Chloes Gegenwart, ihr ständig auf den Busen gestarrt und abfällige Bemerkungen gemacht.

Chloe war nicht in der Lage gewesen, so etwas zu dementieren, sie sprach kaum ein Wort deutsch. Wie hätte sie sagen sollen, dass es nicht der Wahrheit entsprach, was die beiden zu Protokoll gegeben hatten.

Außerdem war sie ja wirklich ziemlich betrunken gewesen an dem Abend.

Außerdem stand sie unter Schock und der Wirkung irgendeines Präparates, welches Benny und Marten ihr verabreicht hatten.

Die beiden hatten die Verstrickung meiner Person in diese Sache genau geplant und nur den richtigen Zeitpunkt abgewartet, um mich in ihre Hinterhältigkeit zu involvieren.

Es kam, wie es kommen musste, denn es gibt keine Zufälle, und so war ich zur falschen Zeit am falschen Ort.

Passend für die beiden, um mir den Todesstoß zu versetzen, und passend zu meinem Lebenslauf, der von Tiefschlägen und Negativem gepflastert war.

Dieses Ereignis ließ mich nicht mehr los, und niemand glaubte, seit jener hinterhältigen Intrige, an meine Unschuld. Von nun an war ich nicht nur der Sonderling, ich war gleichzeitig geächtet, ein unzurechnungsfähiges Etwas.

Jeder zeigte offen mit dem Finger auf mich. Man bespuckte mich und trat nach mir. Vater ließ mich fallen wie einen heißen Stein, Mutter und ich waren ohnehin fertig miteinander. Das war es dann endgültig mit mir.

Von Anbeginn meines Lebens war ich jeden Tag einen Schritt tiefer hinab in einen dunklen Keller gestiegen. Jeden Tag eine Stufe — jetzt war ich unten angekommen.

Die Klassenfahrt nach Frankreich, in das vermeintlich schöne Ferienlager, bildete die unterste Stufe der Treppe in den Keller, an dessen Ende sich ein kalter schwarzer Raum befand, von dem aus es kein Weiterkommen gab. Kein Licht, keine Hoffnung. Nichts.

An den moderigen Wänden jenes Kellergewölbes klebten Wut und Verzweiflung. Trauer tropfte wie ein eiterndes Geschwür von der Decke auf mein Haupt, zwang mich in die Knie. Nichts war mehr lebenswert, nichts war mehr schön. Dort unten im dunklen Keller wurden die kläglichen Überreste von Hoffnung auf Positives in stinkendem Morast erstickt. Dort unten gab es keine Rettung, keinen Gott. Es gab nur Bedrohliches. Das Böse nahm sich meiner an, nahm mich komplett in seinen Besitz und schaltete alles Menschliche in mir aus.

Als ich aus jenem stinkenden, moderigen Verlies wieder ans Tageslicht kam, war ich ein anderer. Ein Teil von mir war dort unten im Morast steckengeblieben und der Rest als etwas Gefährliches zurück in die Welt der Menschen gekommen.

Das Seltsamste war die Tatsache, dass ich plötzlich nicht mehr litt. Mir machte nichts mehr Angst, meine Gefühlswelt war nun vollends aus dem Gleichgewicht geraten — oder besser gesagt — sie existierte gar nicht mehr.

Ich war kalt wie der Stahl jener Waffe, die Vater mir in die Hand gelegt hatte, damals, als ich noch ein kleiner Junge gewesen war.

Es war irgendwie vorbei. Kein Schmerz, kein Leid. Nichts mehr.

Auszug aus den Ermittlungsunterlagen des
Bundeskriminalamts Wiesbaden
Der Fall „Koch"/ Az 41347/12

Zeitprotokoll mit Ereignisablauf:

08.34 Uhr
Polizei und Rettungskräfte treffen an dem
Gymnasium ein. Es werden erste
Notfallmaßnahmen eingeleitet und eine
eventuelle Evakuierung geplant. Das Gelände
wird weiträumig abgesperrt, Rettungskräfte
bereiten sich auf die Versorgung und
Behandlung von verletzten Personen vor.
Spezialkräfte des SEKs koordinieren weitere
Handlungsabläufe und bringen Scharfschützen
in Stellung.
Man versucht, Erkenntnisse über die
Situation in der Schule zu bekommen, indem
man das interne Telefon anwählt. Ohne
Erfolg.

8:39 Uhr
Einsatzkräfte vor Ort beobachten, wie
Personen versuchen, aus den geöffneten
Fenstern im ersten Obergeschoß zu fliehen
und sich durch Sprünge ins Freie zu retten.
Es handelt sich um Schüler und Lehrkräfte
des Gymnasiums.
Immer wieder sind Schüsse und Schreie aus
dem Inneren des Schulgebäudes zu hören.

08:47 Uhr
Es gehen erste Anrufe von Eltern und
Angehörigen bei den umliegenden
Polizeidienststellen ein.

186

Kapitel 10
Der Engel

Vor fünf Jahren starb meine kleine Katze vor meinen Augen.

Elendig. Quälte sich im Todeskampf, zappelnd und jammernd. Und ich? Ich stand nur da, zitternd, bebend, panisch vor Angst. Ich weinte und schrie. Meine Hilflosigkeit war von solch einem allesdurchdringenden Schmerz, dass es mir fast mein kleines Herz herausriss.

Die Bilder ihres Todeskampfes ließen mich nicht mehr los, nie mehr.

Damals, als es passierte und ich sie sterben sah, explodierte irgendetwas in meinem Inneren.

Eine Granate. So fühlte es sich an. Die Detonation in meinem Kopf schleuderte kleinste Splitter in die weiche Masse meiner Gehirnwindungen. Glühend heiß brannten sie sich ein, schmolzen sich in das graue Gewebe.

Dort stecken sie bis heute als schmerzende Erinnerungen. Eiternde Entzündungsherde, die nicht heilen wollen und sich nicht entfernen lassen, so sehr sich meine Psyche auch gegen diese Eindringlinge wehrt.

Es war niemand außer mir anwesend, als die kleine Katze, die ich erst seit ein paar Wochen besaß, vor meinen Augen umkam. Ich kannte die Bedeutung von Hilflosigkeit noch nicht. Bis zu jenem Zeitpunkt.

Angel, so nannte ich das kleine schwarze Kätzchen, kurz nachdem ich sie gefunden und mit zu uns nach Hause genommen hatte.

Für mich war sie wie ein Engel. In der Gestalt einer kleinen Katze.

Ich spürte sofort, dass sie etwas Besonderes war. Etwas Geheimnisvolles, Unerklärliches umgab sie.

Zuerst dachte ich, es wäre tiefe Dankbarkeit, die sie mir gegenüber zum Ausdruck brachte. Dafür, dass ich ihr das junge Leben gerettet hatte.

Aber schon bald darauf erkannte ich, dass es etwas ganz anderes damit auf sich hatte. Es war viel mehr. Es war etwas Großes, Übernatürliches.

Es fühlte sich an, als hätte Gott seine Hände im Spiel. Ja, so könnte man es bezeichnen. Als etwas Göttliches, denn Angel konnte in meine Seele blicken.

Sie kannte mich, von Anfang an. Verwandte im Geiste. Eine kleine verstoßene Katze, weggeworfen wie Abfall. Aber sie wusste mehr über mich, als meine Eltern es jemals taten.

Wenn ich traurig war, bemerkte Angel dies. Und das nicht nur, wenn sie sich in meiner unmittelbaren Nähe aufhielt. Selbst über große Distanzen hinweg spürte sie, wenn ich litt. Egal, wo sie sich aufhielt, es dauerte nicht lange, bis sie bei mir war.

Ganz plötzlich, wie aus dem Nichts, strich sie mir um die Beine, setzte sich an meine Seite oder sprang zu mir ins Bett, wenn ich nachts wach lag und weinte. Sie nahm sich dann meiner an, indem sie nicht mehr von mir wich. Über Stunden.

Sie sah mich mit ihren geheimnisvollen Augen an, und ich hatte das Gefühl, sie würde mir Mut und Trost zusprechen.

Wie sonst wäre ihr Verhalten zu erklären?

188

Sie rieb ihren Kopf unter meinem Kinn und stupste mich an. Es war, als würde sie sagen: »Kopf hoch, Max!« Und es ständig wiederholen.

Zwischendurch blickte sie mir fragend ins Gesicht, wahrscheinlich um zu sehen, ob es mir besser ging.

Es gab ein unsichtbares Band zwischen uns. Das sollte anhalten, bis sie in Mutters Falle tappte und qualvoll starb, während ich, mir die Seele aus dem Leib schreiend, hilflos zusehen musste.

Ich hatte sie damals in einem abgelegenen Gewerbegebiet am Rande unserer Stadt gefunden.

Dort fuhr ich manchmal hin, um auf dem Skateboard ein paar »Flips« zu üben oder um ein paar Runden auf den verkehrsberuhigten breiten Straßen zu drehen, die extra weitläufig gebaut worden waren, damit die an- und abfahrenden LKWs genügend Platz zum Wenden und Rangieren hatten.

Die Gegend war für solche Übungen ideal, da sich dort so gut wie niemand aufhielt und ich dadurch unbeobachtet war.

Die Truckfahrer akzeptierten mich. Genauso wie ein kleines Boot im Fahrwasser der großen Containerschiffe akzeptiert wird.

Wenn ich doch einmal zu sehr in mein Treiben auf dem Board vertieft war und den Weg eines Tiefladers kreuzte, hupten sie mich meist kurz an.

Ich drehte dann schnell an den Randstein der Straße ab, klemmte mir mein Skateboard gekonnt unter den Arm und winkte sie freundlich vorbei. Meistens wurde ich von den Fahrern freundlich begrüßt, und diejeni-

189

gen, die dort öfter vorbeikamen, erkannten mich sowieso wieder. Ich sah einige von ihnen sehr häufig.

Es war ein Miteinander, welches sich im Laufe der Zeit einspielte, und niemand nahm es mir krumm, dass ich dort auf den Straßen meine Runden drehte. Es gefiel mir, von ihnen toleriert zu werden. Ich fühlte mich, trotz der ständig vorbeifahrenden LKWs, gut aufgehoben und als Teil jener Gemeinschaft. Außerdem war ich froh darüber, dass außer mir kaum jemand die Vorzüge dieser breiten Teerstraßen zum Skaten erkannte. Somit war ich dort draußen für die Fahrer der einzige »Streckenposten« auf dem Weg zu den Verladerampen der Gewerbehallen.

Das leise Miauen der Katze hatte ich erst nur unbewusst registriert.

Ich wendete mit dem Board auf der Straße, war nicht sicher, ob ich wirklich etwas vernommen hatte.

Als ich es erneut hörte, hatte ich Gewissheit. So blieb ich stehen, sprang von meinem Skateboard und begab mich auf die Suche.

Das klägliche, kaum hörbare Gejammer kam aus der Richtung, in der die Abfallcontainer der Hähnchenfabrik standen. Dort stank es unerträglich. Es roch nach fauligem Fleisch und gammeligem Aas. Die Wärme der Mittagssonne verstärkte diesen gärenden Prozess noch.

Mir wurde übel, aber ich hörte das klägliche Maunzen wieder und wieder. Ich war mir nun sicher, dass es eine junge Katze sein musste.

Sie musste spüren, dass ich mich in ihrer Nähe befand, denn das Jammern wurde immer intensiver und die

Abstände kürzer, je dichter ich an die Container heran-
kam.

Ich zog mir mein T-Shirt über das Gesicht, sodass nur
noch die Augen frei waren und hielt mir zusätzlich die
Hand vor Mund und Nase. Diese Art von Geruch
kannte ich bis dahin noch nicht, und mein Mageninhalt
fing an zu brodeln.

Dann sah ich sie. Klein und schwarz, mit völlig ver-
klebtem Fell und kleinen Knopfaugen.

Sie sah durch die Abfälle, in denen sie scheinbar gefangen war, zu mir auf und wimmerte erbärmlich. Das
kleine Etwas schrie förmlich nach Rettung.

Als ich sie behutsam mit meinen Händen aus dem Un-
rat hob, klebten dicke Fettklumpen und halb geronne-
nes Blut an ihr. Sie war dadurch doppelt so schwer als
normal und hätte keine Chance gehabt, dort alleine
wegzukommen. Sie war in einer übelriechenden Falle
eingeschlossen, man hatte versucht, sie zu entsorgen.

Mein Magen meldete sich erneut. Der Gestank allein
machte den aufkommenden Würgereiz nicht aus, sondern vielmehr die Mischung aus dem, was ich roch und
sah und die Wut über beides.

Wie konnte man solch ein kleines Katzenleben wegwerfen? Als wäre es Ausschuss, wie die Fettansätze,
die Augen und die Knochen, die ich überall sah, und
die wohl aus dem dahinterliegenden Betrieb der Geflü-
gelverarbeitung kamen.

Ich versuchte, den Anblick zu ignorieren und griff mir
die Kleine ganz vorsichtig. Augenblicklich hatte ich
Blut und fettige Quaddeln an den Händen, als ich den
kleinen ausgezerrten Körper anfasste und aus dem

191

Dreck schälte. Aber nun war kein Maunzen, kein Hilferuf mehr zu vernehmen. Sie hielt ganz still, das arme kleine Katzenkind, denn sie wusste, dass ich ihre Rettung war.

Es war ein tolles, einzigartiges Gefühl, das ich nie mehr wieder hatte, denn ich rettete nur dieses einzige Mal ein Leben.

Dass ich Jahre später Leben nehmen wollte und würde, ahnte ich zu diesem Zeitpunkt noch nicht.

Ich befreite das Kätzchen und steckte es unter mein T-Shirt. Es war mir nun völlig gleichgültig, wie sehr es stank und wie sehr ich mich in dem Augenblick mit einem Universum von Bakterien konterminierte. Das herrliche Gefühl dieser lebensrettenden Handlung überwog und nahm mein ganzes Bewusstsein für sich in Anspruch.

So machte ich mich voller Glücksgefühle auf den Weg. Grinsend, den milden Gegenwind des Sommers im Gesicht, die Katze an meinem Körper, balancierte ich uns zwei auf dem Skateboard nach Hause.

Dort musste ich erst einmal an unserem Hauspersonal vorbeikommen.

Das gestaltete sich angesichts des enormen Gestanks, der von mir und dem Kätzchen unter meinem Shirt ausging, nicht so einfach. Außerdem gab es überall Überwachungskameras, die mein Erscheinen im Haus auf etlichen Monitoren ankündigten.

Das ganze Gebäude glich einer modernen Festung. Aber ich war ein Junge, der sich eben auch mal einsaute bei all den Dingen, die Kinder in dem Alter so taten. Vorsichtig klemmte ich das Kätzchen mit einem Arm an meinen Oberkörper und hielt beides mit dem anderen Arm fest.

Wenn mich jemand gefragt hätte, warum ich eine so merkwürdige Haltung einnahm, hätte ich gesagt, dass ich gestürzt wäre, aber dass es mir schon besser ginge.

Ich stellte mein Skateboard unter dem riesigen Carport ab und nahm den Seiteneingang durch die Waschküche. Hier war die Wahrscheinlichkeit größer, niemanden von unseren Angestellten oder gar Mutter zu begegnen. Mutter in der Waschküche? Niemals.

Vater befand sich um diese Zeit ohnehin noch im Büro seiner Waffenschmiede. Vor zweiundzwanzig Uhr kam er so gut wie nie von der Arbeit heim.

Es begegnete mir niemand im Haus, und somit brauchte ich auch die Ausrede mit dem Sturz vom Skateboard nicht anzuwenden.

Ich ging so schnell ich konnte in mein Zimmer und suchte nach einer geeigneten Möglichkeit, das Kätzchen abzulegen.

Ein paar getragene Kleidungsstücke, die auf dem Fußboden lagen, dienten dann als erste weiche Unterlage. Ich schob sie allesamt mit den Füßen zusammen, bildete eine Art Nest aus schmutziger Kleidung, die im Gegensatz zu der Katze, wie frisch gewaschen wirkte. Vorsichtig legte ich sie dort ab und kniete mich vor sie auf den Boden. Sie sah mich an, ohne einen Laut von sich zu geben, und ich spürte ihre Zufriedenheit, denn sie wusste instinktiv, dass sie in Sicherheit war. Obwohl sie bestialisch stank und ihr verschmutztes Fell langsam trocknete und zusammenklebte, begann sie, leise zu schnurren.

So ließ ich sie in dem Bett aus getragener Wäsche zurück, ging hinunter und besorgte eine Plastikwanne aus der Waschküche.

Nachdem ich mich selbst gewaschen und umgezogen hatte, füllte ich etwas lauwarmes Seifenwasser in die Wanne und ging damit zurück in mein Zimmer. Die kleine Katze schien zu schlafen, denn sie rührte sich nicht, als ich das Wasser vor ihr auf den Boden stellte.

Sie bewegte sich auch nicht, als ich sie mit den Händen behutsam anhob, in die Wanne setzte und mit der Reinigung ihres verdreckten Fells begann.

Sie wusste genau, dass ihr Gutes wiederfuhr und sie bei mir nichts zu befürchten hatte.

Es dauerte eine ganze Weile, bis ich das Fett und den Schmutz aus ihrem Fell gewaschen hatte. Anschließend wickelte ich die Kleine in ein frisches Handtuch ein und rieb ihr nasses Fell vorsichtig ab.

Sie hielt ganz still, begann erneut zu schnurren und ließ die Prozedur genüsslich über sich ergehen.

Während ich sie fürsorglich bemutterte, indem ich sie behutsam trocknete, überkam mich ein Gefühl von tiefer Traurigkeit, und mir kamen die Tränen. Mir wurde in dem Moment meine eigene unzulängliche Situation bewusst. Die Zuwendung, die ich der kleinen Katze zukommen ließ, fehlte mir selbst so sehr, und ich musste meine Fürsorge unterbrechen, so sehr begann ich zu weinen.

In dem Augenblick geschah zum ersten Mal etwas Seltsames. Die Katze krabbelte unter dem Frotteehandtuch hervor und sah mir direkt ins Gesicht. Nicht zufällig, nicht unbewusst, sondern mit einer geheimnisvollen Intensität. So, als hätte sie das Bewusstsein eines Menschen.

Es war unbeschreiblich!

Sie sah mich an und erkannte meine Qual. Sie begriff mein Seelenleid. Ich konnte es spüren, konnte es in ihren Augen sehen.

Sie ist etwas Besonderes. Ein Engel.

Plötzlich war dieser Gedanke da. Aber dieser Gedanke kam nicht von mir. Ganz sicher nicht. Er entsprang nicht meinem Bewusstsein. Er kam irgendwo von außerhalb. Als würde ihn mir jemand ins Ohr flüstern. Es war unheimlich und angenehm zugleich.

Ich war verwirrt, schaute mich um, hatte das Gefühl, es wäre noch jemand in meinem Zimmer. Aber außer der kleinen Katze und mir war niemand da. Ich lauschte. Es war nur das leise Ticken meines analogen Weckers zu vernehmen.

Ein Engel, hörte ich es erneut, und im gleichen Moment setzte sich die Katze zu mir. Sie schmiegte sich ganz dicht an meine Seite und sah mich dabei nach wie vor an. Ich legte mich seitlich auf den Boden und drückte sie sanft an mich. Ein Engel. Das war sie. Also taufte ich sie Angel. Sie schlief dann neben mir ein. Ich konnte ihren Herzschlag an meinem Körper spüren. Ein leises Klopfen, welches beruhigend auf mich wirkte und mich ebenfalls einschlafen ließ.

Die folgenden Tage gestalteten sich schwierig, denn nun galt es, meine Eltern davon zu überzeugen, dass es Sinn machte, ein Haustier für mich anzuschaffen. Da weder Vater noch Mutter mein Zimmer betraten — mein Reich im ersten Stockwerk war für beide tabu —, bemerkten sie nicht, dass die Aufnahme eines Tiers schon längst geschehen war, ohne dass man sie vorher informiert hatte.

Jetzt hieß es, diplomatisches Verständnis mit demütigem Bittverhalten zu kombinieren und nicht locker zu lassen.

Da die erste Reaktion auf die Frage nach einem Haustier negativ ausgefallen war, musste ich einen geeigneteren Zeitpunkt finden, um ihnen schonend beizubringen, dass es schon vor einigen Tagen Familienzuwachs gegeben hatte.

Mutters empörte Gegenfrage bei meiner ersten vorsichtigen Anfrage hatte weitere Bemühungen vorerst überflüssig gemacht.

»Um Gottes willen! Womöglich noch eine Katze oder einen Hund? Die bringen nur Krankheiten und Parasiten mit ins Haus!«

Ich war auf Mutters hysterische Reaktion nicht vorbereitet gewesen, und so hatten mir weitere Argumente gefehlt, um die Anschaffung einer Katze rechtfertigen zu können.

Tage später ergab sich zufällig eine passende Situation. Mutter wurde von ihrem Agenten versetzt. Dem Mann, der für die Vermarktung ihrer neuen Sommerkollektion verantwortlich war, und der sie nun so schändlich betrogen hatte, wie Mutter behauptete.

Er hatte kurzerhand ein lukrativeres Angebot einer bekannten Modeagentur angenommen und teilte Mutter diese Entscheidung am frühen Morgen in einem Telefonat mit. Sie war am Boden zerstört, noch während des Telefonats begann sie zu weinen. Ich kam zufällig die Treppe hinunter und wurde Zeuge dieser Situation.

Ihr überspitztes »Wie bitte?« ließ mich aufhorchen, so blieb ich vorerst auf den unteren Stufen der Treppe stehen. Ursprünglich wollte ich das Haus verlassen, um Futter für Angel zu besorgen, aber nachdem Mutter mich bemerkt hatte, gab sie mir ein Zeichen zu warten.

Das Telefonat dauerte nicht mehr sehr lange. Nachdem sie den Mann am anderen Ende flehend um Einsicht gebeten hatte und dieser scheinbar nicht darauf eingegangen war, beschimpfte sie ihn auf unterstem Niveau. Selbst die Mutter des Agenten wurde Ziel ihrer Ausführungen. Er beendete das Gespräch wohl unvermittelt, denn Mutter sah mich kopfschüttelnd an und fauchte, dass dieser ungebildete Snob einfach aufgelegt hätte.

Sie legte das Telefon auf den Esstisch und weinte noch heftiger. Das war das erste Mal, dass ich bewusst bei Mutter Tränen sah, von der Beerdigung ihrer Mutter einmal abgesehen. Sie war wirklich am Boden zerstört, ich stand nur da und wusste nicht, wie ich mich verhalten sollte. Aber Mitleid hatte ich nicht mit ihr. Ganz im Gegenteil. Ich dachte eher daran, wie gut es tat, einmal zu sehen, dass nicht nur ich in diesem Haus litt.

Aber gerade als ich mich an ihr vorbei nach draußen schleichen wollte, sah sie zu mir auf und sagte, dass ich doch bleiben sollte, ich wäre in letzter Zeit nur noch unterwegs.

Völlig irritiert blieb ich stehen. Woher wollte Mutter wissen, dass ich selten daheim war? Sie war doch diejenige, die man hier im Haus kaum zu Gesicht bekam.

Aber ich wollte keine ausufernde Diskussion heraufbeschwören, also beließ ich es dabei.

Plötzlich hatte sie eine glorreiche Idee, die ihren wankenden Seelenfrieden sofort wiederherstellte und mir bezüglich der offenen Haustierfrage ungemein in die Karten spielte. Shoppen.

Mutter wollte augenblicklich ihren Unmut über den geplatzten Deal durch einen Frusteinkauf loswerden und erwählte mich kurzerhand zu ihrer Begleitperson auf dieser Shoppingtour.

Zur falschen Zeit am falschen Ort, das war mein erster Gedanke, als sie mir auf liebenswerte Art mitteilte, dass sie sich sehr darüber freuen würde, endlich einmal etwas mit ihrem Sohn unternehmen zu können. Ich hätte doch sowieso nichts Gescheites vor.

Da sie wusste, dass ich mich nicht unbedingt darüber freuen würde, mit ihr durch die Modeläden und Boutiquen zu ziehen, gab sie mir einen entsprechenden Anreiz.

Ich sollte einen Wunsch frei haben. Ganz gleich, was es auch wäre.

Ich verneinte ihre Frage, ob es eine neue Spielekonsole sein sollte und ließ sie wissen, dass ich diesbezüglich gut versorgt wäre. Sie wusste so gut wie nichts über die elektronische Unterhaltungsausstattung meines Zimmers. Das Meiste kaufte ich ohne ihr Wissen von meinem monatlichen Taschengeld, welches verhältnismäßig gut ausfiel. Ich nutzte die Situation aus, und mein Warten auf den richtigen Zeitpunkt zahlte sich in dem Augenblick aus, als wir in den Wagen stiegen, um in die Stadt zu fahren.

Ich war zwar noch ein Kind, aber ich wusste dennoch, bestimmte Situationen richtig einzuschätzen und gegebenenfalls zu meinem Vorteil zu nutzen Die Gene meines Vaters spielten dabei eine entscheidende Rolle.

Beharrlichkeit

Im Auto hinterfragte ich noch einmal vorsichtig, was denn auf der Wunschliste stehen dürfte, und als Mutter in ihrer Frustration über den geplatzten Mode-Deal mit einem freudigen »Alles« antwortete, ließ ich die Katze gewissermaßen aus dem Sack.

Sie war ziemlich irritiert, als ich sie wissen ließ, dass wir in einer Zoohandlung Katzenfutter kaufen müssten, aber sie war überdurchschnittlich intelligent und begriff schnell. Ihr Kopf flog in meine Richtung, und ihre Augen wurden so groß wie Billardkugeln.

Es dauerte die ganze Fahrt, um die Geschichte mit der Katze zu erklären und schön zu reden. Aber jedes Mal, wenn sie mir ins Wort fiel und Einwände anbringen wollte, verwies ich sie auf den freien Wunsch meiner Wahl.

So wurde Angel an dem Tag in unser Privatleben integriert, an dem ich Mutter ein guter Junge war, indem ich sie brav durch die Shops der Einkaufsmeile begleitete und ihr die Einkaufstaschen hinterhertrug.

Über die Dauer meiner gesamten Kindheit war diese Einkaufstour die erste und einzige gemeinsame Unternehmung mit meiner Mutter, die mir positiv in Erinnerung blieb.

Es fühlte sich gut an, gemeinsam etwas zu unternehmen, obgleich ich es wegen des Anreizes der Wunscherfüllung tat und mehr oder weniger zu ihrem Lastenträger degradiert wurde. Für einen kurzen Moment war ich der Auffassung, es könnte sich vielleicht doch noch eine intakte Mutter-Sohn-Beziehung entwickeln.

Ein paar Wochen später sollte sie diese Hoffnung mit einer unverzeihlichen Handlung komplett zunichtemachen und sogar einen Hass in mir schüren, den ich so nicht kannte und der mich unbewusst dazu veranlasste, sie auf die imaginäre Liste derer zu schreiben, die eines Tages Ziel meiner Mission werden sollten.

Als ich dann Angel mit meinen Eltern bekannt machte, wurde mir irgendwie klar, dass sich zwischen der Katze und ihnen nie ein gutes Verhältnis entwickeln würde.

Nachdem ich Mutter gebeten hatte, das süße Kätzchen doch einmal zu streicheln, streckte sie die Hand so zögerlich in Richtung Angel aus, als müsste sie in eine verdreckte Kloschüssel greifen. Die Katze musste Mutters Unbehagen ihr gegenüber gespürt haben, sie drehte sich von ihr weg, als Mutter beim dritten Versuch eines Kontakts angewidert den Kopf zur Seite abwendete.

Vater begegnete dem neuen Mitbewohner auf analytische Weise, was ganz seinem Charakter entsprach.

»Ich habe nichts dagegen, dass du dir dieses Tier ins Haus holst, aber wenn es die Auslegeware verunreinigt oder hier im Haus sonst einen Schaden anrichtet, kommst du dafür auf, verstanden?«

Ich verstand es. Dennoch gab es in Vaters Wesenszug auch so etwas wie einen Gerechtigkeitssinn, und so nahm er Angel vorsichtig auf den Arm, wippte sie ein wenig auf und ab, als wollte er ihr Gewicht schätzen, und ließ sie mit ernster Miene wissen, was für ein hübsches kleines Ding sie doch wäre. Natürlich nicht, ohne sie anschließend darüber aufzuklären, was in seinen vier Wänden erlaubt wäre und was nicht. Angel sah Vater an, wand sich geschickt aus seinem Griff, sprang mit einem Satz von seinem Arm und verschwand die Treppe hinauf in mein Zimmer. Damit war das Thema des Kennenlernens beendet. Zumindest was meine Eltern betraf.

Ganz anders begegneten unsere Hausangestellten dem Tier. Allen voran Roswitha, bei der Angel augenblicklich Mutterinstinkte auslöste, als sie die Katze das erste Mal zu Gesicht bekam.

Sofort hatte sie Verhaltensregeln für den sicheren Umgang mit Haustieren parat, während sie Angel packte und an ihren riesigen Busen drückte, als wollte sie meine kleine Katze säugen. Angel ließ die ungewollte Zuwendung über sich ergehen, denn Roswitha hielt das arme Ding in einer Art Ringergriff, aus dem es kein Entkommen gab. Ich stand daneben und hörte mir ihre Ratschläge an.

Dann drehte Roswitha ihren dicken Hals zur Seite und rief die anderen Angestellten zu sich. Sie war die Chefin unter unserem Hauspersonal, und es dauerte nicht lange, bis drei weitere Personen die Diele betraten, um das neue Haustier zu bewundern und zu begrüßen.

Dabei fiel mir auf, dass zwei von den Damen sehr jung waren. Jedenfalls kam es mir damals, im Alter von zehn Jahren, so vor. Ich bekam diese Frauen sonst nur selten oder nur kurz zu Gesicht, da sie immer beschäftigt waren und wir kaum Kontakt miteinander hatten.

Ich kannte sie ebenso wenig wie sie mich. Aber das war in Ordnung.

Die Frauen waren Angestellte, ausschließlich zum Arbeiten im Haus, und ich lebte dort mein Privatleben.

Nachdem sie Angel abwechselnd begutachtet hatten, schickte Roswitha sie wieder zurück an ihre Arbeit. Bevor sie sich selbst auch wieder um ihre Tätigkeiten kümmerte, ließ sie mich noch wissen, dass es ganz wichtig wäre, ab jetzt darauf zu achten, dass die Fenster keinesfalls in der Kipp-Position stünden. Denn sonst könnte die Gefahr bestehen, dass sich die Katze bei dem Versuch, durch das gekippte Fenster zu klettern, verletzte oder gar starb.

Es wäre eine regelrechte Katzenfalle, und sie hätte schon mehr als einmal von solchen Tragödien gehört und gelesen.

Mutter kam zufällig in die Diele, als Roswitha davon berichtete und sagte mit ernster Miene, dass man die Fenster zum Lüften eben ganz öffnen müsste. Auf die Frage, ob diese Aufgabe ein Problem für die Hausangestellten darstellen würde, antwortete die eingeschüchterte Roswitha mit polnischem Dialekt: »Natürlich nicht, Frau Koch.«

Mutter ging ihrer Wege, ohne noch etwas zu sagen. Sie war in ihrer Art herablassend und herrschsüchtig.

Uns beiden, sowohl Roswitha als auch mir, gefiel diese Weise überhaupt nicht, denn ich mochte unsere Hausdame, die sich nicht nur um den Haushalt, sondern oft auch um mich kümmerte.

Wir sahen uns an und dachten in dem Moment wahrscheinlich das Gleiche über Mutter.

In den folgenden Tagen verbrachte ich kaum mehr Zeit im Freien und wenn, dann nur um nach Angel Ausschau zu halten. Sie stellte alles auf den Kopf, und ich machte sie zu meinem Lebensinhalt.

Sie erkundete unser Haus voller kindlicher Neugierde, es dauerte seine Zeit, bis sie jeden Winkel entdeckt hatte.

Nur von dem Keller hielt sie sich merkwürdigerweise fern. Sie schaute zwar interessiert zu der Tür, die hinunterführte in unseren geräumigen Keller, machte jedoch nie auch nur den Eindruck, als wollte sie dort hinuntergehen.

Ganz im Gegenteil. Sie schien irgendwie Angst davor zu haben.

Wenn Angel den hinteren Flur entlangging, der an der Waschküche vorbei zu dem Carport nach draußen führte, dann wurde sie jedes Mal schneller, wenn sie an der Tür zum Keller vorbeikam.

Tagsüber stromerte sie von dort aus durch den Garten und hielt alles und jeden auf Trab. Von der Vogelwelt über die Gärtner bis hin zu den Enten, die sich ab und zu bei uns am Gartenteich aufhielten. Sie nutzte die Bonsaibäume für die ersten Kletterversuche, denn diese schienen, was die Größe betraf, wie geschaffen für ihre Turnübungen.

Wann immer es ging, war ich in ihrer Nähe oder sie in meiner. Nachts wachte sie an meiner Seite, schlief neben mir in meinem Bett und stand erst morgens mit mir gemeinsam wieder auf.

In der Schule konnte ich mich nicht richtig konzentrieren, da ich mit den Gedanken ständig bei Angel war.

Kaum zu Hause angekommen, begrüßte sie mich freudig, und wir verbrachten viel Zeit miteinander. Ich spielte mit ihr, fütterte und versorgte sie, lief mit ihr ums Haus und durch den Garten.

Doch die meiste Zeit saß sie nur bei mir.

Sie wollte auch gar nicht weiter als bis zum Zaun unseres Grundstücks. Sie wollte nur an meiner Seite sein. Ob in meinem Zimmer oder draußen im Pavillon unter der großen Linde.

Selbst in mein Baumhaus folgte sie mir, nachdem sie das Klettern beherrschte.

Es war eine schöne, wenn auch kurze Zeit, in der ich das Gefühl hatte, so etwas wie Glück zu empfinden.

Denn als ich eines Tages nach Hause kam, war Angel nirgends zu sehen.

Mutter begleitete Vater an jenem Wochenende zu einer seiner Konferenzen, und die Hausangestellten hatten, bis auf Roswitha, alle frei. Das war so geregelt worden, damit ich nicht alleine in unserem Haus blieb, während meine Eltern in irgendeinem Hotel in Luzern oder Frankfurt oder sonst wo verweilten.

Ich legte meine Schultasche an die Seite und rannte durch das gesamte Haus, um nach Angel Ausschau zu halten. Sie hatte zwei Tage zuvor das Haus durch den hinteren Flur verlassen und war seitdem nicht zurückgekehrt.

Das war das erste Mal, dass sie über längere Zeit wegblieb, und ich machte mir große Sorgen.

Ich rief abwechselnd nach Angel und nach Roswitha, während ich durchs Haus lief und jeden Winkel nach meiner Katze absuchte. Bei der Größe unseres Hauses nahm die Suche nach Angel gefühlte Stunden in Anspruch, und mit jeder weiteren Minute, die verstrich, wurde ich nervöser. Wo konnte meine geliebte Katze nur stecken? Und Roswitha schien auch wie vom Erdboden verschluckt.

Nachdem ich das gesamte Haus auf den Kopf gestellt hatte, lief ich nach draußen, um dort weiterzusuchen. Ich rannte hinunter zum Gartenteich, schaute im Gerätehaus nach, sah hinter jede Hecke und kletterte bei meiner verzweifelten Suche sogar hinauf in mein Baumhaus. Aber Angel blieb verschwunden. Ganz allmählich machte sich der fade Geschmack von Panik in meiner Mundhöhle breit, denn es begann zu dämmern, was bedeutete, dass mir eine weitere Nacht ohne Angel bevorstand.

Die dritte Nacht ohne meine geliebte Katze. Vater? Mutter? Wo seid ihr? Angel? Bitte, komm heim!

Völlig verzweifelt rief ich ihren Namen noch einmal in die hereinbrechende Nacht, bevor ich zurück ins Haus ging, und als ich auf der Südseite unserer Villa, in Höhe des Seiteneingangs, unterhalb des Carports ankam, da sah ich sie.

Sie klemmte im aufgekippten Fenster des kleinen Kellerraums, in dem sich die Schaltschränke und computergesteuerten Anlagen des gesamten Hauses befanden. Sie hing mit dem Oberkörper nach außen und war so tief in den enger werdenden Rahmen des Kippfensters gerutscht, dass es aussah, als wäre ihr Körper in zwei Teile getrennt. Sie war am Leben, denn sie versuchte verzweifelt mit den Hinterläufen halt zu finden, um der tödlichen Falle zu entkommen.

Sie sah mich, und den Anblick werde ich niemals vergessen.

Sie flehte um Hilfe, vermutlich um Erlösung, denn sie musste dort schon eine ganze Weile eingeklemmt gewesen sein, sonst wäre sie nicht so tief zwischen die Rahmen gerutscht. Blut tropfte aus ihrem Mund, und sie versuchte immer wieder ihren Kopf zu heben, sich zu befreien.

Ich spürte, wie mein Herz eine Sekunde aussetzte und verlor bei dem Anblick fast das Bewusstsein. Der Schock ließ augenblicklich keinen festen Stand meiner Beine mehr zu, und grelle Punkte schossen mir vor die Augen, sodass ich wankte und fast umfiel.

Ich begann, fürchterlich zu schreien und zu zittern. Ich sprang hinunter zum tiefergelegenen Fenster des Kellers. Dabei rutschte ich auf dem feuchten, abschüssigen Rasen aus und schlitterte mit den Füßen voran den kleinen Hang hinunter.

Die Wucht, mit der ich gegen die Mauer des Kellers knallte, ließ mein linkes Fußgelenk brechen. Es knickte wie ein Streichholz ab, und sämtliche Bänder und Sehnen rissen dabei.

Das Geräusch des berstenden Knochens war weithin zu hören, und ich schrie vor Schmerzen laut auf. In dem Augenblick wollte ich sterben, und als ich nach unten sah, konnte ich sehen, wie deformiert mein Fuß nach außen abstand.

Bis zu jenem Ereignis kannte ich keine richtigen Schmerzen.

Ich krallte meine Hände in den kalten Boden und riss Stücke des Rasens heraus, während ich weiterschrie,

206

ohne dass mich jemand hörte. Wir waren abgeschottet durch meterhohe Zäune und Hecken.

Unser Grundstück hatte die Größe eines Fußballfeldes. *Wo war Roswitha?*

Angel befand sich direkt über mir. Keinen Meter entfernt, und ich konnte ihr nicht helfen! Ich streckte ihr in meiner Verzweiflung meine Arme entgegen und weinte. Bat sie für meine Hilflosigkeit um Vergebung. Ich verfluchte Gott, verdammte die ganze Welt und schwor Rache, denn dieses Fenster war niemals zuvor geöffnet gewesen.

Sie sah mich an, ein letztes Mal, dann starb sie. *Angel!*

Die Zeit blieb stehen, das Leben kam zum Erliegen, alles erblasste, kühlte ab und erstarrte.

Ich lag da und schrie immer wieder ihren Namen …

Als ich erwachte, lag ich im Krankenhaus.

Es war dunkel im Zimmer, ich war alleine. Mein Bein lag in Gips, und ich realisierte nicht gleich, wo ich mich befand.

Dann kamen die Erinnerungen zurück. Langsam. Bruchstücke. Ausschnitte eines Albtraums.

Am liebsten hätte ich meinen Seelenschmerz laut hinausgeschrien, aber man hatte mir vermutlich Beruhigungsmittel oder etwas Ähnliches verabreicht, denn ich fühlte mich viel zu kraftlos und müde, um überhaupt etwas zu sagen, geschweige denn zu schreien.

Meine Augen brannten. Als ich sie schloss, sah ich Angel im gekippten Fenster um ihr Leben kämpfen. Ich erstickte fast an meiner Wut und Trauer.

Es wollte nicht aufhören, dieses Gefühl von Hilflosigkeit und unendlichem Schmerz.

Die Erschöpfung rettete mich vor weiteren Qualen, ich schlief wieder ein.

Ein paar Tage später wurde ich aus dem Hospital entlassen und durfte wieder nach Hause. Meine Eltern hatten mich während des Krankenhausaufenthalts nicht besucht.

Es war mir völlig gleich, denn ich hatte begonnen, mir ein Bild zu machen, vor allem über das offene Fenster. Ich fragte mich, warum es offen gewesen war, und wer es geöffnet hatte? Mir kam ein bitterer Verdacht.

Meine Eltern hatten alle Formalitäten bezüglich meiner stationären Behandlung und meiner Entlassung von zu Hause aus veranlasst und ließen mich schließlich von Roland, unserem Chauffeur, abholen.

Während der Fahrt berichtete mir unser Fahrer, was nach meinem Sturz geschehen war.

Roswitha hatte mich ohnmächtig und unterkühlt gefunden. Sie war vom Einkaufen zurückgekommen und hätte mich wahrscheinlich nicht entdeckt, wenn ihre Fahrkünste besser gewesen wären. Denn so fuhr sie meist dicht an der Längsseite des Hauses die Auffahrt entlang, wodurch die Bewegungsmelder der Lichtanlage aktiviert wurden, die das Haus ausleuchteten.

Zu Hause angekommen, wollte ich nur eines, Angel beerdigen. Vater und Mutter waren entsetzt, als ich die Frage nach dem Verbleib meiner toten Katze stellte. An dem Tag sah ich Vater das erste und einzige Mal sprachlos. Er schaute nur hinüber zu Mutter, und ich ahnte Schreckliches.

Ich vergaß mich völlig, bekam einen Tobsuchtsanfall und schrie sie an, ohne nachzudenken.

Sie gab zu, dass sie das tote Tier in einen Müllsack gesteckt und entsorgt hatte, was hätte man denn sonst damit machen sollen!?

Jetzt gab es für mich kein Halten mehr. Mir wurde schwarz vor Augen, mein Zorn ließ mich zu einem anderen Menschen werden.

Ich verwandelte mich im Bruchteil einer Sekunde von einem zehnjährigen Jungen in einen wütenden Stier, den man in einer Arena zu Tode quälen wollte und der nun auf seine Peiniger losging.

Mit einem Satz sprang ich meine Mutter an, schlug und trat auf sie ein. Ich biss um mich, brüllte, und Vater hatte extreme Mühe, mich zu halten, mich von ihr wegzubekommen.

Ich hörte nicht auf zu schreien und verfluchte sie beide.

Ich riss mich aus dem Griff meines Vaters los und ging nochmal auf Mutter los. Wie ein wilder Stier, den man mit Widerhaken und Provokationen in einer Arena zur Weißglut gebracht hatte, wütete ich gegen sie los.

Sie rief um Hilfe und flehte mich an, mich zu beruhigen. Aber ich schlug weiter um mich, als wäre ich verrückt geworden.

Hätte Vater mich nicht erneut mit sicherer Hand fixiert und mit seinem eigenen Gewicht zu Boden gedrückt, hätte ich an dem Tag meine Mutter getötet. Ganz sicher. Ich hätte ihr mit den bloßen Händen die Kehle herausgerissen und ihr in den Mund gestopft.

An dem Tag war etwas in mir kaputtgegangen. Wahrscheinlich war es der letzte Rest von Liebe zu einer Mutter, die keine mehr war.

Dieser Tag ließ auch etwas neues Schlimmes entstehen.

Ein Gefühl, welches niemand empfinden sollte. Erst recht kein zehnjähriger Junge.

Es war das Gefühl von Verachtung.

Diese Verachtung gegenüber Mutter vermischte sich mit unbändigem Hass, als ich herausfand, dass Mutter Angel vorsätzlich im Kellerraum eingesperrt und das Fenster gekippt hatte, nachdem sie meine geliebte Katze mit Fressen dort hinuntergelockt hatte.

Denn freiwillig oder ohne fremde Aufforderung wäre Angel niemals hinab in den Keller gegangen. Ihr vorheriges Verhalten ließ keinen anderen Schluss zu.

Dort unten hatte es etwas gegeben, das ihr nicht behagte und ihr Angst machte.

Irgendetwas stimmte nicht mit dem Keller.

Angel hatte gespürt, dass irgendwo da unten Böses geschah.

Vielleicht war es das unbewusste Wissen um die tödliche Gefahr gewesen, der sie letztlich erlegen war.

Es sollte nach einem tragischen Unfall und einer versehentlichen Verkettung von Ereignissen aussehen, damit dieses kalte Etwas, welches einmal meine Mutter gewesen war, nicht als Mörderin meiner Katze Angel in Frage kam.

Aber ihr feiger Plan ging nicht auf, denn meine ehemalige Mutter hatte vergessen, die Spuren ihres perfiden Plans zu beseitigen.

Der Unterteller mit den Resten von Katzenfutter, der noch in der Ecke des kleinen Technikraumes stand, wurde von Roswitha entdeckt, nachdem sie sich den

Ersatzschlüssel geholt hatte, um dort in dem ständig überhitzten Raum sauberzumachen.

Mutter wusste nicht, dass Roswitha Zugang zu dieser technischen Zentrale des Hauses hatte, da Vater einmal gesagt hatte, dass außer ihnen beiden niemand einen Schlüssel dafür hätte.

Im Laufe der Jahre hatte sich allerdings so viel Vertrauen zwischen unserer Haushälterin und meinem Vater aufgebaut, dass er letztendlich entschieden hatte, ihr auch für den kleinen Kellerraum die Schlüsselgewalt zukommen zu lassen, um hin und wieder die Lüftungsgitter der Rechner mit dem Staubsauger zu reinigen, damit eine einwandfreie Kühlung gewährleistet wäre.

Vater war bis zu dem Zeitpunkt, an dem er Roswitha den Schlüssel übergab, oft in Sorge gewesen, dass jemand die Sicherheitsanlage des Hauses manipulieren könnte. Die paranoiden Bedenken eines schwerreichen Unternehmers. Roswitha war zu Tränen gerührt gewesen, als Vater ihr nach sechsjährigem Angestelltenverhältnis diesen Vertrauensbeweis entgegenbrachte.

Er hatte meine Mutter darüber in Unkenntnis gelassen und Roswitha bei der Schlüsselübergabe zu verstehen gegeben, dass niemand sonst davon erfahren müsste. Roswitha war sofort klar gewesen, dass Vater auch Mutter darin einbezog.

So kam unweigerlich heraus, wer für den Tod von Angel verantwortlich war, denn Roswithas Verantwortungsbewusstsein bezüglich Ordnung und Reinigung ließ sie schneller dort unten in dem Technikraum sein als Mutter.

Auszug aus den Ermittlungsunterlagen des Bundeskriminalamts Wiesbaden
Der Fall „Koch"/ Az 41347/12

Zeitprotokoll mit Ereignisablauf:

09:10 Uhr
Die Lage verschärft sich, als Rauchschwaden aus Teilen des Schulgebäudes aufsteigen. Die Einsatzkräfte der Polizei haben nun die Erkenntnis, dass sämtliche Eingänge des Gymnasiums verriegelt sind. Eine Stürmung des Gebäudes durch die Sondereinsatzkräfte wird nun immer wahrscheinlicher, da kein Kontakt zu dem Täter / den Tätern hergestellt werden kann und somit keine Möglichkeit auf eine Verhandlung oder Schlichtung der Gesamtsituation besteht. Spezialkräfte der Polizei begeben sich über Leitern auf das Dach des Schulgebäudes, um über die Oberlichtfenster in das Gebäude zu gelangen. Das gesamte Schulgelände ist nun von Einsatzkräften umstellt.

09:21 Uhr
Erste Medienvertreter treffen am Tatort ein. Noch ist unklar, um wie viele Täter es sich handelt, da unterschiedliche Aussagen vorliegen.

Kapitel 11
Der Pool

Die einzige Person, zu der ich in unserer Familie ein inniges Verhältnis gehabt hatte, war meine Oma.

Oma war die Mutter meiner Mutter, und sie hatte nichts von dem, was meine Mutter ausmachte. Im Gegensatz zu meiner Mutter war meine Oma warmherzig und liebevoll.

Aus niederen Beweggründen hatte mir Vater einmal erzählt, dass meine Oma entsetzt war über die Kaltherzigkeit, mit der Mutter mich großzog.

Ich schätze, dass Vater vor jenem Gespräch, bei dem er dieses mir gegenüber geäußert hatte, einen handfesten Streit mit Mutter gehabt haben musste.

Sonst hätte er nicht so offen und vor allem nicht so abfällig über Mutters Erziehungsmethoden gesprochen.

Auch nicht darüber, dass Oma diese Art der mangelnden Fürsorge missbilligte und meiner Mutter immer wieder zum Vorwurf machte.

Das entsprach nicht seiner Art und seinem Verständnis von einer intakten Beziehung.

Aber wenn ich genau darüber nachdenke, entsprach es doch Vaters Art, denn er stellte sich selbst von jeder Schuld einer pädagogischen Unzulänglichkeit frei.

Dass er jedoch die gleiche Kaltherzigkeit an den Tag legte wie Mutter, schien ihm wohl nicht bewusst gewesen zu sein.

Wenn doch, dann hatte er dieses als natürliche Rollenverteilung angesehen, welches sein Sinnbild eines Erziehungskonzeptes darstellen musste. Anders war es nicht zu erklären.

Vater streng — Mutter fürsorglich. Das guter-Bulle-böser-Bulle-Prinzip. Er hatte es sich ziemlich einfach gemacht, der alte Herr.

Meine Oma hatte schon sehr früh erkannt, dass Mutter mich mit der mechanischen Präzision eines Uhrwerks erzog und ihre Mutterinstinkte vorsätzlich auf das geringste Maß reduzierte.

Nur so funktionierte ihr überkandideltes eigenes Leben in ihrer materiellen Schickimicki-Konsumwelt, in der Verhaltensweisen wie Liebe und Zuwendung keinen Platz fanden und verkümmerten.

Sie und Großmutter gerieten oft aneinander, wenn wir uns zu feierlichen Anlässen trafen oder im Sommer zusammen die Ferien verbrachten.

»Der Junge ist erst vier, und schon jetzt hat er einen so traurigen Blick, dass mir das Herz blutet«, warf sie Mutter vor.

Auch das hatte mir Vater im Zuge seiner abfälligen Bemerkungen bezüglich Mutter erzählt.

Oma versuchte wettzumachen, was mir durch Mutter fehlte. Geborgenheit. So nahm sie mich, wann immer es ging, auf ihren Schoß, strich mir übers Haar und drückte mich sanft an ihre Brust.

Sie ließ mich keine Sekunde aus den Augen, wenn wir zusammen waren. Sie war einzig und allein um mein Wohlergehen bemüht und besorgt. Ständig las sie mir etwas vor, erzählte von der Welt, erklärte mir die kleinen Dinge, die das wahre Leben ausmachten. Immerzu küsste sie mich und tätschelte meine Wangen.

Ich liebte es, als kleiner Junge bei meiner Oma auf dem Schoß zu sitzen und ihre Liebe zu spüren.

Ich denke, das ist so ziemlich das Einzige, an das ich mich gerne erinnere. An die Zuwendung, die ich durch meine Oma erfuhr. Diese schönen Momente sind konserviert, die Geborgenheit und die Liebe meiner Großmutter.

Ich weiß nicht, ob mein Verhalten anormal oder untypisch war, und ob Kinder grundsätzlich so nach Zuwendung gieren, wie ich es damals tat.

Vielleicht lag es aber auch daran, dass diese Augenblicke selten wurden, denn mit jedem Streit zwischen meiner Mutter und meiner Oma holten wir sie seltener zu uns, um gemeinsam Zeit zu verbringen. Dann kam es zu einer folgenschweren Situation, bei der ich fast ums Leben gekommen wäre und Oma eine, bis zu dem Zeitpunkt, unvorstellbare Beobachtung machte, die alles Dagewesene in den Schatten stellte, und das Verhältnis zwischen ihr und Mutter komplett erkalten ließ.

Es geschah während eines Sommeraufenthaltes auf unserem Weingut in Italien.

Es war ein warmer Julitag. Vater verbrachte, wie so oft, seine Zeit auf den Hügeln hinter der Finca, auf denen die Weinreben wuchsen.

Er besprach mit den Angestellten Zuchtmöglichkeiten und Verbesserungen unserer hauseigenen Weine. Auch gab die Reblaus ständig Anlass zu Diskussionen bezüglich Entwicklung und Anwendung von Schädlingsbekämpfungsmitteln.

Oma saß im klimatisierten Wohnzimmer, in das sie sich während der Mittagszeit immer zurückzog.

Das toskanische Klima tat ihr zwar gut, sie fühlte sich dort von Tag zu Tag gesünder, aber die Mittagssonne war dann doch zu heiß für sie. Zumal sie seit einem Schlaganfall an den Rollstuhl gefesselt war und dieser sich zusätzlich aufheizte.

Aber wann immer es ging, fuhren oder flogen wir mit ihr nach Italien auf unsere Finca.

Die Ärzte, die sich um Großmutters Gesundheit bemühten, rieten ihr und meinen Eltern ebenfalls dazu. Deswegen, und wegen Vaters Ehrgeiz, einen guten eigenen Wein herzustellen, verbrachten wir viel Zeit auf dem Anwesen in der Toskana.

Vater und Mutter stritten zu der Zeit ziemlich oft, und wahrscheinlich war meistens Oma der Anlass ihrer, für mich, unerträglichen und unverständlichen verbalen Auseinandersetzungen.

Ich war vier Jahre alt, vielleicht auch fünf, ich verstand das Gezanke nicht. Der Name meiner Großmutter fiel jedoch sehr oft in ihren Streitgesprächen. Daran erinnere ich mich genau.

Wendula.

Während meine Oma nun im kühlen Wohnzimmer in ihrem Rollstuhl ein Mittagsschläfchen hielt, saß Mutter draußen auf der weitläufigen Terrasse und lackierte sich, im Schatten von Palmen und Akazien, an dem dort stehenden Terrakottatisch ihre Nägel, und Vater diskutierte auf den Hügeln hinter dem Haus über die effektivste Bekämpfung der gefräßigen Reblaus. Und ich? Ich war im Begriff, die Welt rund um die Finca zu entdecken, mit all ihren sonderbaren Dingen und aufregenden Möglichkeiten. Ich begab mich hierhin und dorthin. War neugierig und naiv, wie kleine Kinder nun mal sind.

Drohende Gefahren erkannte ich in dem Alter noch nicht.

Erwachsene erkennen Bedrohungen, Kleinkinder nicht. Währenddessen sich daraufhin eine Gefährdung für mein Leben anbahnte, waren alle Erwachsenen um mich herum entweder zu sehr mit ihren eigenen Dingen beschäftigt oder schliefen.

In dem Moment, als ich dem Beckenrand unseres einen Meter achtzig tiefen Pools gefährlich nahekam, sah Mutter zwar kurz hoch zu mir, senkte den Kopf aber augenblicklich wieder und widmete sich weiterhin ihren Fingernägeln.

Nachdem ich barfuß an dem nassen Fliesenrand abgerutscht und im Bruchteil einer Sekunde ins Wasser gefallen und sofort untergegangen war, sah meine Mutter erneut auf, senkte den Kopf diesmal aber nicht wieder, sondern starrte auf die Stelle, an der sie mich gerade noch gesehen hatte.

Sie stierte sekundenlang auf den Beckenrand unseres Swimmingpools, ohne sich zu rühren, lauschte und blieb regungslos auf ihrem Stuhl im Schatten der Akazienbäume sitzen. Die Sekunden, in denen ich unter Wasser um mein Leben kämpfte, verstrichen.

Während mein Vater mit den Arbeitern am Südhang seines Traubenfeldes sprach — ein paar Blätter von den Reben zupfte, sie akribisch begutachtete und nach Läusen absuchte —, wollte ich verzweifelt atmen!

Mir blieb die Luft weg, ich bekam Wasser in meine Lungen und drohte zu ertrinken.

Oma wurde wach. Sie erschrak, aber wusste nicht, weshalb.

Sie brauchte einige Sekunden, um sich aus ihrem Tagtraum zu befreien und in die Realität zurückzufinden. Währenddessen saß meine Mutter weiterhin bewegungslos da und starrte auf den Pool.

Schließlich sah Großmutter durch die große Fensterfront nach draußen und erblickte meine Mutter, die wie versteinert in ihrem Stuhl verharrte, den Blick auf die Stelle gerichtet, an der ich mich vor zweiundsiebzig Sekunden noch befunden hatte.

Sie wunderte sich über die seltsame starre Haltung meiner Mutter und spürte instinktiv, dass etwas nicht stimmte.

Sie griff an die Räder ihres Rollstuhls und bewegte sich damit in Richtung der Fensterfront, die die beiden voneinander trennte.

Vater sagte in dem Moment zu Jacques, seinem Vorarbeiter und langjährigen Vertrauten — den er über das Headhunter-Prinzip abgeworben und für sein Weinprojekt gewonnen hatte —, man könnte doch versuchen, die Pflanzenschädlinge mit herkömmlichen Hausmitteln, z.B. Spülmittel, zu bekämpfen, anstatt umweltbelastende Pestizide zu benutzen, die ohnehin nichts brachten.

Jacques begann zu lachen, da er die Äußerung für einen Scherz hielt, erkannte aber gleich an Vaters ernster Mine, dass es sich nicht um einen Witz gehandelt hatte. In Sekundenschnelle erstickte Jacques seinen unkontrollierten Anflug von Erheiterung und ging beflissen auf Vaters Äußerung ein.

»Natürlich, das ist eine Möglichkeit! Ich werde es schnellstmöglich umsetzen und Sie informieren, Herr Koch.«

»Danke, Jacques.«

Oma schaute derweil weiterhin hinaus zu Mutter, wusste die Situation dort draußen und die auffällige Haltung ihrer Tochter aber noch nicht einzuordnen. Die Stimme ihres Unterbewusstseins flüsterte ihr allerdings immer wieder zu, dass Gefahr bestand.

Und dann, mit einem Mal, ganz plötzlich, flog Mutters Kopf herum zur Fensterfront, und die Blicke beider trafen sich.

Sobald Großmutter in das Gesicht und in die Augen ihrer Tochter sah, erkannte sie, dass sich gerade etwas Schreckliches abspielte.

Mutter erschrak fast zu Tode, da sie ertappt worden war. Dabei beobachtet, wie sie ihr eigenes Kind ertrinken lassen wollte.

Sie musterte panisch erneut den Pool, sprang vom Stuhl auf, hechtete ins Wasser, tauchte hinunter und griff nach mir.

Ich war nach einhundert Sekunden längst ohne Bewusstsein, und die ersten Gehirnzellen starben aufgrund des Sauerstoffverlustes ab.

Aber ich hatte, nachdem ich ins Wasser gefallen war, weder Schmerzen noch Angst oder sonst irgendein negatives Empfinden.

Ganz im Gegenteil. Es fühlte sich wohlig an, nach Wärme und Geborgenheit, bevor ich auf dem gekachelten Grund unseres Swimmingpools das Bewusstsein verlor.

Oma schrie immer wieder: »Der Junge ist tot ... Der Junge ist tot!«

Aber ich war nicht tot. Ich war am Leben.

Als ich im Krankenhaus von Florenz erwachte, standen Vater und auch ein paar Ärzte um mein Bett herum. Ich hatte keine Ahnung, was passiert war oder warum ich mich in einem sterilen Krankenhauszimmer befand, umgeben von fremden Menschen in weißen Kitteln und Gewändern, die allesamt angsteinflößend auf mich wirkten.

Vaters Anwesenheit konnte wenig dazu beitragen, mir die Angst zu nehmen, die solch ein Erwachen mit sich brachte, und so fing ich an zu weinen.

Daran konnten auch seine tröstenden Worte und seine Umarmung wenig ändern, zumal er anfing, mit den Ärzten italienisch zu sprechen, das irritierte mich zusätzlich und machte mir noch mehr Angst. Außerdem hatte ich in der Nase Schläuche, die mit einem Pflaster fixiert waren, und im Handrücken steckte eine Nadel, die so dick wie ein Bleistift war.

Und dann wurde es dunkel.

Jahre später erfuhr ich, dass die Ärzte mehrere Tage um mein Leben gekämpft hatten und sie sich nicht sicher gewesen waren, ob der minutenlange Sauerstoffverlust bleibende Schäden bei mir hinterlassen würde.

Ich denke, dass man das bis heute nicht ausschließen kann. Der Unfall am Pool entzweite meine Mutter und meine Oma endgültig. Mutter stritt vehement das ab, was Großmutter an jenem Sommertag beobachtet hatte und dessen sie sich ganz sicher war. Die Tatsache, dass meine Mutter mich in dem Pool ertrinken lassen wollte.

In den darauffolgenden Monaten verbrachte ich viel Zeit bei meiner Oma. Wann immer es ging, ließ sie mich von unserem Chauffeur zu sich nach Hause bringen.

Sie hatte Angst um mich und mein Leben.

Vater erklärte seine Schwiegermutter für verrückt, denn zu solch einer Tat wäre seine Frau niemals fähig.

Aber Großmutter wusste, was sie gesehen hatte, und es war ihr völlig gleichgültig, was ihr Schwiegersohn über sie dachte.

»Der Einzige von euch dreien mit einer Seele, und ihr lasst ihn sterben!«, schrie sie meine Eltern an, als sie mich einmal gemeinsam bei ihr abgeliefert hatten.

Die Erkenntnis über die Kaltblütigkeit ihrer eigenen Tochter und die Ignoranz ihres Schwiegersohns brachen meiner Oma das Herz.

Fortan sah ich sie oft weinen, wenn ich auf ihrem Schoß saß und mir ihre Geschichten anhörte.

Mutter stritt ihre unterlassene Hilfeleistung über all die Jahre hinweg ab, aber Oma blieb bei ihrer Meinung, und so reduzierte sich ihr Mutter-Tochter-Verhältnis auf das Nötigste.

Ein Anruf an Geburtstagen, eine Glückswunschkarte, ein kurzer Besuch zu Weihnachten. Das war alles.

Als Oma ein Jahr später starb, erloschen auch die kurzen, aber intensiven Momente der Liebe und das

Gefühl von Geborgenheit in meinem jungen Leben für immer.

Dass sie ausgerechnet in dem Pool ertrank, in dem ich selbst fast gestorben wäre, machte ihren Tod noch schlimmer für mich.

Aber sie hatte darauf bestanden, mit nach Italien auf unser Weingut zu reisen.

»Damit dem Kind nicht doch noch etwas zustößt«, so ihre Worte meinen Eltern gegenüber.

An jenem Tag ihres Todes war außer ihr und mir niemand auf der Finca anwesend.

Vater befand sich wieder einmal irgendwo bei seinen Weinreben – herkömmliches Spülmittel hatte sich als erfolgreiches Bekämpfungsmittel gegen den Schädling Reblaus entpuppt –, und Mutter machte Besorgungen.

Sie fuhr oft und gerne mit dem Auto zum Shoppen nach Florenz.

Ich saß in dem großen Wohnzimmer unserer Villa auf dem weißen Ledersofa, als Großmutter draußen auf der Terrasse, etwa fünf, sechs Meter von mir entfernt, mit dem rechten Rad ihres Rollstuhls auf das Ablaufgitter des Pools geriet. Die Halterungen, auf denen die Gitterroste aufgelegt waren, gaben unter dem Gewicht nach, und der Rollstuhl bekam eine gefährliche Schräglage.

Oma begann, heftig mit den Armen zu rudern, um wieder ins Gleichgewicht zu kommen. Es gelang ihr nicht, denn sie war in ihrer Bewegungsfreiheit durch den Schlaganfall immer noch eingeschränkt. Alles spielte sich wie in Zeitlupe ab, und es sah von meinem Platz auf dem Sofa so aus, als würde sie mir lebhaft zuwinken.

Ich schob die Schale mit meinem Müsli zur Seite —
welches Oma mir noch zubereitet und mit den Worten
»Damit du groß und stark wirst« gereicht hatte —,
stellte mich auf das Sofa und winkte zurück.

Der Rollstuhl kippte seitlich in den Pool, blieb aber aus
unerklärlichen Gründen in einem neunzig Grad Winkel
stecken.

Ich konnte ihr angstverzerrtes Gesicht sehen, als der
Tod nach ihr griff.

Ich sah die Bewegungen ihres Mundes.

Ihre Schreie hörte ich nicht. Sie wurden von der
einbruchsicheren Panzerverglasung verschluckt.

Oma rutschte aus dem Rollstuhl, glitt kopfüber in das
klare Wasser des Pools und verschwand aus meinem
Blickfeld.

Ich ging dicht an die riesige Glasfront unseres
Wohnzimmers heran und konnte sie nun im Wasser
sehen. Die Schiebetüren waren verschlossen, und
obwohl ich noch ein kleines Kind war, kam mir ein
seltsamer, grotesker Gedanke.

Wie war Oma so schnell nach draußen gekommen?

Gerade eben war sie doch noch bei mir im
klimatisierten Wohnzimmer gewesen, hatte mir mein
Müsli gegeben und mit mir gesprochen. Ich spürte
noch ihre Zuneigung, ihre warme Liebe. Und nun
ertrank sie dort draußen?

Ich lehnte mich mit meinen Händen an die
Fensterscheibe und starrte hinaus zu ihr, bis sie auf den
Grund des Pools gesunken war und sich nicht mehr
bewegte.

Ich stand immer noch so da, an die Scheibe gelehnt, als Vater zurückkam und schreiend die schweren Glastüren aufriss. Dabei geriet meine linke Hand zwischen die Glaselemente und wurde eingeklemmt.

Als die Rettungssanitäter ankamen, war meine Hand immer noch zwischen den wuchtigen Schiebetüren eingequetscht, und ich hatte drei gebrochene Finger.

An mehr erinnere ich mich nicht. Aber an jenem Tag im Juli starb nicht nur meine Oma. Mit ihr erlosch auch die Liebe, die sie ganz besonders für mich gehegt hatte. Sie war die einzige Person in meinem Leben gewesen, die erkannt hatte, wie sehr ich von dieser Zuneigung abhängig war. Diese Zuwendung war mein Lebenselixier. Hätte ich ihre fortwährende Liebe erfahren, wäre ich ein anderer Mensch geworden.

So aber — bin ich, wie ich bin.

Auszug aus den Ermittlungsunterlagen des Bundeskriminalamts Wiesbaden
Der Fall „Koch"/ Az 41347/12

Zeitprotokoll mit Ereignisablauf:

09:24 Uhr
Ein gewaltsames Vorgehen ist nun unumgänglich und bedeutet, die Stürmung der Schule steht kurz bevor.
Das Sondereinsatzkommando der Polizei hat alle Vorkehrungen vor Ort für eine Stürmung in die Wege geleitet und wartet auf die Freigabe des Vorhabens durch die zuständigen Vertreter in den Führungsebenen der Behörden.

09:44 Uhr
Kurz bevor die Stürmung erfolgt, öffnet sich eine Tür des Haupteinganges der Schule.
Sekunden später verlassen mehrere Schüler – dem ersten Augenschein nach, unverletzt – das Gebäude und werden von den Einsatzkräften in Sicherheit gebracht.
Rettungskräfte kümmern sich um die neun Schüler im Alter zwischen vierzehn und siebzehn Jahren, die das Gebäude verlassen durften. Sie geben der Polizei entscheidende Hinweise über die Situation im Schulgebäude. Demnach handelt es sich um mindestens zwei, möglicherweise auch um drei Täter. Die Stürmung des Gebäudes verzögert sich, wertvolle Zeit verstreicht.

09:55 Uhr
Da sich in der Schule verletzte und/oder getötete Personen befinden, wird die Stürmung nun wegen Dringlichkeit per Telefonat entschieden.

226

Kapitel 12
Das Ziel

Nun war es bald so weit. Die Mission. Tag X.

Die groteske Fratze, die sich hinter der Menschlichkeit verbirgt.

Vergib mir Herr, denn ich werde sündigen. Mehr als du verkraften kannst. Ich werde Tod und Verderben bringen, und erschütternde Schreie werden die Stille zerreißen.

Noch zwei Tage.

Der fette Hausmeister hatte sich krankgemeldet. Wie erwartet.

Zwei Tage vor dem großen Tag X. Es ging ihm zusehends schlechter. Was hatte er bloß, der arme Kerl? Eine Grippe war es nicht.

Er fühlte sich nach jedem Tee, den ich ihm zubereitet hatte, schwächer und kränker. Warum denn? Wegen der Wirkung. Aber die Ursache hatte er nicht bemerkt.

Das Kausalitätsprinzip. Ursache und Wirkung.

Ich gab ihm den Tee – es ging ihm schlechter. Weil er nicht ahnte, dass der schmerzlindernde Tee, welcher ihm bislang so gutgetan hatte und bekömmlich schien, etwas enthielt, das seinen Gesundheitszustand Tag für Tag weiter verschlechterte.

Nun konnte er seiner Tätigkeit als pflichtbewusster Hausmeister nicht mehr nachkommen, lag zu Hause in seiner kargen Wohnung — die er vor kurzer Zeit bezogen hatte — in seinem Bett und kränkelte vor sich hin. So sollte es sein, und so kam es.

Die Ursache war das Präparat Thallium.

Gibt es in jeder Apotheke. Ein Schwermetall.

Nachteil bei dieser Sache ist das Zeitfenster.

Man muss die Dosis geringhalten, um den Teegeschmack nicht zu verändern.

Das wiederum bedeutet, dass man sehr genau und über einen längeren Zeitraum planen muss, um eben eine bestimmte Wirkung zu einem bestimmten Zeitpunkt zu erreichen.

Vor genau achtzehn Tagen berichtete er mir dann zum ersten Mal von seinem seltsamen körperlichen Zustand.

Er sagte, dass er seit einigen Tagen morgens seine Beine nicht richtig spüren würde und schlecht aus dem Bett käme. Seine Zunge wäre taub und angeschwollen, so hätte er sich noch nie gefühlt. Er jammerte wie ein Kind, wusste nicht, was mit ihm los war. Man konnte es sehen, der ganze Typ war angeschwollen. Aber als er dann verlauten ließ, dass er vielleicht mal zum Arzt gehen würde, war ich gewarnt.

Ich brachte ihn schnell von seinem Vorhaben ab, indem ich ihm erst einen blies und ihn anschließend bemutterte. Mit Kräutertee und Zwieback. Alles unten im Heizungskeller. Seinem eigentlichen Zuhause.

Sein Sperma schmeckte metallisch, anders als die Male davor. Ekelig sowieso, aber als er kam und seine warme Soße in meinen Mund schoss, durchzuckte mich augenblicklich der Gedanke an das Thallium, das ich ihm ja in kleinen Dosen verabreichte. Zu spät. Ich hatte einen Teil von der sämigen Wichse versehentlich geschluckt.

Einmal Thallium. Wird nicht so schlimm gewesen sein.

Ich hatte über Monate Amphetamine zu mir genommen, und kein Mensch weiß, was die Typen in den Laboren da so reinhauen.

Trotzdem rannte ich aufs Klo und steckte mir den Finger in den Hals. Allein wegen des Spermas des fetten Kerls. Nachdem ich dann mein Frühstück zusammen mit der Wichse in die Kloschüssel befördert hatte, widmete ich mich wieder ganz dem armen, kranken Hausmeister.

Ich sagte ihm, er sollte sich auf seine Matratze im hinteren Raum legen und sich ein wenig ausruhen. Die Arbeit könnte doch warten, das Fegen rund ums Schulgebäude könnte er auch noch tags darauf erledigen. Das Wetter sollte ohnehin schöner werden.

Er willigte ein und rollte sich wie ein Baby in die kratzige Wolldecke, die aussah, als wäre sie durch die Scheiße gezogen worden.

»Lass niemanden hier runter, hörst du?«

Witzbold. Natürlich nicht. Wer sollte schon in den Keller wollen, außer mir?

Er schlief sofort ein. Schnarchte, noch bevor ich den warmen Heizungsraum verlassen hatte.

Ich ging zurück in den großen Raum, in dem sein Schreibtisch stand. Von dort aus kam man nach oben und nach draußen. Ich setzte mich in den Drehstuhl, der von dem fetten Hintern des Hausmeisters ganz durchgesessen war und überlegte, ob ich die Dosierung des Thalliums reduzieren sollte. Dann müsste ich die ganzen kleinen Päckchen — die ich aus Notizblättern zu kleinen Briefumschlägen gefaltet hatte —, in denen sich die abgewogenen Portionen des

Thalliums befanden, wieder öffnen und neu abwiegen. Das war angesichts der Tatsache, dass es sich um mehr als vierzig Päckchen handelte, ein enormer Aufwand. Ach was, darauf geschissen!

Ich setzte meinen Fuß an die Schreibtischkante und stieß mich ab, damit ich mich mit dem Stuhl drehte. Nur eine einzige Umdrehung mit dem Stuhl — und plötzlich hockte seine schwarze Katze vor mir auf dem Schreibtisch, als würde sie dort schon eine ganze Weile sitzen. Wie lange dauerte eine Umdrehung? Eine Sekunde? Vielleicht nur eine dreiviertel Sekunde? Sie starrte mich an, keinen Meter entfernt von mir. Sie wusste genau, was ich mit dem Dicken anstellte. Sie spürte, dass ich ihn langsam vergiftete.

Katzen. Sie kennen Gottes Plan. Sie wissen alles. *Angel.*

Letztendlich behielt ich die Dosierung bei und nahm ihm nach einiger Zeit schwerere Arbeiten ab.

Als es ihm eines Vormittags wirklich schlecht ging, bot ich ihm an, den Rasen zu mähen. Seine Augen waren ganz gelb. Ein klares Zeichen, dass sich das Schwermetall in seinem Körper langsam festsetzte, und sein Organismus nun nicht mehr in der Lage war, die verabreichten Mengen abzubauen und über den Urin auszuscheiden. Er erklärte mir unter Schmerzen den Aufsitzmäher mit seinen Funktionen und sah mich dabei wehleidig an. Wir vereinbarten, dass ich mit dem Mähen der Grünflächen bis nach sechzehn Uhr warten würde, da sich bis zu diesem Zeitpunkt noch Schüler und auch einige Lehrer in dem Schulgebäude aufhielten. Außerdem verlangte der Dicke, dass ich mir einen seiner Blaumänner anzog, bevor ich über die Grünflächen kurvte. Jene hässlich ausgewaschenen Overalls, die dem Hausmeister zu klein, aber mir viel zu groß waren. Als ich dann fragte, ob ich mir ein paar Kissen unter den Arbeitsanzug stecken sollte, nur für den Fall, dass mich jemand beim Mähen beobachten würde, fühlte er sich wieder einmal auf den Arm genommen. Er wollte gerade zu einem Wutanfall ansetzen und laut werden, aber das Thallium, welches in seinem Organismus wütete, hinderte ihn daran. Er wurde rot im Gesicht und fing an zu pfeifen. Er bekam einen Hustenanfall, der seinesgleichen suchte. Ich hatte Angst, dass mir der Fettsack vor meinen Augen verreckte. Das hätte meinen Plan erheblich durcheinandergeworfen. Er wollte gar nicht mehr aufhören zu husten, seine Augen traten gefährlich weit aus den Höhlen. Man hätte sie mit Boxhandschuhen greifen können, so sehr kamen sie hervor. Ich half ihm, indem ich ihm ein paar Mal mit der flachen Hand auf den Rücken schlug. Hierbei musste ich mich enorm kontrollieren, denn etwas in mir wollte weiter — und vor allem stärker — auf ihn einschlagen. Er schien diesen Impuls und die zunehmende Intensität zu spüren, denn er begann, verneinend den Kopf zu schütteln. Ich ignorierte das ganz bewusst eine Weile, bis er sich von mir wegdrehte und röchelnd ein »Hör auf« von sich gab. Ich tat verwundert und entschuldigte mich. Das Thallium setzte ihm mehr und mehr zu, und ich befand es an der Zeit, ihn von hier wegzuschaffen. Also ließ ich ihn wissen, dass ich ein Taxi rufen würde, welches ihn nach Hause bringen sollte. Gesagt, getan. Das Taxi kam, und ich half ihm auf den Rücksitz. Er verschloss vorher noch pflichtbewusst den Heizungskeller und bat mich um einen Gefallen. Ich sollte seinen Hausarzt anrufen und in seinem Namen um einen Hausbesuch bitten, sobald dies möglich sei. Ich versicherte ihm, dass ich seinem Wunsch nachkäme, tat ihm diesen Gefallen aber nicht. Er war wie ein kleines Kind, aber ich war weder seine Mutter noch sonst irgendwas. Ich telefonierte jedoch mit ihm und ließ ihn in dem Glauben, dass sein Arzt zu ihm kommen würde, sobald er Zeit fände. Am darauffolgenden Schultag wollte ich die Abwesenheit des Hausmeisters nutzen, um mit dem nachgemachten Schlüssel in den Heizungskeller zu gehen und eine Maske, einige Kleidungsstücke, Lederhandschuhe und vier Magazine Munition zu verstauen. Ich wartete dafür auf einen günstigen Zeitpunkt, und dieser ergab sich, als es zur zweiten Unterrichtsstunde klingelte. Wir hatten an diesem Dienstag eine Freistunde, und die meisten Klassenkameraden verbrachten diese Zeit in der Aula oder draußen auf dem Schulgelände. Es hielt sich selten jemand in dem Trakt auf, in dem sich der Technikraum befand. Wozu auch? Des Weiteren gab es dort noch einen Stauraum für Putz- und Reinigungsmittel und den Treppengang zum Heizungskeller, der nur vom fetten Hausmeister genutzt wurde. Wenn ich zu ihm runtergegangen war, hatte ich ausschließlich den Weg über die Außenanlage und die Treppe genutzt, auf die ich damals durch seine Katze aufmerksam geworden war. Schicksal. Die Putzfrauen kamen erst immer am Nachmittag, wenn in der Schule Ruhe eingekehrt war, und der Technikraum mit dem offiziellen Hausmeisterbüro war ohnehin nie besetzt. So hatte ich um kurz nach neun Uhr die Möglichkeit, mit meinem Rucksack und einer weiteren Collegetasche, ungesehen hinunter in den Heizungskeller zu gelangen, um dann dort die mitgebrachten Utensilien für den übernächsten Tag zu verstauen. Tag X.

In den Stunden der letzten Wochen, die ich immer wieder unten bei dem Hausmeister verbracht hatte, war es mir gelungen, ein geeignetes Versteck für meine Waffen zu finden. Oberhalb der Zuleitungen für das Warmwasser konnte ich das Sturmgewehr und die beiden Handfeuerwaffen gut deponieren. Die Rohre waren mit Dämmmaterial und Aluminiumprofilen ummantelt und an Metallstreben, die aus der Betondecke ragten, aufgehängt. Ein gutes Versteck, selbst wenn sie mit Spürhunden kommen würden. Allein die Anwesenheit der Katze würde die Hunde irritieren. Dann wäre da noch die Höhe der unter der Decke verlaufenden Rohrleitungen, über zwei Meter fünfzig. Darauf hätte auch eine gut geschulte Hundespürnase keinen Zugriff. Ich musste mir nur vorher die Aluleiter aus dem hinteren Abstellraum holen und an die Rohre anstellen, dann konnte ich dort alles problemlos verstauen. Die Doppelrohrleitungen waren breit genug, um alles sicher darauf zu lagern. Die Waffen und die anderen Dinge waren von unten nicht auszumachen. Darauf hatte ja die ganze Geschichte mit dem Hausmeister abgezielt, nach erfüllter Mission ein perfektes Versteck für all das Zeug zu haben.

Denn oberste Priorität würde es sein, unerkannt zu bleiben.

Ich würde mich weder zu erkennen geben noch von *ihnen* erschossen werden. Nein. Mein Plan sah anders aus. Erst die Mission erfüllen, dann alle Waffen und sonstigen Utensilien zurück in den Keller schaffen, und schließlich unerkannt wieder nach oben gehen. Zu meiner Ann-Kathrin.

Sie wird mir gehören. Mir ganz allein!

Es will ja danach noch ein zweiter Teil der Mission erfüllt werden.

Zwei Tage noch.

Achtundvierzig Stunden bis zum Tag X.

Endlich!

Auszug aus den Ermittlungsunterlagen des Bundeskriminalamts Wiesbaden
Der Fall „Koch"/ Az 41347/12

Zeitprotokoll mit Ereignisablauf:

10:20 Uhr
Sondereinsatzkräfte stürmen von mehreren Seiten und über das Dach das Schulgebäude des Albert-Schweitzer-Gymnasiums. Im Inneren des Gebäudes ist die Lage unübersichtlich, da an mehreren Stellen Feuer gelegt worden ist und dichter Qualm die Sicht erschwert.
Überall stößt das SEK auf getötete Personen.
Auch nach intensivem Durchsuchen und Sichern des Gebäudeinneren fehlt von den Tätern jede Spur.
Überlebende und Verletzte werden geborgen.

10:54 Uhr
Das Schulgebäude wird als gesichert deklariert. Einsatzkräfte der Feuerwehren beginnen mit dem Löschen der Brände. Dadurch gehen wichtige Beweismaterialien verloren.
Beamte beginnen anschließend mit der Spurensicherung und den forensischen Untersuchungen im Gebäude und auf dem Schulgelände.
Bis zu diesem Zeitpunkt konnten keine Täter ermittelt/ verhaftet werden. Dennoch bleiben die weiträumigen Absperrungen um das Schulgebäude vorerst bestehen, um alle Eventualitäten ausschließen zu können.

Kapitel 13
Die Rache

… Und der Herr sprach: „Mein ist die Rache und Vergeltung, denn er ist nahe, der Tag ihres Verderbens, und es eilt herbei, was ihnen bereitet ist!"

Mein Name ist … schon bekannt. Trotzdem, der Richtigkeit halber, noch einmal komplett: Maximilian Johannes Greven Koch.

Ich bin sechzehn Jahre alt, und dies ist der Teil meiner Geschichte, den ich selbst kreiere.

Ich gestalte diesen Abschnitt meines Lebens nach einem genauen Entwurf.

Einem langfristig und akribisch ausgearbeiteten Plan, den ich als meine Mission ansehe. Diese Mission ist nach meinem Verständnis als Schlussfolgerung des Kausalitätsprinzips einzustufen, welche ich als Konsequenz und Ergebnis des Vorausgegangenen ansehe.

Mein Vorhaben umfasst eigenwillige, für die meisten Menschen nicht nachvollziehbare Handlungen mit weitreichenden, nicht absehbaren Konsequenzen, denn sie entbehren in den Augen der außenstehenden Beobachter jeglicher Logik und Vernunft.

Dessen bin ich mir bewusst. Aber ich habe meine Gründe …

Jetzt werde ich Stärke zeigen.

Mein Tag ist nun gekommen. Die Mission. Tag X.

Das Jüngste Gericht. Ich bin der, der richten wird, denn Gott hat uns längst verlassen.

Es ist alles gesagt, alles getan. Alles bis ins Detail vorbereitet. Das letzte Puzzleteil ist eingesetzt. Nun gibt es kein Zurück mehr. Die Zeit des Leidens ist vorbei, und ich bin nun in freudiger Erwartung auf das, was da kommt.

Beharrlichkeit und Willenskraft.

Einen Dank an die Vererbung der genetischen Eigenschaften. Willenskraft und Beharrlichkeit haben dafür gesorgt, dass ich es bis zu diesem Punkt gebracht habe. Ich habe gekämpft, habe gelitten. Ich habe Qualen über mich ergehen lassen. Ich bin den Leidensweg Jesu Christi gegangen.

Meine geschundene Seele schreit. Sie schreit vor Schmerz, und sie schreit nach Rache.

Selbstbeweihräucherung.

Wie komme ich jetzt darauf? Dieses bescheuerte Wort! Eine Eigenkreation meines Vaters.

Es wirbelt alles durcheinander. In welchem Zusammenhang benutzte Vater dieses alberne Wort noch? Ich erinnere mich nicht. Im Auto? Als er mich aus Bordeaux abholte? Nein. Weihnachten? Am Tisch? Als er seine niederschmetternden Worte an mich richtete? Möglicherweise. Ich komme nicht darauf. Vielleicht später.

Das Amphetamin.

Nimmt einem das Erinnerungsvermögen. Ein hoher Preis, aber es hat mir gute Dienste geleistet, denn es nimmt auch die Emotionen. Und damit die Schmerzen. Die unerträglichen Schmerzen. Das Kausalitätsprinzip. Ursache und Wirkung.

In Verbindung mit anabolen Steroiden — die Schnittstelle zwischen Mensch und Maschine.

Einen Dank an die Jungs in den osteuropäischen Hinterhoflaboren. Chapeau!

Nun ist es an der Zeit abzuschalten, einen Hebel nach dem anderen umzulegen.

Mitleid: Aus.

Schmerzen: Aus.

Erbarmen: Aus.

Barmherzigkeit: Aus.

Rücksicht: Aus.

Reue: Aus.

Menschlichkeit …

Was ist mit Menschlichkeit?

Menschlichkeit wird überbewertet! Diese Fratze, die dir ins Gesicht spukt, wenn du sie flehend bittest, für dich da zu sein. Niemand ist zur Stelle, wenn es an Menschlichkeit fehlt. Niemand ist da, wenn man Wärme benötigt, Zuwendung erhofft und Mitgefühl erwartet.

Jetzt ist es zu spät. Ich benötige nichts mehr. Ich erhoffe nichts mehr, und ich erwarte nichts mehr.

Also, Menschlichkeit: Aus.

Ich will auch keinen Ruhm und keine Ehre. Ich möchte weder erkannt noch verkannt werden. Ich will leben, denn ich will genießen, auskosten. Trinken von dem Nektar der Rache, von den Gelüsten der Genugtuung, dem Rausch des Sieges und der Wiedergutmachung. Ich werde diejenigen richten, die gottlos waren. Mich auflehnen gegen all die, die mein Leben, meine Seele, ohne Rücksicht zerstört haben. Ja, ich will sie leiden sehen. Jeden einzelnen von ihnen.

Sie sollen leiden, so wie ich gelitten habe. Ich werde ihnen ihre Herzen rausschneiden, solange ihr verseuchtes Blut noch durch ihre Adern pumpt.

Nun werde ich über sie kommen, wie die Plagen der Offenbarung des Johannes, und ich werde leben und ungeschoren sein.

Auf dass sich mein Plan erfülle und sich, in Form von weiterem Unheil, wie schwarzes Pech über die wahren Schuldigen ergieße.

Endlich!

Es geht los. Die Mission. Meine Rache.

Mad Max.

Ich explodiere gleich.

Das Amphetamin und die Steroide, die ich seit Tagen, ach, seit Wochen in mich hineinstopfe, brodeln. Kernspaltung! Atomare Energie!

Ich fühle mich gut. Ich bin gut. Mächtig, kraftvoll, bereit zu handeln.

Ein überzüchtetes Rennpferd in der Start-Box. Schwitzend, schnaubend, unbändig, ungeduldig wartend, dass sich die Schranke hebt und sich die geballte Ladung überquellender Energie endlich in einem Rennen, einem Sieg lösen kann.

Habe ich alles? Alles dabei? Alles berücksichtigt? Puh, ein klarer Kopf sieht anders aus, aber nur so bin ich bereit.

Eine Maschine. Ja, ich bin eine Maschine. Mir läuft der Schweiß am Hintern hinunter, und ich fresse die fünf Kaugummis in null Komma nichts auf. Geschmacksneutral. Lauschen! Niemand unten im Haus? Nein, heute nicht. Heute bin ich hier. Allein. Mein Tag. Die Mission. Ich schwitze. Wasser! Ich brauche noch etwas zu trinken. Durst. Ich verdurste.

Das Amphetamin trocknet mich aus. Der Geschmack von Metall im Mund …

Genau wie der nasse Wollpulli … oder Stahl …

Was sagt die Uhr? Noch zwei Minuten. Wasser! Wo ist die verdammte Wasserflasche? Da!

Trink, Junge. Atme, Max, atme.

Die Liste. Ich habe die Liste im Kopf. Mein Plan. Ja doch.

Letzter Check bevor es losgeht.

Pistole rechts. Durchgeladen? Check.

Stiefel verschnürt? Check.

Klebeband fest über die Schnürsenkel? Check.

Magazine? Check.

Rucksack vollständig gepackt? Draht, Schlösser, Schlüssel … Der Schlüssel! Verdammt, der Schlüssel. Wo ist der scheiß Kellerschlüssel? Ich habe mir wegen dieses Schlüssels in den Arsch fi … ah, da ist er! Ruhig, Max. Ganz ruhig.

Schlüssel? Check.

Also los. Auf geht's. Fünfzehn Minuten bis zur Schule. Eintausendvierunddreißig Schritte bis zum Eingang.

Go!

Hinaus auf die Straße. Durchatmen und beruhigen. Unauffällig sein. Wie immer. Kopf leicht nach unten. Kaugummi langsam kauen, den Abstand der Schritte abschätzen, und das richtige Tempo finden. Schritte wie Sekunden zählen, und gehen …

Einundzwanzig … zweiundzwanzig …

Ich mache es tatsächlich … Wahnsinn … jetzt seid ihr dran … kein Zurück mehr … Alter, scheiße, bin ich auf Sendung! Unauffällig umsehen. Check.

Alles und jeder geht seiner Wege. Gleichgeschaltete Arbeitsdrohnen. Die Geißel der Gesellschaft. Schule, Job, keine Zeit. Allesamt Zombies. Schade, dass ich nie erfahren werde, wem ich einen guten Dienst erweise, indem ich ihm das Ende bringe.

Rettung naht. Rache.

Keinen interessiert, was gleich passiert. Das reimt sich. Nicht lachen!

Ruhig, beruhige dich.

Fünfzehn Minuten bis zur Zielankunft. Fünfzehn Minuten bei entspanntem Schritt. Lange geübt. Jeden Tag. Nur noch aus diesem Grund zur Schule gegangen, um die Taktung zu bekommen.

Konzentration.

Quatsch nicht, konzentriere dich, und fang an zu zählen.

Zählen und Nachdenken. Das ist der Trick. Das lenkt ab.

... fünfundvierzig ...

Allein dadurch beruhigt sich mein Geist, mein Körper. Autogenes Training. Rezitieren. Stressreduktion. Meditatives Geistestraining. Achtsames Handeln. Alles aus dem Internet. Die Shaolin Priester. Sie sind die unangefochtenen Meister. Atmen und zählen.

... siebenundachtzig ...

Nicht darüber nachdenken, ob mich jemand sieht oder wahrnimmt. Ich bin unauffällig. Ein Schatten, gar nicht hier. Ich integriere mich unbemerkt in das morgendliche Bild des angehenden Tages. Nur ein Teenager auf dem Weg in die Schule. So wie viele andere auch.

... einhundertneun ... einhundertzehn ...

Ich bin Mad Max. Die Rache ist mein.

Ruhig ... ganz ruhig ...

Tief und gleichmäßig atmen. Die Entspannungsmechanismen wirken lassen. Zwerchfellatmung. Fokussierte Schrittzählung. Gedankenkontrolle. Trotz Einfluss von Steroiden und Rauschdrogen. Weitergehen. Weiterzählen.

... dreihundertsechsundfünfzig ...

Ampelkreuzung wahrnehmen. Rot. Stopp.

Durchatmen. Ich falle nicht auf. Meine Cap tarnt mich. Es beachtet mich niemand.

Noch nicht.

Achtung. Gelb. Grün!

Locker bleiben und weitergehen. Über die Straße. Der Typ im Auto glotzt. Kann man die Knarre erahnen? Nein. Alles topp. Weiterzählen. Weiteratmen.

Die Bushaltestelle. Checkpoint. Fünfhundert Schritte. Passt. Ich liege genau im Timing. Alles läuft nach Plan. Ich hab ein gutes Gefühl.

Das ist mein Tag!

Tief durchatmen. Kaugummi raus und weiter.

Na bitte. Ich beruhige mich. Habe es im Griff. Mich!

Gedanken ausgeschaltet und auf die Schritte konzentriert. Die Luft tut gut, obwohl meine Lunge vom Speed brennt.

Zählen.

Noch zweimal abbiegen. Zielgerade.

Ein paar Schüler, ein paar Autos. Und gleich ein paar Tote. Opfer.

Zählen ... eintausend ...

Gleich da ... *eintausendvierunddreißig* ... Ankunft! Die Schule. Das Ziel.

Ich bin entspannt. Puls normal. Atemfrequenz ebenfalls im Normalmodus. Kaum Schweiß.

Zeit? Die Uhr über dem Eingang des Schulgebäudes zeigt Viertel nach sieben. Also rein. Nach links, langsam ... ganz entspannt ... niemand beachtet mich ... niemand nimmt Notiz von mir ... weiter.

Durch die Tür. Den Korridor entlang. Nochmal zurückschauen. Nichts. Die Tür zum Keller. Schlüssel raus. Passt. Schließt. Auf. Und jetzt schnell. Treppe runter. Laufen! Die Leiter. Hoch. Ans Versteck.

Die Maske. Da! Der Papieroverall. Da! Ab in die Hosentasche.

Ich dreh durch! Ich mach's!

Wieder runter von der Leiter. Neuen Kaugummi in den Mund. Laufen. Treppe hoch. Maske auf. Sitzt. Cappy wieder auf. Und ... Tür auf ... nur einen Spalt. Niemand im Flur? Raus. Auf zum hinteren Eingang.

Sie bemerken mich nicht! Das gibt's doch nicht! Jetzt mache ich den Laden dicht.

Die Rache ist mein.

Schnell ...

Draht durchschieben ... Schloss einhängen und zu! Hier geht's nicht mehr durch! Ätsch!

Andere Seite.

Jetzt glotzen die ersten ... Geht weiter, ihr Opfer!

Nächste Tür. Draht durch ... Schloss rein ... und auch dicht. Ja! Ab nach vorne.

Mein Schädel. Der Stoff. Ich hebe ab. Wow, was ist denn jetzt los ... Die Stimmen ...

Stehenbleiben … ja, genau hier … Ich bin die Mitte … Der Racheengel … Mad Max …

Vergebt mir … Dreh dich … Zeit … Wo bin ich? Die Schule … Sterne … Ich bin stoned … Adrenalin … Amphetamin … Anabolika … Fang dich … Atmen … Zählen … Selbstbeweihräucherung … der Plan … die Mission …

Stopp! Zur Tür. Fast vergessen … zum Haupteingang, schnell! Was glotzt ihr denn so? Geht gleich los … wartet nur! Der Haupteingang. Den langen Draht. Check. Wer jetzt nicht drinnen ist, muss leider draußen bleiben. Pech gehabt — Glück gehabt.

Den langen Metalldraht hier und da und dort durch … Schloss … Zack! Jetzt sitzt ihr in der Falle. Auf geht's. Die Mission erfüllt sich. Schnell in den Heizungskeller zurück. Tür … Korridor … Ich schwitze … Tür … Treppe … Und runter.

Leiter hoch. Das Gewehr. Da! Munition. Da! Ich habe alles. Es geht los. Es geht wirklich los!

Lauf! Entsichern. Treppe. Tür. Korridor. Tür. Jaaa …

Attacke!

Da sind die ersten Opfer. Pech gehabt. Ihr seid totes Fleisch!

Warte, du kleine Sau! Anlegen. Zielen. Schuss. Erwischt. Jetzt ist Showtime. Noch ein Schuss. Treffer! Und da, noch einer. Bämm! Treffer Nummer drei! Da rennen sie.

Anlegen. Feuer. Treffer. Halt, nicht richtig erwischt. Nachschuss. Jetzt. Erlegt!

Aha, ihr wollt euch verstecken. Die Kleine ist ins Klo gerannt.

Ich hab dich. Da kommst du nicht mehr lebend raus.
Lauschen! Ich höre dich, ich rieche dich. Komm raus, kleine Maus …
Sie telefoniert. Hat Schiss, die Kleine. Lauschen! Da ist sie ja. Schrei du nur. Ist zu spät.
»Sag auf Wiedersehen!«
»Nein … nicht … bitte … nein!!!«
Und Bämm! Weg ist die Birne!
Die Liste! Habe ich im Kopf. Abgespeichert. Also los. Ab nach oben. Ins Klassenzimmer.
Vor mir laufen noch einige Richtung Treppe. Schreit ruhig. Winselt um euer erbärmliches Leben. Dauerfeuer. Yeah! Eins, zwei, drei. Da noch einer. Feuer frei! Vier. Und Nummer fünf. Ich mach euch alle fertig! Rache!!!
Nach oben … nach oben! Nachladen. Neues Magazin. Check. Gewehr geschultert. Knarre raus. Da vorn ist es. Wo seid ihr? Habt ihr euch versteckt? Huhu!
Die Tür ist … verschlossen? Moment. Das haben wir gleich. Haben sich eingeschlossen, die Feiglinge!
Achtung! Schuss! Na bitte. Tür ist offen. Und jetzt … jetzt wird die Rache fürchterlich. Es werden keine Gefangenen gemacht. Da seid ihr ja alle. Ihr miesen kleinen Schweine! Ja, verkriecht euch nur unter den Tischen. Es wird euch nichts nützen.
Die Liste.
Marten. Da vorne. Pisst sich in die Hosen und jammert. Bämm! Treffer. Das war's mit Marten. Was für eine Sauerei.
Schreit ihr nur. Nun Nummer zwei. Benjamin. Wo ist er denn? Da! Tschüss, Benny. Bämm! Treffer.

Weiter im Text. Jetzt Lucas. Er weint. Flennt wie ein Baby. Zielen. Erwischt.

Der Nächste, bitte. Torben. Treffer! Johann. Treffer! Tobias. Treffer! Joena. Getroffen. Jasmin … scheiße, daneben. Nochmal. Bämm! Treffer. Kopf weg!

Tabea, wo steckst du kleine Schlampe? Du auch. Bämm! Und du … und du … und du auch … Lydia, weg!

Jona weg! Finn. Marie. Yeah! Zur Hölle mit euch!

Sechzehn. Leonie? Du nicht. Du darfst bleiben. Du hast mir nichts getan. Nie. Dein Glück.

Nicht weinen. Alles wird gut.

Das war's. Raus hier.

Jetzt geht's zum nächsten Teil der Mission. Rucksack abnehmen und Klamottenwechsel. Der Papieroverall. Und … aus schwarz wird weiß. Neues Magazin. Nachladen. Neues Kaugummi. Feuer legen. Benzin. Feuerzeug. Brennt. Rucksack schultern … ab nach unten.

Hier kommt Mad Max! Rache!

Da hinten hocken auch noch ein paar von den Ratten. Zur falschen Zeit am falschen Ort.

Gewehr. Anlegen und … Dauerfeuer! Jawoll. Treffer! Und noch einer. Und nochmal. Da! Lauf. Bämm! Erwischt. Mist. Nicht richtig. Humpelt. Taumelt. Will sein erbärmliches Leben retten. Das vergiss mal schnell wieder. Zielen und … Volltreffer! Da vorn, haha, sie rütteln an den Türen. Pech für euch. Ihr sitzt in der Falle!

Der Ruf der Pflicht! Nur ein Spiel. Der Auftrag lautet: Töte so viele wie irgend möglich!

Mindestens sieben Personen auf zwölf Uhr. Einzelschicksale können nicht berücksichtigt werden. *Die Mission.*

Also … Dauerfeuer! Richtig draufhalten.

Sterbt, ihr Schweine!

Näher heran. Nachsehen, ob ich alle erwischt habe. Nicht ganz. Da bewegt sich noch einer. Draufhalten, draufhalten …

Rotz das ganze Magazin durch, Max!

Jaaa! Feuer frei! Ich habe euch! Ab in die Hölle. Schweinebande, dreckige!

Bewegt sich da immer noch was? Na warte! Feuer … und Treffer!

Weitergehen. Trinken. Ich sollte etwas trinken. Nein – die Mission. Erst die Mission erfüllen, und anschließend trinken. So wie es geplant war. Also zurück zu den Hinterausgängen. Laufen.

Ich werde gesehen. Dort drüben verstecken sich zwei Schüler unter dem Treppenaufgang. Ich sehe euch. Schön alles beobachten, ihr beiden. So ist's Recht. Und merkt euch, was ich anhabe.

So, die Türen. Benzin rausholen, ein wenig verteilen und anzünden. Weiter. Nächste Tür. Das Gleiche. Benzin reicht noch … Feuer machen. Den Overall ausziehen und mitverbrennen. Beweise vernichten. Spuren verwischen.

Die gelbe Jacke aus dem Rucksack überziehen, Maske tauschen, und weiter. Läuft. Uhrzeit – passt. Alles nach Plan. Ab nach vorne, die Mission erfüllen.

Dann mache ich mich jetzt mal auf die Suche nach ein paar Glücklichen, um sie in die Freiheit zu entlassen.

Wo seid ihr alle? Habt euch gut versteckt, was? Feige Saubande.

Ich finde euch schon, spätestens … na bitte! Wer sagt's denn! Zwischen den Schließfächern sehe ich mehrere Köpfe.

Eins, zwei … drei, vier… und fünf.

»Ihr Fünf, aufstehen! Mitkommen! Na los, wird's bald!? Hoch mit euch, und hört auf zu jammern! Geht rüber zum Haupteingang! Stehen bleiben, und keine Dummheiten. Sonst lasse ich euch von den anderen beiden erschießen, klar!?«

Schloss öffnen, Draht entfernen und …

»Raus mit euch. Haut ab! Erzählt ein bisschen, da draußen. Schneller! Verpisst euch!«

Alles wieder verschließen, und nun zum Finale. Auf zum Lehrertrakt. *Ann-Kathrin.*

Da läuft noch jemand! Den krieg ich. Pistole? Gewehr? Schieß! Zack, Volltreffer! Tut mir leid, du Armer. Nicht geschafft. Pech gehabt.

Was für ein abgefahrener Trip. Nie habe ich mich besser gefühlt. Ich bin Max, der Rächer, und ich komme über euch wie die sieben Plagen der Apokalypse. Die Rache wird mir gehören!

Weiter vorne hocken noch ein paar von denen. Aber jetzt zielstrebig bleiben. Sie beobachten mich, sehen mich. Das ist gut. Prägt euch die Bilder gut ein.

So, da wären wir. Hier noch mal schnell etwas Feuer legen … Benzin … Feuerzeug … Die Spurensicherungsarbeit erschweren.

Und nun wird es richtig interessant. Auf zu den Marionetten dieses verkackten Systems. Auf in den

Lehrertrakt. Ich wette, dort finde ich weitere Personen, die auf meiner Liste stehen.

Und natürlich *sie!*

Da bin ich. Lauschen. Ja! Im Lehrerzimmer … da war doch etwas zu vernehmen.

Vergibst du mir denn, Herr, angesichts meines Rachefeldzugs aus Gewalt und Tod? Und allem, was da noch kommen wird? Wie bitte? Ich höre dich nicht. Aber was ich gleich hören werde, wird das Betteln und Winseln der Lehrerschaft sein, wenn sie ihrem Henker in wenigen Sekunden gegenübersteht.

Tür auftreten oder das Schloss aufballern? Gute Frage, gute Frage … *Mach schon!*

Warum soll ich es riskieren, mich zu verletzen?

Also, macht Platz. Ich komme … Rumms! Kinderspiel. Da seid ihr ja! Umsehen … Geschrei und Geheule ignorieren. Die Mission will erfüllt werden.

Keine Spur von Ann-Kathrin.

Wahrscheinlich drüben im Sekretariat.

Gut. Dann besteht kein Grund, länger zu zögern.

Sieh an … da hocken sie, und da jammern sie, und da erschieße ich sie … Bämm! Waren das eben Knochensplitter? Das halbe Gehirn klebt an der Wand … schreit meinetwegen noch lauter … zu spät.

Frau Wegener. Wie süß. Arm in Arm mit Herrn Feldmann. Wer hätte das gedacht. Die Sportlehrerin und der Biolehrer. Auf Wiedersehen. Von mir aus, geht gemeinsam. Wow. Fallen um wie Pappfiguren. Und seine Brille … im hohen Bogen …

Einen der Lehrer habe ich noch nie gesehen …

Wer bist du denn?

Na ja, was soll's? Leb wohl, weg mit dir … und dir und mit ihr … du auch noch. So, das war's. Aufgeräumt wird später.

Hör mal auf zu lachen!

Jetzt fehlt eigentlich nur noch Lehrer »Leck-mich«. Den finde ich mit Sicherheit im Sekretariat. Dann schaue ich dort auch gleich nach meiner Ann-Kathrin.

Gleich, meine Liebste. Rettung naht!

Das Gewehr bleibt hier. Der Rucksack auch. Einmal noch einen Kleidungswechsel. Diese Papierklamotten sind genial.

Los geht's! Nahkampf. Enge Räume, kurze Distanzen. Pistole ist jetzt angesagt. Magazin: Check.

Lauschen. Alles ruhig. Langsam anschleichen. Vorsichtig, ganz vorsichtig. Ruhe bewahren.

Der Stoff pumpt. Ruhe bewahren?

Geschafft! Das Sekretariat.

Ein kurzer Test am Türgriff … ganz vorsichtig nach unten drücken. Die Tür ist … offen. Gewaltfreies Vordringen gewährleistet.

Ruhig … nur einen Spalt … so … ein schneller Blick … schön auf der Hut sein … keine Personen auszumachen … verstecken sich …

Hinein. Wo ist meine Kleine? Umsehen. Rückwärtigen Raum sichern! Check. Niemand hier. Und weiter vordringen.

Schweiß.

Mir läuft Schweiß von der Stirn. In die Augen. Scheiße. Ist das heiß hier. Die spinnen doch. Ausgerechnet jetzt. Nicht irritieren lassen.

Weiter.

Ecke links, offene Tür. Blick. Sichern. Check. Weiter. Fenster — Vorsicht! Scharfschützen. Deckung.

Ruhig bleiben ...

Wo steckt ihr? Bürotür rechts. Hier sitzt also der fette Rektor. Na dann ... Angriff ... Verdammt!

Keiner hier!

Ich muss die blöde Maske abnehmen ... der Schweiß ... Durst ... Ich muss etwas trinken ... Der Rucksack ... im Flur gelassen, verdammte Scheiße!

Dann weiter. Los, mach schon. Weiter. Die Mission!

Ok, reiß dich zusammen, Junge. Du bist Mad Max!

Bald ist's geschafft.

Maske? Check.

Pistole? Check.

Auf der anderen Seite sind noch zwei Büros. Eine Tür ist geöffnet.

Was zum ... Erwischt! Da wollte doch glatt einer abhauen. Bämm! Upps ... ins Auge getroffen. Das Gesicht kenne ich gar nicht. Na ja, sieht jetzt auch nicht mehr so gut aus. Aber ich meine, da drüben hat sich etwas getan.

Ach, guck an, hinterm Kopierer hocken sie! Jetzt wird die Zeit knapp. Vermutlich kommt die Polizei bald.

Wie viele von euch haben sich denn dort verkrochen? Drei ...

Drei kleine Schweinchen.

Und unser Rektor ist dabei. Zwischen zwei Frauen hat er sich verkrochen. Auf Wiedersehen, ihr drei. Bämm! Bämm! Bämm! Was für ein Gefühl!

Beeil dich. Keine Gefangenen. Wo ist sie?

Der Raucherraum der Lehrer. Gut, dass ich mir letztens

alle Räume angesehen habe. Dann können sie nur dort sein.

Tür öffnen. Vorsichtig! Keine Überraschungen. Und … na also, da sind sie. Nicht schreien. Ihr braucht nicht zu schreien. Ann-Kathrin. Endlich. Es geht ihr gut. »Leck-mich«, über den freue ich mich fast noch mehr. Jetzt schnell. Hallo, lässt du wohl die Finger von meinem Mädchen, du Lehrersau! Klammerst dich an eine Frau? Na warte. So einfach kommst du mir nicht davon. Lass sie los!

Schieß ihm in den Bauch! Er soll langsam sterben. Qualvoll.

Jetzt bist du fällig. Ja, fleh um dein scheiß Leben, du Schwein. Bämm! … Treffer. Uuh, geil. Voll in die Mitte.

Nun zu dir, meine Liebste. Bleib ganz ruhig. Setz dich. Ich bin schon wieder weg. Gleich kommt Max und rettet dich. Gleich!

Jetzt zügig zurück in den Keller und alles verstauen. Schnell.

Aufpassen. Mögliche Gefahr. Überall. Sie sind bald hier. Schnell.

Rucksack.

Gewehr.

Laufen. Keller. Ausziehen. Maske weg. Alles in den Rucksack. Ab nach oben auf die Rohre, alles verstecken. Zurück zu ihr als Max.

Da sitzt sie und zittert. Lehrer »Leck-mich« lebt noch. *Noch …*

»Ann-Kathrin!«

»Max? Max! Ich dachte, ich muss sterben. Er ist …«

»Er ist weg. Sie sind weg. Du bist in Sicherheit. Ich bin da! Ganz ruhig.«

Ich habe es tatsächlich geschafft.

Mission erfüllt.

Am Ziel.

Auszug aus den Ermittlungsunterlagen des Bundeskriminalamts Wiesbaden
Der Fall „Koch"/ Az 41347/12

Die Ermittlungen und die Gespräche mit Zeugen ergaben in den darauffolgenden Tagen schnell, dass es sich bei dem Amoklauf am Albert-Schweitzer-Gymnasium mit an Sicherheit grenzender Wahrscheinlichkeit um einen einzelnen Täter handelte. Dieser wurde als Maximilian Koch identifiziert. Als Kriminalbeamte am Wohnort des mutmaßlichen Täters eintrafen, um diesen zu verhaften, fanden sie dessen Eltern tot in dem Wohnhaus vor.

Von Maximilian Koch fehlt seither jede Spur. Es ist zu vermuten, dass er sich mit gefälschten Ausweispapieren kurz nach der Tat ins Ausland abgesetzt hat. Computer-auswertungen gaben entsprechende Hinweise. Wo Koch sich derzeit aufhält, ist aber noch unklar.

Eine international ausgeschriebene Fahndung durch Interpol ergab bislang keinen Ermittlungserfolg.

Kapitel 14
Die Flucht

Ja, ich befinde mich im Ausland. Genauer gesagt, in Sucre. Wo Sucre liegt, fragen Sie sich? Sucre liegt in Südamerika und ist die Hauptstadt von Bolivien. Das wussten Sie nicht? Sehen Sie. Allein die Tatsache, dass die meisten Menschen diesen Namen noch nie gehört haben, zeigt schon, dass diese Stadt im Norden Boliviens kein schlechtes Versteck darstellt. Und ein wunderschönes noch dazu.

Es hatte nicht lange gedauert, dann klingelte die Polizei auch bei uns zu Hause. Darauf war ich vorbereitet gewesen, ich hatte auf den unangemeldeten Besuch der Kriminalbeamten gewartet.

Mutter öffnete die Tür und bat die beiden Herren herein. Natürlich wollten sie mich sprechen, ihre Fragen stellen und sehen, ob sich daraus neue Erkenntnisse ergeben könnten.

Mutter klopfte an meine Zimmertür und ließ mich wissen, dass sie da wären.

Das Ermittlungsgespräch zwischen ihnen und mir dauerte nur knapp eine halbe Stunde, dann hatte ich sie von meiner Opferrolle überzeugt. Sie gingen mit der Bemerkung, ich sollte mich für eventuelle weitere Fragen zur Verfügung halten und möglichst nicht das Land verlassen. Ich sah, wie Mutters höfliche Art in Verwunderung umschlug. Sie beließ es nicht dabei, hakte nach und fragte ihrerseits, wohin ihr Junge denn gerade jetzt reisen sollte? Die Beamten sahen sich kurz

an und verließen das Haus, ohne ihr zu antworten. Stattdessen antworte ich ihr im Geiste:
Wenn ich mit dir und Vater durch bin, dann geht es nach Sucre.

Sucre gilt heute als eine der hübschesten Kolonialstädte Südamerikas und gehört zum UNESCO Weltkulturerbe. Auch wegen des angenehmen Klimas ist die auf 2800 Metern Höhe gelegene Stadt mit seinen etwa 237.000 Einwohnern ein perfektes Versteck und das Endziel meines Plans. Sie sollten diese Stadt selbst einmal bereisen — es ist traumhaft hier.

Keine zwölf Stunden nach Erfüllung von Teil zwei der Mission saß ich im Flieger Richtung Südamerika. Parallel zu den Vorbereitungen hatte ich auch meine Flucht organisiert.
Beharrlichkeit und Willenskraft.
Natürlich unter dem ständigen Einfluss von Amphetaminen, welche mir fast immer einen 24-Stunden-Arbeitstag ermöglicht hatten.
Das Land unerkannt zu verlassen, war ein Kinderspiel gewesen. Voraussetzungen dafür waren lediglich ausgeklügelte Pläne und ein strammer Zeitplan, den es einzuhalten galt.
Wer glaubt, so etwas funktioniert nicht, der irrt. Und zwar gewaltig. Es ist nur eine Frage des Geldes. Mit Geld kann man alles erreichen. Vor allem alles kaufen. Dazu gehört auch eine neue Identität. Dank des Internets und der weltweiten Vernetzung ist es

überhaupt kein Problem, über gut getarnte Server und verschleierte IP-Adressen an User zu gelangen, die sich darauf spezialisiert haben, gefälschte Ausweispapiere zu beschaffen. Bezahlt wird mit Bitcoins, einer digitalen Währung. Eine Rückverfolgung über Bankdaten und Bankverbindungen ist somit nicht möglich. Bitcoins werden gekauft. Genau wie Waren und Dienstleistungen. Alles kein Problem, wenn man weiß, wie es funktioniert.

Nun kommt der springende Punkt der Vorbereitungen. Wenn man schon die Möglichkeit besitzt, über das sogenannte Darknet an gut gefälschte Reisepässe zu gelangen, warum dann nur einen Pass kaufen? Oder zwei? Ich beschaffte mir gleich drei verschiedene Identitäten. Der Preis hierfür lag knapp im fünfstelligen Bereich, aber der Preis war mir völlig egal. Wichtig war mir die hohe Qualität der erworbenen Ausweispapiere, die mir über ein Postfachkonto zugesandt worden waren und die ich kurz vor meiner Abreise entgegengenommen hatte.

Mit dem ersten der drei Pässe verließ ich Deutschland als volljähriger Student, kurz nachdem ich mich um meine Eltern und den Hausmeister gekümmert hatte.

Zuerst ging es mit einem vorab gebuchten Linienflug nach Frankreich. Die Kontrollen vor dem Start verliefen reibungslos und ließen nun keinen Zweifel mehr an der hohen Fälschungsqualität meiner Ausweispapiere. Dadurch wurde ich entspannter und machte mir keine Gedanken mehr darüber, dass ich bei einer Kontrolle auffliegen könnte.

Nachdem ich am Flughafen Paris-Charles-de-Gaulle gelandet war, den Zoll erneut problemlos durchquert und mein Gepäck geholt hatte, nahm ich mir eines der Taxis, die reihenweise vor dem Flughafengebäude auf Kundschaft warteten.

Der Fahrer half mir mit dem Verstauen meiner Tasche, während ich mich auf die Rückbank setzte. Nun ließ ich mich mit der gespielten Neugierde eines Touristen durch die französische Metropole zum Eiffelturm chauffieren.

Während der Fahrt dorthin versteckte ich meinen deutschen Reisepass in einer Tageszeitung, die ich beim Aussteigen absichtlich im Fahrzeug liegen ließ.

Nachdem ich den Taxifahrer bezahlt hatte, schnappte ich mir meine Tasche und ging eine Weile zu Fuß weiter, ohne das riesige Wahrzeichen der französischen Hauptstadt zu beachten.

Als ich die zahlreichen Seine-Anlegestege des Quai Branly hinter mir gelassen hatte, stieg ich erneut in ein herbeigerufenes Taxi und ließ mich zu einem anderen Pariser Flughafen, dem Le Bourget, fahren, um von dort aus den Flug nach La Paz, Bolivien, anzutreten.

Die Fahrgäste des ersten Taxis oder der Fahrer selbst würden den liegengelassenen Pass irgendwann finden und bei den Behörden abgeben.

Die dortige Überprüfung des Dokuments würde die gefälschte Identität offenbaren und zu meiner Person führen.

Folglich wäre die Vermutung, dass mir der Pass versehentlich verlorenging und ich mich noch in Frankreich aufhielt, doch recht naheliegend.

Mit dem zweiten Ausweispapier verließ ich Frankreich unerkannt als französischer Student und flog weiter nach Südamerika.

Dort angekommen, verbrannte ich meinen französischen Ausweis irgendwo auf einem abgelegenen Parkplatz auf der Rückseite des Flughafenareals.

Nachdem ich mich ein paar Tage in Boliviens größter Stadt aufgehalten hatte, setzte ich meine Reise — oder besser gesagt meine Flucht — in Richtung Sucre fort.

Den Großteil der knapp 700 Kilometer langen Strecke legte ich mit öffentlichen Verkehrsmitteln zurück.

In den Bussen und der staatlichen Eisenbahn gibt es keine Registrierung, wie bei einer Buchung eines Fluges.

Somit verwischte ich auch die letztmöglichen Spuren meiner Flucht.

Allerdings war diese letzte Etappe, die fast drei Tage gedauert hatte, auch die anstrengendste, denn es geht in den bolivianischen Bussen und Bahnen sehr unkomfortabel zu. Zudem war es drückend schwül, die Temperaturen erreichen zur Mittagszeit über fünfunddreißig Grad. Außerdem werden hierzulande in einem Zugwaggon nicht nur Personen befördert, sondern auch alle möglichen anderen Güter, die von einem Ort zum anderen gelangen sollen.

Und so fand ich mich eingepfercht in einem völlig überfüllten Zugabteil wieder, zwischen Einheimischen, Unmengen von Kisten, Koffern und anderem Gepäck, in Gesellschaft von gackernden Hühnern und zu guter Letzt noch einem Schaf, welches bestialisch stank.

Aber was nimmt man nicht alles auf sich, um unerkannt den Polizeibehörden und somit einer lebenslangen Haftstrafe zu entkommen. Die berühmte südamerikanische Gastfreundlichkeit tröstete mich ein wenig über die – für Mitteleuropäer — unzumutbaren Zustände in der Bahn hinweg. In kurzen Gesprächen sammelte ich ein paar interessante Informationen über mein Reiseziel, die Stadt Sucre. So empfahl man mir das San Marino Royal Hotel, welches zu den besten der Stadt zählt.

Die letzten Kilometer nahm mich ein Bauer auf dem Anhänger seines Treckergefährts mit, was meinen ohnehin geschundenen Rücken noch mehr beanspruchte. Aber nachdem ich Sucre relativ unversehrt erreicht hatte und in dem komfortablen Hotel mit meinen spanischen Dokumenten eincheckte, sollte sich die Empfehlung der Mitreisenden bestätigen. In dem vollklimatisierten und feudal eingerichteten Hotel ließ es sich bestimmt eine Weile aushalten. Nachdem ich ein heißes Bad genommen hatte, fühlte ich mich wie neugeboren. Im frisch bereitgelegten Bademantel betrat ich den Balkon meiner Suite und blickte hinunter auf die Stadt.

Ich war am Ziel.

Jetzt sitze ich hier, in Sucre, genieße auf der Dachterrasse meine Afri-Cola, beobachte das Treiben der Einheimischen auf dem Plaza 25 de Mayo durch die Akazienbäume, die diesen wunderschönen Stadtplatz einkreisen, und denke über mein Leben und meine Zukunft nach.

Die Bilder meiner Eltern, unten in unserem Keller, bekomme ich noch nicht ganz aus dem Kopf. Sie tauchen unkontrolliert auf und trüben den Erfolg meiner Mission manchmal ein wenig, aber ich denke, dass es nur eine Frage der Zeit sein wird, bis diese Gedanken verblassen.

Die Synapsen müssen sich erstmal wieder einpendeln, und mein Gehirn muss die Reste des Amphetamins und der Steroide loswerden. Danach werden hoffentlich alle unerträglichen Erinnerungen an das Geschehene verschwinden.

Ansonsten fühle ich mich gut und entspannt. Nicht zuletzt, weil ich einen Großteil des Vermögens meines Vaters über mehrere Scheinkonten und Kontenkarussells auf ein eigenes, sicheres Bankkonto transferiert habe.

Ich bin zuversichtlich. Das Land hier und das Geld auf meinem Konto spenden mir reichlich Trost. Trost über den einen Wermutstropfen in meinem ansonsten perfekten Plan — Ann-Kathrin. Leider lief es mit ihr anders, als ich es ursprünglich geplant hatte, sodass sie nun doch nicht an meiner Seite weilt.

Aber das Schicksal meint es wohl gut mit mir, denn vor ein paar Tagen begegnete ich beim Spazierengehen einer jungen einheimischen Schönheit. Zart und Dunkelhaarig, mit einem schwebenden Gang und einem Lächeln, welches mich direkt verzauberte, als sie mir auf dem Plaza de Mayo entgegenkam. Sie strahlte mit diesem schönsten Platz der Stadt um die Wette. Es war für mich Liebe auf den ersten Blick, und ich denke, bei ihr funkte es auch gleich. Sie wirkte sehr zurückhaltend und verlegen, auch war sie etwas verwundert, weil ich sie in fast perfektem Spanisch ansprach. Eine gute Wahl, diese Sprache als Unterrichtsfach zu wählen und nicht, wie von meinen Eltern gefordert, Französisch.

Die Klassenfahrt. In der Hölle sollt ihr schmoren. Auf ewig!

So hatte die Schulzeit doch etwas Gutes gehabt.

Vielleicht lade ich das süße Ding bei unserem nächsten Treffen auf einen Anticucho ein. Eine bolivianische Spezialität, die ich gerade gestern erst probiert habe. Dabei handelt es sich um einen gegrillten Fleischspieß. Dieser besteht aus mariniertem Rinderherz, welches vorher in Essig eingelegt wird und dadurch einen köstlich zartsäuerlichen Geschmack bekommt. Dazu werden Kartoffeln und Erdnusssoße serviert.

Eine gute Idee.

Mit den 24 Millionen in der Hinterhand sollte es wohl kein Problem sein, diese junge Schönheit für mich zu gewinnen.

Abgesehen davon, dass Ann-Kathrin nicht bei mir ist und wir nicht gemeinsam in eine glückliche Zukunft blicken, ist mein Plan aufgegangen. Die Mission ist erfüllt, ich schlafe gut und lasse auch die Finger vom Speed, welches ich mir hier ohne Probleme beschaffen könnte.

Nicht nötig. Ich habe alles, was ich brauche.

Vielleicht kehre ich in ein paar Jahren ja zurück nach Deutschland und eröffne eine Praxis als Psychologe. Oder ich werde Hausmeister an einer Schule …

Wer weiß? Möglich ist alles.

Die nötigen Kontakte werde ich schon bekommen. Geld spielt keine Rolle. Somit stehen mir alle Türen offen.

Aber jetzt genieße ich erstmal den Erfolg meiner Mission und die Tatsache, dass ich sie alle zur Hölle geschickt habe.